教育部人文社会科学研究青年基金项目（18YJC751041）结项成果
汕头大学李嘉诚基金项目（STU-FWCG-2022-05）资助
汕头大学科研启动经费项目（SFT21007）资助

别样青春

中国成长小说新论

沈宏芬 著

Alternative Youth

Rethinking the Chinese *Bildungsroman*

中国社会科学出版社

图书在版编目（CIP）数据

别样青春：中国成长小说新论 / 沈宏芬著. 北京：中国社会科学出版社，2025. 5. -- ISBN 978-7-5227-4827-6

Ⅰ. I207. 42

中国国家版本馆 CIP 数据核字第 20258ZJ603 号

出 版 人　赵剑英
责任编辑　王丽媛
责任校对　孙延青
责任印制　张雪娇

出　　版　中国社会科学出版社
社　　址　北京鼓楼西大街甲 158 号
邮　　编　100720
网　　址　http://www.csspw.cn
发 行 部　010-84083685
门 市 部　010-84029450
经　　销　新华书店及其他书店

印　　刷　北京明恒达印务有限公司
装　　订　廊坊市广阳区广增装订厂
版　　次　2025 年 5 月第 1 版
印　　次　2025 年 5 月第 1 次印刷

开　　本　640×960　1/16
印　　张　16
插　　页　2
字　　数　197 千字
定　　价　98.00 元

序

成长小说是欧洲近代小说形式。欧洲小说的历史很悠久，有人曾经溯源到古希腊，但多少有些勉强。但中世纪欧洲存在着一种小说类型，叫作流浪汉小说，在西班牙文学里留下了印记。而在阿拉伯文学的影响下，还出现过“天方夜谭”类型的小说，成为薄伽丘《十日谈》的前驱。但上述类型的小说都不能称为欧洲近代小说，原因很简单：其中缺乏新的社会和新的人物。文艺复兴时期出现了具有近代社会色彩的小说——拉伯雷《巨人传》。但真正代表市民阶层崛起而发挥启蒙思想功能的小说，还得到启蒙运动时期。那是歌德的时代。

学术界界定“成长小说”一般用“Buildungsroman”这个词，来源于欧洲启蒙时代的教育小说，词根包含“按照上帝形象塑造”和“小说”。成长小说研究曾经是当代文学研究里的一个有一定热度的话题，随着当代中国青少年小说创作产生的热度，成长小说变成一种受到学术界关注的小说形式。也许是误会，也许不是，人们把当代中国作家创作的青少年题材的小说当成了欧美小说史上曾经出现的“成长小说”。当然，在另一种意义上，也没有什么问题。有一种观点就是这么认为的，美国人莫迪凯·马科斯在《什么是成长小说》一文里这么解释成长小说：“成长小说是作者把青少年生活中遇到的一些痛苦经历后，随之颠覆原有的生活价值观，对人们活在这个世界有了新的思想。有时这个思想是进步的，对社会有益的。相反，有的青少年却因此走向了极端。从思想灵魂、行为、性格都发生了翻天覆地的变化。而这种思想突变，也使青少年不再像童年那样天真，随之带着这种思想步入成年人的生活。换言之，成长小说就是以叙述人物成长过程为主题的小说。它通过对一个人成长经历的叙事，表现这个人社会化过程一次或几次成长的经历和感悟，反映出人物的思想和心理从幼稚走向成熟的变化过程。”这个观点把成长小说解释为青少年社会化过程的叙事，他使用的词是“Initiation story”意思是青少年经历挫折成长。但若追溯成长小说的起源，则意思可能正好相反。

成长小说起源于近代欧洲，是“人的觉醒”时代产生的小说文体，带有欧洲启蒙主义的显著特征。巴赫金在梳理欧洲历史上曾经出现过的小说形式时，把古希腊、中世纪和文艺复兴时期的小说形式分为漫游小说、考验主人翁小说、传记（自传）小说、教育小说。“成长小说是最为重要的一类。在这类小说中，人的成长与历史的形成不可分割地联系在一起。人的成长是在真实的历史时间中实现的，与历史时间的必然性、圆满性、它的未来，它的深刻的时空性质紧紧结合在一起。”巴赫金仔细区分了流行于中世纪和文艺复兴时代的各种小说文体，特别把新人的成长问题，作为成长小说的主要特征，他认为，“未来在这里所起的组织作用是十分巨大的，而且这个未来当然不是私人传记中的未来，而是历史的未来。发生变化的恰恰是世界的基石，于是人就不能不跟着一起变化。显然，在这样的成长小说中，会尖锐地提出人的现实性和可能性问题，自由和必然问题，首创精神问题。成长中的人的形象开始克服自身的私人性质（当然是在一定的范围内），并进入完全另一种十分广阔的历史存在的领域。”在这里，巴赫金非常清楚地把成长小说放在欧洲社会的历史进程里来论述，而不是简单地看作私人性质的事情。所以，他特别看重歌德和《威廉·迈斯特的学习时代》，认为它把个人的成长与历史变迁紧紧联系在一起，从而呈现出鲜明的历史感。人的成长与历史变化这两者相得益彰，这是欧洲成长小说起源时代的最重要特征。相应地，无论是流浪汉小说、漫游小说、考验小说，还是传记小说，在人的成长和历史变化双向变动上，都不具有成长小说所具备的性质。这也是巴赫金把成长小说称为那个时代最重要的现实主义小说的理由。

成长小说里主人翁的成长，不是与当时社会习俗从对立走向和解，也不是和当时占统治地位的意识形态从对立走向妥协，而是对它们的胜利和超越；一种精神和道德上的新人成长起来是这一时期成长小说的主题。正因为成长小说是启蒙时代特有的文学现象，它就必然具备那个时代的印记，而不是一般意义上的成长。因此，莫迪凯·马科斯为成长小说所下的定义恰恰抹杀了这一文学样式的历史印记。成长小说是以启蒙时代个人的成长为主题，并以启蒙时代的社会巨变为背景的。这一点赋予它强烈的时代指向，具有鲜明的意识形态性质。主人翁在成长过程中面对的时代、社会，面对的流俗、道德和价值观念体系，不是普遍的一般意义上的，而是特殊的、特指的，即是封建制度下生存发展下来的意识形态体系。例如拉伯雷《巨人传》里巨人家族所面临的观念，威廉·迈斯特成长过程面临的观念，它们不是普世的永恒的，而是此在的。所以，与其说他们的成长是“青少年”的成长，倒不如说是人的成长，个性的成长；而历史的巨变就是社会的巨变，是封建社会以及它所代表的价值观体系的腐朽及面临的巨变。成长小说最大的进步性在于它以主人翁最终战胜这个社会的价值观系统而长大，而不是与它和解和妥协。这是欧洲启蒙思想对封建残余的胜利。

诚然，作为成长小说这一文体的发展，在后世的欧洲和美国近现代小说史上，也都出现过类似的创作，在思想主题性质方面发生了巨大变化，但是主人翁最终战胜占统治地位的意识形态，没有与社会流俗妥协，这一点是一致的。法国巴尔扎克的小说《高老头》《幻灭》，英国理查森小说《帕美拉》《卡拉丽莎·贝娄》，狄更斯《大卫·科波菲尔》《奥列佛·退斯特》，美国马克·吐温《哈克贝里·芬恩历险记》到菲茨杰拉德《了不起的盖茨比》、塞林格《麦田里的守望者》等，都表现了青少年在与社会的撞击中成长过程，都可以说是成长小说类型。

中国成长小说是否还有“辩证发展”的体裁？存在“类成长小说”“反成长”或“非成长”小说吗？之所以这样问，是在中国当代小说创作中出现了具有“反成长”性质的小说，具有很鲜明的时代思想和文化特色。张清华教授和孟繁华教授用“类成长小说”这一概念来概括，意思是这类小说徒具成长小说类型却不具其内涵。沈宏芬在博士论文里举了铁凝的《玫瑰门》和《大浴女》、虹影的《饥饿的女儿》、苏童的《河岸》、叶兆言的《没有玻璃的花房》、东西的《耳光响亮》以及王刚的《英格力士》和叶弥的《美哉少年》，作为这一类型的代表。这是一类特殊的文本，很难把它们与德国成长小说相比较，更不可能把它们纳入到美国式“成长小说”这一类型里去；英国、法国、美国的类似类型的小说，恐怕也很难与上述中国小说相比较。我的意思是，中国这个特殊时代产生的上述小说，以及没有被提及的类似小说，其思想深度、创伤以及对它的疗治心理程度、艺术水准乃至语言，恐怕另成体系，是否列入成长小说类型，哪怕称之为“反成长小说”，尚可深入思考。它们是中国当代成就的小说类型，极其特殊和具有时代性质的小说文本。

沈宏芬在博士生期间从事成长小说研究，撰写了以中国成长小说为主题的论文，获得了博士学位，后来跨学科作译介学博士后，并赴柏林自由大学继续学习深造。她的思维比较活跃，对大千世界抱有浓厚兴趣，先后去德国、奥地利、美国和其他国家地区访问游学，收获良多。这次终于静下心把研究的成果付诸出版，是值得庆贺的事情。相信这部书稿能够体现中国学术界关于成长小说现今研究水平，也希望沈宏芬博士在此基础上继续深耕，取得新的好成果。

以上，权作序言。

邱运华

2025 年 3 月，北京

目　录

前　言

20世纪初期是一个剧烈变革的时代。此时，西方文学和文化都迎来了根本性的转向。现代主义的诞生带来了崭新的文学形式和文学观念，对包括成长小说在内的西方文学传统提出了全新的挑战。随着共产主义革命和思想运动的发展，以无产阶级为主体的主人公成为书写的新起之秀。这正是中国成长小说诞生所面临的世界图景。中国的国门被打开以后，随之而来的不仅有西方过去几百年间产生的各种成长小说，包括18、19世纪的以资产阶级新人为主体的欧美经典成长小说和正在崛起的以无产阶级为主体的成长小说如苏俄文本，而且有不同传统和派别的文学观念和文类概念，以及当时已经耐人寻味的个人主义和启蒙主义。这些都成为孕育中国成长小说的核心要素。20世纪初中国现代性的宏旨——文学革命、国民改造和现代中国建构——也提供了一个促使中国成长小说发生的环境。从这个意义上来说，中国成长小说的发生，与西方成长小说的发生有着高度的一致性，即它们都是随着现代国家建构和启蒙而诞生的。但两者不一样的是，西方成长小说与启蒙现代性一直是同构的，现代资本主义世界的扩张、工业革命、现代教育的兴起，都为资产阶级新人提供了一个激动人心的舞台，使他/她的成长具有超越私人意义的公共性质，来呈现西方启蒙现代性对理性和未来的信仰。而中国成长小说则更像是挫折的产物，它与启蒙和现代性都出现了不同程度上的错位。1920 年代革命文学呼声渐起，中国成长小说开始面临一个特殊的、难解的问题：阶级。到 1940 年代冯至开始自觉地引入成长小说概念的时候，意识形态也开始作为主导力量来强势介入文本创作，这就使得政治诉求和文学自律之间出现了更为紧张的冲突。中国成长小说的文本实践、批评论争和理论建构，也随着启蒙和革命所构成的框架变化而不断地对话和调整。理解中国成长小说，需要在一个动态的张力结构中去阐释美学政治和政治美学的互动和抵抗。政治和意识形态力量，正如福柯所揭示的那样，也以特有的形式进入文本的知识生产和实践中。文学则通过想象参与社会和国民性格的共建。除了这种复杂的共谋关系，文学文本的确也存在革命性的力量，来抵制和瓦解权力中心所建立的大叙事规范和总体性逻辑。

中国成长小说理论、批评和文本作为一种知识生产实践，对权力架构做出了独特的想象、阐述和符号化，并将其转化为主体的内部感受和经验，来触碰、模拟和修正现代性宏旨。

这些系统和运行过程无疑是复杂的。耐人寻味的是，尽管中国小说革命大体上受到进化论或曰线性进步观的决定性影响，但从中国成长小说的角度来看，不是进步观决定了这个文类的性质，而是这个文类的理论建构、批评论争和文本实践，都围绕着这个话题来展开，来论证进步观的合法性，以及该如何去建构这个合法性。对中国成长小说来说，进步和发展不总是一个标准答案，与其说它是关注着新人的成长，不如说它是对“新人”和“进步”、“发展”这一系列概念及其反面概念进行比较，来尝试着回应“合法性”这个问题。中国成长小说不是关于进步的神话，它是关于痛苦蜕变的心灵辩证法，甚至从倪焕之的落伍以及围绕着这个个体的批评论争就可以看出中国成长小说有着“先天不足”。在众多的历史时刻，这个阴影伴随着中国成长小说，见证着这个文类的掉队或过于先锋等，不合时宜。从这个意义上来看，中国成长小说所走的道路艰难而曲折。

如果联系20世纪的世界格局和形势来考察中国成长小说所面临的困境，就能看到一个更为广泛的、国际性的网络摆在我们面前。不仅仅是在苏联、民主德国、匈牙利第二共和国这样的社会主义国家，在美国、瑞典、联邦德国这样的资本主义阵营中，也都先后出现了意识形态对成长小说文本的高度介入，见证了资产阶级和无产阶级在成长小说领域所进行的艰难斗争。无产阶级成长小说、社会主义成长小说、工人阶级成长小说等一系列相关新概念，就是在这个语境中出现的。而且直至当前，中西方都尚未为这些新文类给出较为通用的界定，其价值判断也未明确。更为严峻的问题是，强调意识形态对该类文本的架空成为西方相关话语主流的看法，这样就忽略掉了文本与政治之间实际存在的多重的、动态的关系。上述现象只是呈现了20世纪世界成长小说所面临的问题的一个侧面。实际上，20世纪世界成长小说的危机和变革是全方位的，一方面是传统以资产阶级新人为主体的成长书写范式越来越难以为继，另一方面则是边缘和底层群体如有色人种、女性、移民和工人等获得话语权，来挑战过去成长小说的欧美资产阶级白人男性中心主义。20世纪世界成长小说版图的动荡更迭，从侧面反映了各种革命浪潮和思想文化运动的风起云涌，其中的核心环节，如启蒙主体的崩塌、无产阶级的涌现、社会主义国家的出现和国际无产阶级运动的起伏、边缘和底层所带来的挑战和机遇以及非欧洲中心国家和地区的成长小说的崛起……也都与中国成长小说息息相关。

将中国成长小说放在世界成长小说的框架中去理解和阐释，我们要问的关键问题包括：从成长小说的世界坐标中来看，中国成长小说现象有何特殊性？具体到文类，它与西方经典成长小说范式、当代主流的“反成长小说”范式、亚非世界成长书写以及其他国家和地区的社会主义成长小说或以类似名目出现的范式之间有何异同？中国经验对世界成长小说理论究竟能提供哪些补充和更新？中国成长小说的价值何在，由谁、怎样以及在哪些标准中来判断中国成长小说的价值？从权力和话语层面来说，这里既涉及中国成长小说理论和文本建构作为一种自我言说需要证明其合法性，也关系西方这个他者所带来的影响和焦虑。

第一章　成长小说理论之辨

成长小说在中国是一个舶来概念，它不是中国文学语境中生产出来的本土文类，而是在学习、借鉴和改写西方成长小说范式中产生和发展的。因而，要理解中国成长小说，就需要回到这个文类概念本身，以及20世纪的历史语境中，去重新审查这个文类的核心概念和基本议题。可以说，中国成长小说的发生学所关联的文类，恰恰不是一个单一的、稳定的、统一的“传统”概念，而是多元的、断裂的成长小说家族概念，是被各种不同的批评话语、理论资源和意识形态所争夺的文学资本。而中国成长小说的批评和理论建构，则呈现出更明显的问题意识，它们所讨论的核心问题，如意识形态、乌托邦和国民教育等，都需要回到成长小说的源头去重新审视。因而，本书将危机作为讨论的入口，查看成长小说如何变成“有问题的”的文类，并在这个基础上，尝试回应成长小说文类拓展和嬗变的可能性。

第一节　“有问题的”成长小说

作为西方现代性的文学表征形式，成长小说在欧美各国一跃成为长篇小说的主导文类之一并被不断经典化而获得很高的文学史地位。20世纪初期，文学内部的变革随着外部现实的动荡而越来越激烈，到20世纪中后期，成长小说的合法性地位被置为论争的中心，在持续而广泛的批评声中受到了全方位的质疑和反思。在这一后起的批评和理论语境中，反推成长小说的“传统”建构，成长小说就成为“有问题的”（Problematic）。我们是在这个语境中，来看成长小说的美学建构及其问题。

一　何为成长小说

成长小说，其鼻祖来自德国，德文为 *Bildungsroman*。英文里常用 novel of formation、novel of development、coming - of - age fiction、novel of youth、novel of education、novel of apprenticeship、novel of adolescence、novel of initiation 等来指称这一文类。法语翻译为 roman de formation、roman d'éducation 和 roman d'apprentissage 等。俄文中对应的文类称为 roman vospitaniya。中文早期较多采用教育小说这一提法，目前则更多使用成长小说这个术语。

成长小说在其他语言中译名多种多样，因为 *Bildungsroman* 一词带有德国文学所特有的指称，当它被译成德语以外的词汇时，很难在其他语言中找到一个对等的词。这一现象反映的不仅仅是语言翻译的问题，更为重要的是，译名的多样化也从一个侧面证明了成长小说在德国以外的国家和地区流传甚广，子文本类型众多，当德国范式被翻译和介绍到别的语言文化中时，必然受制于不同国家、不同历史阶段的社会文化对其作出新的要求，并在不同程度和维度上被改写，因而难以用一个通用的、单一的标准去对这个文类进行界定。换言之，理解成长小说，需要将其看成是多元的、动态的和解释性的文类家族。

实际上，西方批评界对于 *Bildungsroman* 这个术语的适用性已经早有争论。成长小说、经历了被规范化、经典化、被解构，又被重新建构的过程。它既包含着一些已经被公认的文类核心和框架，又见证着不断新出的现象以及由此带来的挑战。

如果我们将成长小说进行一个解释性的说明，它可以是：西方长篇小说的经典文类之一，成长小说主要讲述一个个体从幼年到成年这一长大成人的过程。在这个过程中，主人公离开家庭，进入广阔的社会，先后经历爱情的悸动与挫折、事业的彷徨与追求，各种迷误与痛苦，凭借这些充满错误与痛苦的经验，获得对自我和世界更清晰的认知，并由此跨入人生新阶段。

《牛津文学术语词典》（*Oxford Concise Dictionary of Literary Terms*）将成长小说（*Bildungsroman*）解释为"一种小说类型，主要通过描写主人公对身份的艰难探寻，展现他们从童年或青少年时期到长大成人的发展历程"。[①]《韦氏在线辞典》（*Merriam - Webster Online Dictionary*）的解释为"主要关于主人公道德和心理成长的小说"。[②] 词典的录入也说明了这个文类已经在西方获得公认的地位，同时这种一般性的概述，也呈现了成长小说的大体框架和通约性。

成长小说是一个不断被经典化，同时被理论和批评建构的文类。在这个过程中，有几个代表性的声音出现在不同的历史节点，从不同的角度为成长小说的界定添砖加瓦。

成长小说"*Bildungsroman*"这个词，第一次出现是在 1820 年代。摩根斯坦（Karl Morgenstein）在他的讲座中提出这个词，专指歌德的《威廉·麦斯特》一书："它描述了主人公的成长（*Bildung*），即从开始到某一阶段的完善（to a certain stage of completeness）……同时，它通过主人公的塑形来将对读者的教育（cultivation，*Bildung*）推进到别的文类无法达到的层次。"[③] 摩根

---

① ［英］波尔蒂克编：《牛津文学术语词典》，上海外语教育出版社 2000 年版，第 24 页。

② *Merriam - Webster Online Dictionary*，Merriam - Webster Online，http：//www.merriam - webster. com/dictionary/bildungsroman，accessed Aug. 23，2021.

③ Karl Morgenstein，"Über das Wesen des Bildungsromans"，1820. Quoted from Dennis F. Mahoney，"The Apprenticeship of the Reader"，in James Hardin，ed.，*Reflection and Action*：*Essays on Bildungsroman*，Columbia：University of South Carolina Press，1991，p. 101.

斯坦本人名声不显，加之这个词的本意还是在于道德教化，所以它出现后并没有获得太多关注。直到狄尔泰著名的定义，*Bildungsroman* 这个词作为一个文类概念，才广为流传。

1913 年，狄尔泰在《经验与诗》（*Das Erlebnis und die Dichtung*）中指出，*Bildungsroman* 主要是检测个人的发展的“合法性课程”（legitimate course），人生的每一个阶段都有自身的价值，同时它也为后一个阶段的发展做准备，这种向上的、向前的过程，没有其他作品比《威廉·麦斯特》更能体现这一特征。狄尔泰定义中强调的这种乐观、进步观的成长过程，其后被很多理论家所继承。霍威（Susanna Howe）就指出，成长就是个体经过迷误找到自己的位置。①

1970 年代，成长小说迎来了它的另一个经典定义。1974 年，巴克利（Jerome Hamilton Buckley）概括出成长小说应具备的几个关键情节：一个敏感的小孩出生在一个外省家庭，他的敏感天性与其家庭所代表的传统氛围不融，在阅读与学校教育的激励下，他离开家庭，进入城市，先后经历至少两次爱情，一次好的，一次坏的，他在工业化的城市中以市民或工人身份工作，最后可能回到家乡，展示他已经长成为一个有作为的青年。当然，巴克利自己也谨慎地指出，任何一部成长小说不可能全部具备以上情节，但或多或少具备两条或三条上述情节特征。②

经过理论批评界对概念的建构，成长小说拥有了一套相对固定的主题、人物形象、情节模式和文体形式，呈现出一定规范的诗学特性、美学倾向和价值取向。这一系列可参照的要素为成长小说的经典建构奠定了基础。

---

① Susanna Howe, *Wilhelm Meister and His English Kinsmen: Apprentices to Life*, New York: Columbia University Press, 1930, p. 64.

② Jerome Hamilton Buckley, *Season of Youth: The Bildungsroman from Dickens to Golding*, Cambridge: Harvard University Press, 1974, p. 18.

而从文本的角度来看，从 18 世纪诞生到 19 世纪进入高潮，西方出现了一大批大师级的成长小说文本，不仅在它的诞生地德国发扬光大，而且在西方主要的文化区域如英国、美国、法国、俄罗斯都衍生出一代又一代的杰作。这有力地推动了成长小说经典化的进程。但这一进程被现代主义的出现打断。20 世纪战争、革命与改革带来了西方国际版图的剧变，与西方现代性深度捆绑的成长小说也开始进入到一个危机四伏的新阶段。

二　危机与转型

20 世纪成长小说开始面临危机并不是一个单独事件，它是在西方文化整体奔溃的语境中出现的，是西方现代性危机呈现的一部分。所谓的“成长小说已死”，回应的大背景是启蒙主体性的瓦解和启蒙式现代性的批判，反思的是乐观主义的、发展观的成长小说理念。如果成长不是走向与社会的和解及自我实现，那么成长讲的是什么？这个中心问题引发的是全方位的质疑和反思。

在这场从 20 世纪中期开始并持续了数十年的批评论争中，肃清成长小说的德意志意识形态成为首要任务。它直接针对的是 20 世纪上半期德国将成长小说意识形态化并由此来宣扬雅利安人种族优越性的做法，在此基础上，回溯成长小说“传统”美学所隐含的意识形态并提出质疑。与此同时，德国成长小说作为奠基者的“传统”和合法性也被推上了讨论的中心。德国范式和非德国范式之间的比较研究和论争也变得至关重要。在相当长的时间内，不同国家的文本之异同，以及成长小说概念的适用性，比如是否只能用 *Bildungsroman* 来指称德国文本，还是 *Bildungsroman* 这个词已经太过泛化，都成为悬而未决的问题。文体的问题更扩大到对更基本的概念和框架的反思。成长小说的体裁和本质特征，如怎样划分成长小说，究竟哪些原则、情节、母题决定作品是否属于成长小说，甚至成长小说这一提法本身是否还有存在的必要，都引来观点不一的讨论热潮。

从形式到精神内核，过去成长小说所建基的乐观主义成长范式已经不再可能。成长小说的主线发生了根本性的转向：从“成长”变成“反成长”、从“发展”到“反发展”、从“启蒙”变成“后启蒙”、从“乌托邦”到“反乌托邦”、从“向心”到“离心”、从努力融入社会到反抗社会的规训……

转折后的西方成长小说不再写欣欣向荣式的成长，而青睐受困的故事和失败的主人公，展现他们的新主人公受困于紧张、矛盾、百无聊赖甚至是精神疾病。正如论者所言：

> 呈现在现代作家面前的实际上只有两种选择：要么迈出最后一步，进入完全奔溃、精神错乱的世界，……在那里一切现实都有问题；要么迈出不太激进的一步，把整个小说带到自嘲这个可以拯救的平台——换言之，去创作反成长小说，戏仿这类小说的两个分支，流浪汉小说和忏悔小说。第二种途径在二十世纪成长小说中最常见。①

实际上，从莫雷蒂（Franco Moretti）、雷德菲尔德（Marc Redfield）到卡斯尔（Gregory Castle）、埃斯蒂（Jed Esty）和斯特维奇（Aleksandar Stevic）等，不少西方批评家都开始致力于阐释这条以“失败”为主线的成长书写，讨论现代的“反英雄”，并由此重新理解和定位成长小说与现代性的关系，并挖掘出另类的现代性，甚至有论者不局限于20世纪，而将这种“反成长”范

① D. H. Miles, “The Picaro's Journey to the Confessional: The Changing Image of the Hero in the German Bildungsroman”, *PMLA*, Vol. 89, No. 5, 1974, pp. 980 - 992. 中文译文转引自谢建文等主编《思之旅：德语近、现代文学与中德文学关系研究》，上海三联书店2016年版，第130页。

式追溯回 19 世纪下半叶，尤其是当时法国和俄罗斯所出现的批评现实主义力作。

在这条新的主线上，主人公们更倾向于将自己放置在多余人的位置上，过去成长小说所依赖的意义原则，也就是经验的有效性和成长的目的性，都被新的“无用”原则取代。如果说以前的主人公是“诗意”的个体站在散文世界，那么现在则是“失意”的个人站在一个四分五裂的世界。

实际上，这是卢卡奇早就开始讨论的现象。早期，也就是创作《小说理论》的阶段，卢卡奇继承了黑格尔的理路，对资本主义危机的体察与他对文学形式的思考结合在一起，落足于“心灵与形式”的关系，将资本主义的总体性危机归为“异化”。他从现实主义的路径来谈，尤其是将成长小说纳入他的理论和批评的核心位置，提出了“幻灭的浪漫主义”（romance of disillusionment），期待美学作为抵制“异化”、回归和谐的功能和价值。他的重点就是考察资本主义的危机，其立场就是反对资本主义及其现代性，因而他对成长小说的论述，注意力还是集中在 18、19 世纪的欧洲资本主义范式上，而不是针对日渐崛起的苏联文本。从 1930 年代开始，随着共产主义思想运动的扩大和社会主义文学形式越来越迫切地需要理论指导，作为马克思主义者的卢卡奇也逐渐被带进另一个论争的赛道，力证社会主义文学的合法性。在匈牙利和民主德国，他的理论先后被确立为指导性的权威，来为社会主义成长小说的建构提供最有力的支持，而后又在不同语境下受到批判。卢卡奇的遭遇反映出当时无产阶级文学和资产阶级文学之间的殊死较量。那是一个见证着社会主义新人、无产阶级和国际共产主义者成为书写的中心人物的时代。在成长小说领域，一系列相关的文类也出现了。

如果说无产阶级代表着底层的突围，那么随之而起的，还有女性、有色人种这些原来处于边缘的人物进入成长小说领域，挑战着传统成长小说的资产阶级白人男性中心主义。

成长小说版图的变化还包括非欧美中心的人物和文本进入书写的中心。这里既包括欧美国家非裔、亚裔移民和旅居人群的成长经历日渐引起人们的重视，也包括第三世界的成长文本出现，在非洲和亚洲，后殖民或半殖民的文化影响也逐渐显现出力量。

在这个剧烈变化的版图中，我们看到成长小说的形式和内容都出现了新的变化，成长小说家族变得越来越多元，过去那种以资产阶级新人为主人公、乐观主义结局的成长范式变成了“有问题”的。揭示西方成长小说经典过程中所遮蔽的问题，就成为理论和批评的重中之重。

第二节　意识形态与乌托邦

当他指出《威廉·麦斯特》“始于个体自我发展”而“终于政治乌托邦”时，托马斯·曼对成长小说做出了一个非常敏锐的判断。[①] 这道出了成长小说美学政治最核心的内容：个人成长叙事不是描写私人事件，而是作为政治乌托邦的寓言；主体的身份认同是一种政治性的身份共同体概念。成长小说通过想象构成了一种黏合剂，参与到民族共同体的建构中来。

实际上，这里首先是想象出一个同一性的整体概念。早在赫尔德（Johann Gottfried von Herder）对成长小说所做的哲学奠基中，这个个体就是作为一个“人民”（Volk）存在的，它直接指向共同的民族意识（nationalism）。如果我们联系成长小说诞生的历史语境，将会得到一个更为清晰的德意志共同体塑造图景。18世纪，德国还不是一个政治统一体，那时候流行的小说也是翻译

① Thomas Mann, “Geist und Wesen der deutschen Republik”, in Walter Horace Bruford, *The German Tradition of Self - Cultivation: Bildung from Humboldt to Thomas Mann*, London: Cambridge University Press, 1975, p. 88.

和借鉴法国等欧洲小说范式的通俗小说，到了歌德的《威廉·麦斯特》，这一小说类型一举成为国民小说代表，它开拓了一种“想象的共同体”，用小说、想象、文学和文化建构起一种新的集体身份认知方式。为了将德国小说从娱乐低俗的位置抬高到正史的地位，洪堡等理论家做出了不可替代的贡献。成长小说 *Bildungsroman* 这个词汇出现在德语中，是在摩根斯坦的演讲中，而他当时所面对的是拿破仑入侵后民族情绪高涨的听众。成长小说的文学文本与民族认同及其危机感联系在一起。无论是赫尔德、洪堡等人的诗学建构，还是摩根斯坦的文类指称，成长小说的概念都具备强烈的公共性和政治关怀，都是回应德意志民族认同的需要。对尚处于分裂状态的德国来说，成长的理念所树立的目标是确立新兴的资产阶级精神贵族和文化精英的身份，以此来对抗和改善世袭贵族占统治地位的局面。成长理念的最初形式，立足于德国当时所处的历史局面的亟须解决的问题。因而斯瓦勒斯（Martin Swales）指出，在18世纪分裂的德国，德意志民族意识的同一性，不是依靠地理上的统一，而是这种 *Bildung* 人文理念和奠定在这一理念基础上的语言形式以及成长小说这一文类所秉持的内向性所提供的。① 可以说，这个文类理念从一开始就被置于德意志民族性这个精神框架中来展开。正如很多学者所指出的那样，没有任何其他小说能像成长小说这样揭示德国民族性格中最确定无疑的、最本质的特征。②

到了20世纪，成长小说的意识形态性质才被真正地揭示出来。雷德菲尔德（Marc Redfield）强调，成长的乌托邦理念，并

① Martin Swales, “Irony and the Novel”, in James Hardin, ed., *Reflection and Action: Essays on the Bildungsroman*, Columbia: University of South Carolina Press, 1991, p. 62.

② Hans Heinrich Borcherdt, “Bildungsroman”, in Werner Kohlschmidt and Wolfgang Mohr, eds., *Reallexikon der deutschen Literaturgeschichte*, Berlin: de Gruyter, 1926, p. 145.

非中性的，而是由群体所划分的。在他看来，成长小说理论传统就是一个不断赋予自身合法性的过程，因而成长小说实际上是“意识形态”的“幽灵”。在这种解构的框架中，我们看到，成长小说的个人指涉实际上是一个假定的概念，即抹掉了阶级的痕迹，而作为一个普适性（universal）的人的概念。

成长小说的意识形态维度凸显出来，与成长小说的乌托邦维度构成了复杂的关系。成长小说兼具意识形态和乌托邦双重性质。如果我们对成长小说的发展史做一个历史性的比较研究，就会发现除了领导权的合法化的维度，它还蕴含了一条自下而上的超越维度。

巴赫金曾就这个问题进行了讨论。他谈到了乌托邦的“未然”与意识形态的“已然”之间的关系。面对苏联文本范式的崛起，巴赫金用两类文本来呼吁成长小说对意识形态的超越。一类是歌德的文本，以恢复启蒙理性和人的自由精神，另一类则是《巨人传》文本传统，来期待“狂欢”的解构力量，这两者都意在瓦解当时占主导地位的意识形态。

考察成长小说的意识形态和乌托邦性质，卡尔·曼海姆无疑提供了一个恰当的入口。卡尔·曼海姆对意识形态和乌托邦进行了区分，指出意识形态有助于维护现存秩序，也就是将某些思想“组织化地”整合进现存秩序，而乌托邦则不仅要超越现实，而且还要有打破既存现实的束缚的取向。他进一步在现存秩序这个问题上提出了辩证法，即现存秩序容许不同集团的人提出一些未被实现的倾向，“现存制度产生了乌托邦”，而“乌托邦又破坏了现存秩序的纽带”，因而所有的区分都需要建立在“经验现实”之上，甚至“处于上升阶段的阶级的乌托邦在很大程度上通常浸透着意识形态因素”。①

---

① ［德］卡尔·曼海姆：《意识形态与乌托邦》，姚仁权译，中国社会科学出版社2009年版，第182—193页。

在西方成长小说的诞生阶段，乌托邦和意识形态因素的确处于曼海姆所阐述的纠缠与掺杂状态。从 18 世纪到 19 世纪中期，成长小说都试图在意识形态和乌托邦的张力结构中，为资本主义现代国家的崛起和资产阶级新人的塑形提供合法性。尤其是 19 世纪欧洲历史主义和民族主义走向巅峰，成长小说的社会化程度也日益加深，其制度化也日渐完善。在《威廉·麦斯特的学习时代》中，个人成长和国家建构之间的关系仍然被伪装成一个审美选项。相比之下，19 世纪的成长小说毫不犹豫地强调了文本与国家之间的紧密关系。例如，司汤达通过将《红与黑》（1830）副标题为“一八三零编年史”，从而突出主人公的失败与波旁王朝的覆灭之间有着不可分割的联系。而从另一个角度来说，司汤达提供的否定辩证法也是成长小说批判性逐渐崛起的标志。

进入 20 世纪之后，成长小说呈现出越来越强烈的抵抗精神和革命性力量，包括族群革命、阶层革命、弱势或少数群体革命等维度。实际上，成长小说越来越多地呈现出层次、裂缝、空白、错乱和匮乏，与意识形态呈现出更复杂的关系。文本的离心结构说明了主导意识形态逐渐失去它对文本的有效控制，边缘意识形态开始抢夺文本的话语权。

第三节　社会规训下个人的合法性

20 世纪的成长小说文本、批评和理论，将成长小说的个人问题，也就是主体问题放到了意识形态、权力结构和话语逻辑构成的网络中来讨论“主体”的“自由”。在这个阶段，阿尔都塞、德里达等人的理论为成长小说理论批评提供了批判的框架。阿尔都塞明确地提出了具体的个人是被意识形态传唤为主体。[①] 德里

---

① ［法］阿尔都塞：《哲学与政治：阿尔都塞读本》，陈越编，吉林人民出版社 2003 年版，第 361—372 页。

达致力于解构逻各斯中心主义，揭示“主体”的“幽灵”性质。这些都集中阐释主体作为意识形态对象的性质。正是在这个角度，雷德菲尔德（Marc Redfield）用“幽灵”来谈西方成长小说。

意识形态作为权威进入主体中心这一具体化的过程，在福柯的理论中被阐释得很清晰。借用福柯的理论来看，意识形态进行的权力规训，不再是简单地通过否定性的手段，如压制、排斥和消灭去实现的，而更多是通过肯定性的方式，如激励和改造来实现的。也就是说，成长小说所面对的外部规划不是通过完全排挤掉私人的、内心的、感受性的一面来固化外部力量的绝对权力，而是强调外部的要求必须内化到自我认知中去，从而带来行动上的改变。这也是莫雷蒂所看到的，成长指的是个体主动接受外部规训，也就是说如果个人依旧对社会规范采取排斥态度，那就说明外部规范对他来说，仍然还是外在的，没有进入他的性格内部，而只有当他主动地认识到这些社会规范的重要性和“正确性”的时候，他的性格才因此产生真正的变化，从而外部规范就进入了个体性格发展的内部，成为个人塑形的关键环节。正是对这一点的强调，哈尔丁将他所主编的成长小说论著用“自省”（reflection）和“行动”（action）来命名，即强调成长小说为个人和社会的双向实现所做的工作。

在19世纪末期以前，成长小说的心灵辩证法就在强调个体怎样通过自我教育来实现外部世界规训的内化。在成长小说哲学奠基之初，赫尔德等对个人与外部规则之间的有机互动保持着最高的热情。歌德的《威廉·麦斯特》为这一张力的实现提供了最初的范例。个人成长进入成年，在这个过程中，个体获得对自我和世界的新认知，去掉自我身上不合适的性格、超出实际的理想，完成自我实现，同时也参与到社会中，与他人发生联系，为社会发展作出贡献。歌德描绘的个人和社会的相互实现激励了后人对完满的热情。狄尔泰描绘个人接受社会对其的要求也完善了自我这一乐观主义，同时为成长小说定下了一个基调。

19 世纪，抽象的“成长”理念被海量的成长小说文本具体化。一方面，以英国成长小说为代表，“成长”的个人走向了一个制度化的过程。这就是卡斯尔所分析的启蒙式成长在 19 世纪被合理化和官僚化了，19 世纪的“成长”（*Bildung*）是一种“社会化实用主义成长”（socially pragmatic *Bildung*）。[①] 尤其是英国成长小说表现出明显的社会规约性质。在众多的 19 世纪英国成长小说中，主人公的成长的任务是回归到他/她的中产阶级位置，因而英国成长小说经常被看成是“社会小说”（Gesellschaftsromane，or social novel）。

而另一方面，则出现了法国成长小说所代表的革命和颠覆倾向。个人和社会的拉扯越来越趋向两端，个人向所谓的“生活艺术”提出了挑战，也就是肯定这个独异的个体及其代表的少数人，而否定大多数人组成的那个“腐化堕落”的世俗世界。

这一理路在 20 世纪被发扬光大。讨论矛盾结构中个人的失败，在 20 世纪的西方成长小说批评界成为一个主要的方向。一开始大家的焦点在于多大程度上能去实现理想中的个人和社会双向和谐。后期关注的中心则不再讨论怎样才是一则“成功的”成长，而是看什么在规定何为“成功的”，现在的焦点落到了对话语“合法性”的关注。莫雷蒂、雷德菲尔德、卡斯尔、埃斯蒂（Jed Esty）和斯特维奇等都从不同维度对“失败的”成长做出阐释，来推进对西方现代性的反思。卡斯尔就认为，19 世纪末以降所呈现的“失败”的成长应该理解为“对自我教育（成长）的制度化的成功抵抗”，具体来说，是“作为对启蒙美学精神成长概念所做的治疗和修正的现代性项目中的一部分”。继而，他对现代主义成长小说做出了独特的见解，他反对“失败的成长”形

---

① Castle Gregory, *Reading the Modernist Bildungsroman*, Gainsville: University Press of Florida, 2006, p. 1.

态意味着这个文类的终结，恰恰相反，他认为现代主义成长小说才是这个文类的“批判性胜利”。①

这就意味着，“去社会化”的“反成长”占据了合法地位。个人主义的，尤其是“失败的”个人主义，恰恰被看作一种革命的力量，来反对和冲破社会规训的自证性逻辑。

20 世纪盛行“反成长小说”，它主要描写个体以反向的方向对外部世界提出怀疑。在这个范式中，理想状态下个人和社会和谐已经无法期待。用莫雷蒂的话来说，和谐的成长只能出现在前资本主义社会，而现代社会是以变动不居为特征的，它不再具备支撑个体与社会的双向实现所需要的那种稳定性。② 古典成长小说的功能是鼓励个体成为对社会有用的人，“反成长小说”则以怀疑和嘲弄，来审视何为“有用”这个社会标准。“反成长小说”中呈现的社会大多是一个黑暗的成年人世界，它要么道德腐败堕落，要么充斥着功利和虚荣，或者兼而有之。“反成长小说”的主人公不再像在古典成长小说中那样漫游世界去体味资本主义地理扩张和财力、精神都处于上升期的大千世界，而是向内转，走向自我内心，成为怀疑论者、审视者。“反成长小说”意味着成长书写作为现代化的叙事神话的终结，它的出现被视为帝国主义自我问题的暴露，而不是提供答案。

在这一框架下，后殖民成长书写中的“反成长”，也就是埃斯蒂概念中的“反发展小说”，就沿着帝国成长小说中无法发展的主角这条路径，暗示整个未能实现现代化的殖民地之困境。

这种危机书写和对帝国主义意识形态的质疑还表现在另一个文本范式领域，即社会主义成长小说或以类似名目来提的文本类

---

① Castle Gregory, *Reading the Modernist Bildungsroman*, Gainsville: University Press of Florida, 2006, pp. 1 – 3.

② Franco Moretti, *The Way of the World: The Bildungsroman in European Culture*, London: Verso, 1987, p. 27.

型提供的一种新的批评理论和框架。早期的卢卡奇将社会与个人的矛盾放在资本主义现代性的“总体性”危机中理解。他将成长小说分成两种：抽象的理想主义范式和失意的浪漫主义范式，他认为只有歌德的《威廉·麦斯特》将两者很好地结合在了一起。继承黑格尔的思路，他发展的是反资本主义的浪漫主义要素，即强调诗意的主人公在现实世界中的格格不入，并将个体和社会的矛盾看成资本主义总体性危机的一个象征。而作为马克思主义者的卢卡奇，则进一步去建构无产阶级成长小说/社会主义成长小说的合法性。这就为社会和个人的关系带来了全新的框架。因为该类文本通常具有高度意识形态架空特征，这就为成长小说文类带来了一个根本性的挑战。西方理论家将社会主义成长小说看成一种“意识形态小说”，质疑在政治的规约下，集体以压倒性优势完全否定掉个人，按照这个逻辑，新的问题就变成了：没有了个人的成长小说还算是成长小说吗?

第四节　国民教育与公共性格塑形

如上述内容所呈现的，成长小说的框架建立在个人与社会、文学和政治组成的张力结构之上，而读者教育就是实现这种张力的重要环节之一。正如托马斯·曼所指出的那样，《威廉·麦斯特》始于个体发展而终于政治乌托邦，“在这中间站的是教育”。①

成长小说自诞生就开始成为国家建设和自我教育的互补寓言，个体心灵的成长叙事成为民族想象共同体的有机组成部分，这一点无论是对早期资本主义国家建构还是“第三世界”文学作

① Thomas Mann, “Geist und Wesen der deutschen Republik”, in Walter Horace Bruford, *The German Tradition of Self - Cultivation: Bildung from Humboldt to Thomas Mann*, London: Cambridge University Press, 1975, p. 88.

为一种“民族寓言”都有效。

对“成长”的教育维度起到哲学奠基作用的，主要是卢梭与席勒。卢梭的《爱弥儿》帮助欧洲人认识到青少年不是小的成年人，而是一个独特的人生阶段，他们与成年人不一样，有着自身特殊需求和情感特征；而席勒的《美育书简》则讨论在成长过程中，儿童的需求和能力是怎样被塑形和指导的，他将“成长/教育”（*Bildung*）看成个体——一个“普遍意义的个体”（universal man）多面发展可能性的一个摇篮。① 席勒的这种关注很好地体现在了成长小说的鼻祖——《威廉·麦斯特的学习时代》这部小说中，在这里，歌德的关心对象绝不仅仅是作为自身投影的主人公，而是将读者教育也考虑其中。正是从这个维度，几个世纪以后的亨利·詹姆斯（Henry James）依旧对歌德开创的这种关注给予了高度的认同。詹姆斯认为，歌德开创的那种成长经验对年轻读者来说，尤其具有重要的教育意义，这些年轻的读者“感到它促使他们为生活赋予一种意义”。② 早在摩根斯坦对成长小说的最初界定中，他就已经指出：“它之所以被称为成长小说，主要是因为它的内容，因为它描写主人公达到某个程度的成熟的塑形（formation，*Bildung*）过程，但第二点，也是它通过主人公的塑形将对读者的教育（cultivation，*Bildung*）推进到别的文类无法达到的层次。”③

成长小说的教育维度，不是强调学校教育，而恰恰是自我教

---

① Thomas L. Jeffers, *Apprenticeships: The Bildungsroman from Goethe to Santayana*, New York: Palgrave Macmillan, 2005, pp. 2－3.

② Henry James, “The Prefaces to the New York Edition”, in *Literary Criticism: French Writers, Other European Writers*, New York: Library of America, 1984, pp. 947－948.

③ Karl Morgenstein, “Über das Wesen des Bildungsromans”, 1820. Quoted from Dennis F. Mahoney, “The Apprenticeship of the Reader”, in James Hardin, ed., *Reflection and Action: Essays on Bildungsroman*, Columbia: University of South Carolina Press, 1991, p. 101.

育，但这种自我教育，由于必须经由社会现实对个体的教育而展开，因而它有着积极的观察现实、介入现实的维度。

理想化的成长/教育（*Bildung*），其目的是要恢复社会秩序，使个体成为合格的国民。早在席勒的框架中，*Bildung* 有着精英主义的倾向，但总的来说，*Bildung* 的大传统还是在讨论怎样将一个普通个体教育成有用的社会公民。在这个意义上来说，*Bildung* 也带着强烈的教化色彩。

教化首先意味着有个更为完美的原型、范式或模式，作为个体成长的引导者或指路人，这使得教化有着宗教意义上的崇高化倾向，只不过不同于中世纪宗教扮演着绝对的权威，现在这个教化的源头变成了文化教育，也就是成长小说概念所对应的关键词汇——Kultur。“教化”这个概念，讲的是外部的权威或规则必须进入个体内部，有一个吸收、转化和进而同化的过程。

在这个结构中，普适化的合法性就极其重要。这里既包括自上而下的模范和劝导来培养接受社会规训的个体，也包括将某一个特殊群体的形象一般化，比如用中产阶级白人男性的主导范式去规避和排斥其他经验。

正如卡斯尔所揭示的，19 世纪末以降所呈现的“失败”的成长就是对这种“普适化”的“自我教育（成长）”及其制度化的抵抗。具体来说，是“作为对启蒙美学精神成长概念所做的治疗和修正的现代性项目中的一部分”。与被理性化和资产阶级化的成长教育观相对，19 世纪末期起始的这种现代主义式的成长观则尝试着来恢复自我发展过程中的美学教育和个人自由的价值。①

20 世纪读者教育被赋予一种完全不同的革命式的力量。托马斯·曼强调美好社会的建构是从下至上（bottom up）的，而非自上而下的。这种看法与巴赫金意义上的成长小说的乌托邦性较为

① Castle Gregory, *Reading the Modernist Bildungsroman*, Gainsville: University Press of Florida, 2006, p. 1.

一致。巴赫金的成长小说理论将《巨人传》当作成长小说的先驱之作，他看重的就是大众的狂欢精神中蕴含着解构主流意识形态的革命性力量。以巴赫金为代表，20世纪的成长小说理论所讨论的读者教育出现了一个新转折。在巴赫金的论述中，个体站在一个开创性的时刻，历史的车轮如今像巨大的轮子一样，以同样的引力召唤着每一个个体，召唤他们来开创自己的时代。这种时间观也更为紧迫，时间具备了一种"临盆感"。而个体则具备了革命性的力量。这种理论号召的读者将不再是等待教育的对象，而是主动的参与者。托德·康锲甚至认为"阅读既不是重复现实，也不是去逃避现实，而是转化（transform）现实；而成长小说就是检测这种转化的文类"。[①]

这种新的读者教育视域无疑做了很大的突破，但影响甚小。比如巴赫金的成长小说在很长的阶段一直处于被湮没的状态。新的读者教育需要等到20世纪下半期。

从传统的读者教育局限中突围出来，新的读者教育观直指过去所面临的问题。它在不同方向获得新的生命力。其一，它对年轻的读者有着新的期许。在西方新出现的文学类型——"青少年文学"（Young Adult Literature）中，有部分文本就采用了成长小说的范式，这类文本通常结合着反乌托邦视域，将读者教育前所未有地推进了，它通过呈现反乌托邦的图景，呼唤批判读者的产生。也就是说它不再将读者教育看成自文本到读者的反应式教诲形式，而更依赖世界观和价值观正在形成的青少年与文本进行双向的互动。其二，在有色人种、女性成长经验范围内，读者教育也被看作成长书写的一个无可替代的维度并将其展开了。以少数族裔和女性为主人公的成长小说中，呈现出一种反同化的倾向。比如在美国，移民面临的一个主要问题，就是主流对其归化和同

---

① Todd Kontje, "The German Bildungsroman as Metafiction: Artistic Autonomy in the Public Sphere", *Michigan German Studies*, Vol. 13, No. 2, 1987, p. 144.

化的要求，而以移民群体为主人公的成长小说中，个体成长的要求则是保持其差异。其三，“反成长小说”中叛逆的主人公感召着批判性的读者，“反成长”文本恰恰不是教育读者去接受社会规训，而是拉开读者作为个体与社会的距离，期待读者的怀疑精神和批判视角能够走出盲从。总的来说，此时的性格塑造不是以单一的、某一个特殊群体的要求来规范所有人，而是看到身份的差异，努力寻求多元。

成长小说对个体/公民的培养，表明了个体在与权威、政治和主导意识形态等一系列要素所形成的范式中不断地偏离、寻求，其结果或复归到某个同化的范畴中去，或偏向异化。而在这不断的冲突和交流中，成长的方向也成为话语和权力的必争之物。

第五节　范式与文类嬗变

作为一个存在时间长、流传范围广的文类，成长小说的文类范式有一些相对稳定的模式，但它也在变化和发展。在当下全球性现象越发显著和理论反思日益加强的情况下，成长小说的文类演变成为一个比较有争议的议题。

一般来说，成长小说被划分为三种子文类：发展小说（*Entwirklungsroman*，“novel of development”）、教育小说（*Erziehungsroman*，“pedagogical novel”）和以艺术家为主人公的成长书写（*Künstlerroman*，“novel of the artist”）。但这种归类已经仅仅只是一个松散的划分，长期以来，也一直有批评家致力于去厘清和阐释这些子文类概念，以及它们与 *Bildungsroman* 之间的关系。

另一个引起批评家关注的是成长小说范式演变的历史性问题。也就是说乐观主义范式的发展和继承，以及与之相反的范式的出现及其评价。20 世纪之前的西方成长小说可以被划分为三种形态或阶段：第一为18世纪末至19世纪上半期的成长小说，以德国成长小说为代表，主要是一种乐观的、和谐的成长形态；第二是19世纪中期开始出现的类型，主要以法国和俄罗斯的成长小说为代表，这类文本提供的是“失败的”、悲观的成长叙事；第三则是以英国文本为代表的，回到乐观主义的范式。而到了20世纪，“失败的”成长成为主流模式。与之相应的是，“反成长小说”概念的出现。

“反成长小说”的概念界定一直较为模糊。它有一些特征，即以“反英雄”的“失败”和“反成长”来书写另一种启蒙。这种启蒙不是以成年人的“成功”来作为年轻个体成长的导向原则，而恰恰是肯定青少年的天真和叛逆，来抵制成年人那种世俗的“规则”世界。具体来说，它还有一些结构上的配置。过去成长小说所倚重的德性教育退出中心舞台，与世界格格不入的主人公们保持着另一种“纯洁”，来对抗外部世界对其的规训，包括道德、宗教信仰、爱情和日常生活中的种种界限和要求。与此同时，“导师”的意义也变得可疑。在质疑和解构权威的背景下，现在的“导师”们更多被呈现为世俗庸人，而不是过去那种在各个方面比主人公要高人一等的形象。从文体的角度来说，以导师训诫或劝导为主要风格的教育小说越来越少，取而代之则是以艺术家为主人公的成长小说越来越多，后者以一个疯疯癫癫的、遗世独立的艺术家为中心，病态的独语成全了抒情的自我，告别了上帝视角的导师/作者的权威叙事。新的文本要求一种新的抒情风格，展现的是情感多余，并以此来反对理性规划和判断所建立的现实主义，而彰显一种新的现实，即心理上的现实主义。抒情变成了对情感和个人体验的拥护，与其针锋相对的，则是现代城市的“恶之花”——这不是典雅的散文世界，而是当代被战争、种族、冲突、性别和商业等共同建造起来的现代世界。时间观和空间感被新的原则重新塑造，这里意识流、多重声音、空白、断裂和矛盾等新的关键词占据中心位置，构造起新的形式。

“反成长”范式不是一个国家、一个主题范畴之内的现象，而是一个全方位出现的类型，尤其流行在以女性、少数族裔为主人公的成长书写中。从后殖民的角度来看，非欧美中心的成长叙事倾向于采纳“失败的”结构，其目的就是反欧美文化的霸权。当然，这种建构的“他者”究竟在何种意义上能够作为真正的“他者”，又是一个新的问题。

边缘的、底层的要素要进入成长范式里，也不仅仅只是以上述说的“反成长”模式来挑战已有的中心主义，还有一种以无产阶级、共产主义者或社会主义新人为主人公的模式，也是对西方资产阶级成长传统的挑战，但是逐渐加强了其建构性的功能。实际上，无产阶级主人公早已经出现在西方传统的成长小说中，比如农民出身的于连，但这些主人公的成长和发展的道路很快被纳入资产阶级新人上升的轨道中，即使于连用自我毁灭来控诉阶层的矛盾，它也仅仅只是提供有限的批判。只有到了20世纪，作为无产阶级的主人公，才开始有了阶级斗争的自觉意识。在美国、瑞典等西方资本主义国家内部，都先后出现了无产阶级成长小说书写的热潮。而随着苏联的成立，社会主义成长小说则日渐成熟。对无产阶级成长小说和社会主义成长小说这类概念，目前学界较少去做具体的定界，而是直接采用了这些名称。实际上，从事实判断上看，无产阶级成长小说、社会主义成长小说这类范式是存在的，但从价值判断上谈，问题比较复杂。尤其是苏联模式的扩大和影响，使得这类文本的合法性遭到了质疑。这类文本通常被看成“意识形态小说”，也就是说批判者认为，这类文本由于其高度的政治性而瓦解了文学文本的自律，由集体主义否定了个人主义，而一旦没有了个人，所谓的“成长小说”就不再为成长小说。意识形态成为这类范式证明其合法性而需要面对的最首要的困难。

首先为社会主义成长小说、无产阶级成长小说这类文本的合法性做辩护的有卢卡奇。他所做的努力分为一正一反两部分。早在20世纪初期，还未转变为马克思主义者的卢卡奇就已经开始在为资产阶级成长文本的消亡寻找线索。此时，他关注的成长小说还是欧美18、19世纪传统的成长小说。而转变为马克思主义者之后，他则从正面开始树立无产阶级文学、社会主义文学的正统地位。在这一对比中，他认为，19世纪的批判现实主义，从外部对人物进行塑造，与之对应，社会主义现实则是从内部（from the inside）描述主人公。

然而受制于意识形态，西方成长小说理论批评界对无产阶级成长小说和社会主义成长小说的讨论和研究未能系统地深入下去。这也再次证明了成长小说的范式转变以及相应的理论批评从来都不是纯文学范畴的问题。

第二章　中国成长小说的“合法性”建构

作为一个舶来文类，成长小说在中国走了一条艰难的中国化道路。在危机与变革中，中国成长小说诞生就与启蒙、革命这些现代性的宏旨纠缠在一起，在美学政治和政治美学的交错中，来回应阶级、阶层、亚群体等身份政治问题。而在这一历程中，个体的幽微体察、爱憎哀乐，闪烁其间，并以此来书写、呈现和想象何为“情动中国”。中国成长小说和现代性有着怎样的关系？是否可以说中国成长小说是属于“被压抑的现代性”？这些问题成为我们讨论中国成长小说的出发点。从理论话语到范式文体，中国成长小说的“合法性”建构向问题敞开、为寻找可能性做了诸多尝试。

第一节　理论框架与话语结构

从晚清开始的一系列社会变革，将中国从一个政治、经济和文化落后的状态中，带入了现代化框架中。从此现代中国建构开启了它的历程，现代国民性格塑造与培养在国民性批判的浪潮中寻找新的可能性。“少年中国”需要新青年，文学承担其想象和建构新青年形象的重任。究竟怎样才算是新青年、我们需要怎样的新青年，以及怎样去塑造理想中的新青年这一系列问题，都成为讨论的焦点。

梁启超对现代国家和新国民的想象具有里程碑式的意义。他对现代中国共同体的想象和体验，具有强烈的民族主义倾向，也就是强调建立一个独特的现代中国，并对其读者教育抱着超乎寻常的浪漫主义式的热情。建立一个新的中国，首先意味着对旧中国的批判。梁启超借用了一系列西方思想文化资源，来阐述老旧中国具有各种问题。他借用孟德斯鸠的观点，来说专制政权下的教育目的是使人服从；他同意福泽谕吉的观点，说明过去中国的文艺精神是要调和人的性格、情感和需求，目的要使人柔弱、顺从。他还指出了中国传统社会以家庭为本位。1902 年，梁启超发表了一系列作品，非常集中地呈现了他建构新国家和新民的思想体系。

在《新民说》中，他在开篇发问，世界上这么多国家民族为何有些强有些弱，其答案在于“国也者，积民而成”，因而“欲其国之安富尊荣，则新民之道不可不讲”。[①] 在这里，梁启超推崇的“新民”，是作为国民来谈的，具有鲜明的集体主义性质，更确切地说，是民族主义性质的人格理想。在梁启超对公/私、群/己的讨论中，他偏向于前者，强调个体的“合群”概念。梁启超对“新民”的想象，服务于他对未来民族国家的建构理想，而这种理想，又受到了达尔文世界秩序的影响。这也说明了梁启超“新民”思想的另一个特点，即梁启超采用了进化论。在《新民说》第七部分“论进取冒险”中，梁启超论述道：“理想与未来，属于希望。而现在所行之实迹，即为前此所怀理想之发表；而现在所怀之理想，又为将来所行实迹之券符。然则实迹者理想之子孙，未来者现在之父母也。”[②]

如何塑造他所说的“新民”，梁启超将讨论延伸到了教育这

---

① 梁启超：《新民说》，《梁启超全集》第三卷，北京出版社 1999 年版，第 655 页。

② 梁启超：《新民说》，《梁启超全集》第三卷，北京出版社 1999 年版，第 668 页。

个问题。在《教育政策私议》这篇文章中，他对比欧洲的国民教育，提出“今中国不欲兴学则已，苟欲兴学，则必自以政府干涉之力强行小学制度始……”① 梁启超对教育的方向也有着自己的体察，他认为教育制度必须适合自己的民族特点。

除了一般性的教育理念，梁启超最有影响力的提法在小说教育国民。实际上，在1897年康有为就已经在其《日本书目志》中指出了小说育人的功能：

> 吾问上海点石者曰：“何书宜售也？”曰：“书今不如八股，八股不如小说。”宋开此体，通于俚俗，故天下读小说者最多也。启蒙童之知识，引之以正道，俾其欢欣乐读，莫小说若也。②

梁启超对此做了进一步的阐述和发挥。在《论小说与群治之关系》中，他提出了用小说来教化“新民”：“欲新一国之民，不可不先新一国之小说。……欲新人心，欲新人格，必新小说。何以故？小说有不可思议之力支配人道故。”③ 对小说的教育功能的重视，无疑是对小说娱乐功能的抵制和打压。这种对小说的价值判断以及它进而影响到的写作风格，就在梁启超本身的著作中得以体现。在《新中国未来记》中，梁启超用乌托邦小说模式阐释了他想象的未来中国盛世图景，并且有意思的是，梁启超将中国盛世放在了一个万国来访、共商和平的场域中，所谓“孔子降生后两千五百一十三年……我国民决议在上海地方开设大博览

① 梁启超：《教育政策私议》，《梁启超全集》第三卷，北京出版社1999年版，第754页。

② 康有为：《日本书目志》，转引自陈平原、夏晓虹编《二十世纪中国小说理论资料（第一卷）1897—1916》，北京大学出版社1997年版，第29页。

③ 梁启超：《论小说与群治之关系》，《梁启超全集》第四卷，北京出版社1999年版，第884页。

会……各国专门名家大博士来集者不下数千人，各国大学学生来集者不下数万人”。[①] 他的主人公也是新青年，然而冗长的政治辩论以及政治性的语言，让这个功能性的青年，与成长小说所倾向于塑造的人物形象截然不同。但梁启超对小说诗学的定位以及他的影响，与德国成长小说诞生所依赖的哲学奠基人洪堡等的看法和影响有一定的相似性。德国现代小说诞生之初，主要是学习法国等其他欧洲国家的通俗小说，因而更注重趣味性而缺乏思想深度和文学性。鉴于这一状况，当时的思想家们尝试着给小说注入新的东西，强调严肃的内容和文学性，而将小说诗学一举推为正史的地位，而这一努力的成功也得益于《威廉·麦斯特》的出现。梁启超的一系列努力，从思想、政治层面到小说革命维度，体现了近代进步知识分子对未来中国及其国民的共同体想象，也为中国成长小说的诞生创造了条件。

从文学艺术的角度去思考国民性格培养，当时流行的还有美育这个代表性的提法。蔡元培是美育教育的理论提倡者和实干家。他的《学堂教科论》（1901）、《对于新教育之意见》（1912）、《一九〇〇年以来教育之进步》（1915）、《教育界之恐慌及救济方法》（1916）、《在浙江旅津公学演说词》（1917）、《普通教育与职业教育》（1920）等一系列文章讨论了现代教育体制规划，而他的《以美育代宗教说》（1917）和《文化运动不要忘了美育》（1919）等论文专门讨论了美育问题，将其纳入中国现代教育体制之中，来谈其现代性建构。在其 1912 年主持颁布的《教育宗旨令》中，他将美育列入其中，这更使美育正式进入国家政策纲领中。

与此同时，王国维也在对教育进行全盘考量中，将美学教育提到了中心位置。他是较早将美育概念引入中国的先觉者，1902

① 梁启超：《新中国未来记》，《梁启超全集》第十九卷，北京出版社 1999 年版，第 5610 页。

年，他翻译了牧濑五一郎的《教育学教科书》，其中包含：“又文科、理科之教育，谓之知育。图画、唱歌等，谓之美育。”在他写作的《论教育之宗旨》《孔子之美育主义》（1904）、《叔本华之哲学及其教育学说》（1904）、《教育家之希尔列尔》（1906）、《论小学校唱歌科之材料》（1907）等一系列文章中，他系统地论述了何为美育以及美育的功用。他将教育分为三个部分“知育、德育（即意志）、美育（即情育）”，并强调美育可以“使人之感情发达，以达完美之域”。王国维青睐“纯粹的”美学，具体而言，这里包含了美学的自律和美学的超功利，他在乎的是席勒意义上的“美丽心灵”（beautiful soul）。他将其美学思想运用到具体的文学批评中。王国维认为，文学可以起到“教育感情”的作用。在《教育偶感四则·文学与教育》（1904）中，他强调文学的精神教育维度：“生百政治家，不如生一大文学家。何则？政治家与国民以物质上之利益，而文学家与以精神上之利益……而言教育者，不为之谋，此又愚所大惑不解者也。”文学作为一种审美活动，解决的是主体的人生价值问题。

如果说在蔡元培的实用主义框架下，他的美育思想和实践实现了有机统一，那么王国维的无用之用则遭遇到了美学和实践的分裂，前者对他来说是关乎天才的培养，而后者则更应该注重普通国民的性格和素质养成。在其《尼采之教育观》中，王国维对尼采的 *Bildung* 这个概念进行了阐述，也就是看到了天才/英雄教育和普通合格国民教育之间的区别。

实际上，这两者在鲁迅的“掊物质而张灵明，任个人而排众数”和国民性批判及改造中就得以兼容。在现代化的框架中，国民改造的目的，带着救国和立人的双重任务。

作为教育家和文学家的叶圣陶，也是教育救国、教育育人的积极倡导者与实践者。他也追求教育“健全的公民”，主要贡献了儿童本位这个视角，如果说作为教育家的叶圣陶更强调学校教育，那么作为文学家的他则更注重自我教育，他的成长小说代表作《倪焕之》，主人公就是在试行对儿童进行学校教育的基础上所进行的自我教育。

1940 年代，冯至对歌德等思想和文本资源的接受和译介，将中国学界对成长小说的理解提到了更深的层次。事实上，冯至较早就接触到了歌德，但在 1920 年代中期，他就在有意识地克服歌德那种维特式青春感伤的影响。到 1930 年代后半期，也就是抗日战争时期，他才又重新去接近歌德。这个时候他所接近的已经不是狂飙突进时期的热情澎湃与自然相拥抱的青年歌德，而是日趋冷静的成年歌德。1940 年代他专注于研究歌德，并发表《歌德与人的教育》《歌德〈威廉·麦斯特的学习时代〉》和《从〈浮士德〉里的"人造人"略论歌德的自然哲学》等一系列文章。他翻译了歌德的《威廉·麦斯特的学习时代》，并在译本序中将这个文类称为"修养小说"或"发展小说"。前者对应的是德文 *Bildungsroman*，后者对应的是 *Entwicklungsroman*，他没有进一步阐述这两个概念之间的关系，而是将它们等同来看，并解释了其文类的核心精神：

> 这里所说的修养，自然是这个词广泛的意义，即个人和社会的关系，外边的社会怎样阻碍或助长了个人的发展。在社会里偶然与必然，命运与规律织成错综的网，个人在这里边有时把握住自己生活的计划，运转自如；有时却完全变成被动的，失去自主。经过无数不能避免的奋斗、反抗、诱惑、服从、迷途……最后回顾过去的生命，有的是完成了，有的却只是无数破裂的片段。——作者尽量把他自己在生活中的体验与观察写在这类的小说里，读者从这里边所能得到的，一部分好像是作者本人的经历，一部分是作者的理想。①

① 冯至：《译本序》，《冯至译文全集·第三卷·威廉·麦斯特的学习时代》，上海人民出版社 2020 年版，第 2 页。

冯至精准地点出了成长小说的核心内容，即个人和社会的矛盾，同时也指出成长小说有一定的自传性要素，并且离不开作者对理想的想象和书写，成长小说的读者教育正是在这个维度展开的。通过对歌德思想批判性的接受和对其作品的翻译等一系列活动，冯至将他所领悟到的德国资源与中国传统的资源结合，来讲个体的成长是一个不断推进的过程，这也是他在引用歌德的话时所强调的：

> 人往往要尝试一些他的秉性不能胜任的事，企图做出一些不是他的才能所能办到的事；一个内在的感觉警告他终止，但是他不能恍然领悟，而且在错误的路上被驱使到错误的目标，他并不知道这是怎么发生的。凡是人们称作错误的倾向，称作好玩态度的，诸如此类，都可以这样来看。若是关于这点随时有一缕半明半暗的光为他升起，就产生一个濒于绝望的感觉，可是他又每每任凭自己随波逐流，只是一半抵抗着。有许多人由此浪费了他们生命中最美好的部分，最后陷于不可思议的忧郁。然而这也可能，一切错误的步骤引入到一个无价的善：它在《威廉·麦斯特》里逐渐发展、明朗，而证实。最后用最明显的字句说出：我觉得你像是基士的儿子扫罗，他外出寻找他父亲的驴，而得到一个王国。①

个人的抉择、外界的力量，这两种要素决定了个人的成长及所得，而在这条曲折漫长的道路上，闪烁着重生的可能。这条路径就是王德威所观察到的，也是他认为贺桂梅、韩牧和张宽所理

---

① 冯至：《译本序》，《冯至译文全集·第三卷·威廉·麦斯特的学习时代》，上海人民出版社2020年版，第1—2页。

解的，冯至将德国现代主体中国化的一面。[①]

1940 年代末期，思考着如何将现代主体中国化的冯至走向了人民。1940 年代初期，他还在努力澄清个人之于集体的优先性，但到了 1949 年，他已经转向了人民：

> 我个人，一个大会的参与者，这时感到一种从来没有这样深切的责任感：此后写出来的每一个字都要对整个的新社会负责，正如每一块砖瓦都要对整个建筑负责。这时候我理会到一种从来没有这样明显的严肃性：在人民的面前要洗刷掉一切知识分子的狭窄的习性。这时我听到一个从来没有这样响亮的呼唤："人民的需要！"如果需要的是更多的火，就把自己当做一片木屑，投入火里；如果需要的是更多的水，就把自己当做极小的一滴，投入水里。[②]

冯至的转变，呈现出 1940 年代中国文学、思想和文化界走到了另一个节点。1942 年，毛泽东在延安召开的文艺座谈会上，将文艺定位为"整个革命机器的一个组成部分"，点明"文艺是从属于政治的"，"文艺服从于政治"，并明确要求"和新的群众相结合"，"为人民大众""首先是为工农兵"服务。[③] 这里提出的政治美学，明确要求文艺必须履行意识形态功能。从此，以"工农兵"这一人民本位为依托，诗学正义偏向了社会解放和阶级觉醒，青春被赋予了另一层崇高的光环。小资产阶级知识分子的青春形象需要进行改造，1951 年，冯至在他的诗歌中表白："你让

① ［美］王德威：《史诗时代的抒情声音》，生活·读书·新知三联书店 2019 年版，第 189 页。

② 冯至：《写于文代会开会前》，《冯至全集》第五卷，河北教育出版社 1999 年版，第 342 页。

③ 毛泽东：《在延安文艺座谈会上的讲话》，《毛泽东选集》，人民出版社 1991 年版，第 847—879 页。

人人都恢复了青春/你让我，一个知识分子/又有了良心。”① “恢复青春”将梁启超的老旧中国和新青年的时间概念进行了模拟和置换，重生意味着另一个时间节点被当成新的开端。与此同时，“工农兵”作为新的主体，召唤出崇高、壮丽的成长诗学，文化这个词变得意义丰富，它意味着精神上的转变，而且还形成了一系列系统的符号去完善和强化文化教育的重要性。它将崇高的政治性的诉求，转换成日常的喜好、风俗、时尚、礼节，成为文学内外个体所一起参与和感受的“共同体”，与此同时，它又召唤着个体去参与和催动这历史的悸动。此时，集体的激情带着个人走向了一个新时代。

第二节　现代性，启蒙和中国成长小说

1916 年，倪焕之带着对教育、爱情和政治的期待，从家乡出发去往上海附近一个学校任教，同行的还有他的朋友——只比他大几岁的金树伯，后者对倪焕之的理想主义不以为然，而倪焕之也觉得他这个朋友已经“变老”了。正如《倪焕之》这篇小说所交代的，年轻的新青年要与老青年做一个告别。

这正是中国现代性的起点。它也意味着要告别传统的老旧青年。在中国传统文化中，儿童和少年只是还未长大的成年人，中国传统文化并未真正地将儿童、青少年阶段独立出来，在生理学上没有标示出这个阶段的特殊性，并且在教育领域也没有相应的文化和教育体制来保证儿童、青少年教育的实施。儿童和青少年被当成还没长大的成年人，他们所接受的教育和训练都是为了使之成为父辈那样的人。个体的成长教育，被传统文化的修身养性所框定，而这个环节主要被限制在德性领域，它既不详细讨论修

① 冯至：《我的感谢》，《冯至全集》第五卷，河北教育出版社 1999 年版，第 50 页。

养和教育的具体可操作性，也不重视未成年阶段的塑形影响。在20世纪之前，只有《歧路灯》具备成长小说雏形，来讲述一个个体从儿童到中老年的境遇。主人公谭绍闻出生在书香世家。他的父亲谭忠弼为了他能够顺利地走向读书仕途之路，为他延请了当地的学儒，督促其教育与修养。但是谭忠弼在谭绍闻尚年幼时去世。谭绍闻结交了一群不良少年做朋友，渐渐染上恶习，荒废了学业，使自己的人生走向了最低潮。最后幡然悔悟，用功读书，亲近君子，终于有所成。[①]《歧路灯》的“成长”萌芽表现在以下几个方面。第一，作者将叙述的笔墨重点放在了主人公的教育问题上，与成长小说中的“教育小说”关注点一致。张国光就认为“《歧路灯》是一部值得借鉴的教育小说”[②]。第二，作者将侧重点从写“故事”转移到写一个中心人物的性格发展变化。而这正是成长小说的核心环节。第三，作者描写了一个作为社会中间阶层的普通年轻人怎样使自己成才的故事，这种设置与西方成长小说将主人公设定为一个中产阶级的普通年轻人相当一致。李敏修于《中州文献汇编·总序》中盛赞《歧路灯》“开近世平民文学之先声”[③]，指的就是它作为世俗文学为普通人的日常生活发声。此外，巧合的是，《歧路灯》也采用了主人公是个孤儿这个设定，这也是西方成长小说的经典要素之一。从缺父或失父来写主人公的成长，主要是要赋予主人公一种更为广阔、独立的成长平台。但是，《歧路灯》只具备成长小说的雏形而不是真正的成长小说，原因在于李绿园关注的始终是传统文化道德下的个人修身问题，而不是现代意义上的个人塑形。李绿园对其主人公性格发展变化的描写也更侧重写外部作用，而不是自然的、内在的

① （清）李绿园：《歧路灯》，华夏出版社1995年版。

② 张国光：《我国古代的〈教育诗〉与社会风俗画》，《古典文学论争集》，武汉出版社1987年版，第372页。

③ 李敏修：《中州文献汇编. 总序》，载张俊《清代小说史》，浙江古籍出版社1997年版，第289页。

心理变化过程。它依旧以道德训诫为中心，还是属于中国训诫和教谕文学传统的一部分。这个主人公就典型地体现了何为梁启超笔下的老旧国民。

正如梁启超所呼吁的，当中国变成现代的民族国家时，也需要象征进步的时代新人。从 19 世纪思想变革开始直到 20 世纪初的情况来看，此时现代化的关键一环，即试图通过文化上的革新，进入更深层次的变革，也即改变普通民众的性格或曰国民性。严复将制度看作“标”，而认为国民才是国家富强的“本”，而中国要强大，必须“标”“本”同治，而所谓的“本”就是指“民质、民力、民德”。[①] 陈独秀在《一九一六年》中指出，“吾人首当一新其心血，以新人格”。[②] 梁启超将“新民”当作救国的根本，呼吁“新民为今日中国第一急务”。[③] 早在 1908 年的《文化偏至论》中，鲁迅就提出：“任个人而排众数”，“首在立人，人立而后凡事举；若其道术，乃必尊个性而张精神”。[④]

至于应该采取何种文化手段来打造新的国民性，知识分子们开出了各种方案。其中文学尤其是小说的教化、现代教育、美育观应该是其中较为主流的。从 1895 年发表《原强》开始，严复将教育视为改变“民质”的主要途径，并认为通过教育来更新国民素质（主要分“民力”“民智”和“民德”三大块）应该为第一急务。[⑤] 1916 年 1 月 25 日，胡适在日记中写道：“今日造因之道，首在树人；树人之道，端赖教育。”[⑥] 1903 年，王国维发表《论教育之宗旨》，成为推广“美育”第一人。王国维认为，“教

---

① 严复：《原强》，《严复集》第一卷，王栻主编，中华书局 1986 年版，第 14 页。

② 陈独秀：《一九一六年》，《陈独秀教育论著选》，戚谢美等编，人民教育出版社 1995 年版，第 19 页。

③ 梁启超：《新民说》，《梁启超全集》第三卷，北京出版社 1999 年版，第 655 页。

④ 鲁迅：《文化偏至论》，《鲁迅全集》第一卷，人民文学出版社 2005 年版，第 55、58 页。

⑤ 见严复《原强》、《法意 · 按》和《与学部书》等篇。

⑥ 胡适：《胡适留学日记》（下），安徽教育出版社 1999 年版，第 257 页。

育之宗旨何在？在使人为完全之人物而已。……完全之教育，不可不备真善美之三德。欲达此理想，于是教育之事起。教育之事亦分为三部：智育、德育（即意育）、美育（即情育）是也”，而其中美育可以“使人之情感发达，以达完美之域”。[①] 蔡元培指出：“盖尝思人类事业，最普遍、最悠久者，莫过于教育”，“凡一种社会，必现有良好的小部分，然后才能集成良好的大团体。所以要有良好的社会，必先有良好的个人，要有良好的个人，就要现有良好的教育”。[②] 而在他里程碑式的《对于新教育之意见》中，他更明确地指出教育的五大主义方向，其中之一即为“美育”。[③] 此后他又发表了一系列演讲和文章，来阐释“以美育代宗教”的观点。[④] 相较于教育和作为“无用之用”的美育，文学尤其是小说的力量更被视为国民教育的最佳武器。梁启超在《论小说与群治之关系》中，直接将小说看成改造国民的最佳武器。[⑤] 鲁迅在回忆他写小说的动机时称，写小说是抱着“启蒙主义”，“为人生”“改良这人生”。正如安敏成所指出的：

> 现代中国文学……从其诞生之日起一种巨大的使命感便附加其上。只是在政治变革的努力受挫之后，中国知识分子才转而决定进行他们的文学改造，他们的实践始终与意识中

---

① 王国维：《教育之宗旨》，《王国维文集》下册，姚淦铭、王燕主编，中国文史出版社 2007 年版，第 32 页。

② 蔡元培：《华法教育会之意趣》，《蔡元培教育论著选》，高平叔编，人民教育出版社 2011 年版，第 53 页。

③ 军国民主义、实利主义、德育主义、世界观、美育主义。蔡元培：《对于新教育之意见》，《蔡元培教育论著选》，高平叔编，人民教育出版社 2011 年版，第 1—7 页。

④ 主要有 1912 年的《对于新教育之意见》、1917 年在北京神州学会的演说、1921 年的《美学讲稿》和《美学通论》、1930 年为《教育大辞书》编的“美育”条目和 1938 年的《“居友学说评论”序》。

⑤ 梁启超：《论小说与群治之关系》，《梁启超全集》第四卷，北京出版社 1999 年版，第 884—886 页。

> 的某种特殊的目的相伴相随。他们推想，较之成功的政治支配，文学能够带来更深层的文化感召力；他们期待有一种新的文学，通过改变读者的世界观，会为中国社会的彻底变革铺平道路。①

以上教育、美学、文学等方案的一个共同点在于，它们都将文化美学看成国民塑形的武器，并认为可以通过培养新的国民来更新社会。对于20世纪初的启蒙思想家来说，这种文化美学是至关重要的。正如王斑所看到的，“人品造就（*Bildung*）的理想在世纪初美学倡导者议事日程中，是举足轻重的一环”。② 并且我们看到，他们所提倡的这种国民性培养与西方启蒙运动中所提出的个体塑形理念是类似的。

但此时问题已经彰显。当时对作为国民的个人之想象和呼吁有着内在的矛盾。一面是呼吁个人主义，陈独秀认为：“国家利益，社会利益，名与个人主义相冲突，实以巩固个人利益为本因也。”③ 胡适借着易卜生之口更直白地指出：“我所最期望于你的是一种真正纯粹的为我主义。要使你有时觉得天下只有关于我的事最要紧，其余的都算不得什么。……你要想有益于社会，最好的法子莫如把自己这块材料铸造成器。……有的时候我真觉得全世界都像海上撞沉了船，最要紧的还是救出自己”，并赞赏地指出“这种‘为我主义’其实是最有价值的利人主义”。④ 有学者总结出这个维度的特征，即“对他们而言，最重要的是个体的自

---

① ［美］安敏成：《现实主义的限制：革命时代的中国小说》，姜涛译，江苏人民出版社2001年版，第3页。

② ［美］王斑：《历史的崇高形象：二十世纪中国的美学与政治》，孟祥春译，上海三联书店2008年版，第37页。

③ 陈独秀：《东西民族根本思想之差异》，见陈独秀、李大钊、瞿秋白主撰《新青年》（汇编），中国书店2012年版，第39页。

④ 胡适：《易卜生主义》，《胡适作品精选》，云南人民出版社2021年版，第168—169页。

我实现；国家、社会、群体都应该致力于为个体的发展提供条件”。[①] 而另一方面，个体为实现新的民族国家建设的手段，其本身并不是目的。梁启超的“新民”观其中的逻辑在于“吾今欲极言新民为当务之急”，“然则苟有新民，何患无新制度？无新政府？无新国家？”[②] 陈独秀提倡“新人格”，目的是“以新国家；以新社会；以新家庭；以新民族”。[③] 正如周策纵所指出的：“‘五四’时期比以往任何时期都更重视个人价值和独立判断的意义，但又强调了个人对于社会和国家所负的责任”，“对于救国的目的来说，中国许多年轻的改革者认为个人解放和维护个人权利相差不大”，但“这种个人解放的潮流并不等同于西方所宣称的个人主义”。[④]

西方启蒙将自由、平等这类“天赋人权”赋予个人，这里个人一方面面对宗教，一方面面对国家，都弘扬一种科学、理性的精神，来达到自治，从而也通过个人的自治走向国家建构的共同意识。我们在西方早期成长小说这里看到的就是同样情形：西方启蒙式作家以个人成长诉说来考量国家建构问题，这里我们看到的首先是一个独立的个人，然后才是建立在这个基础之上的国家。

从民族国家角度限定的个体，有问题的并不仅仅是是否应该存在个人、应该肯定或否定个人，而且还在于个人觉醒以后应该怎么走这个方向选择的自由度及其限定。实际上，中国成长小说

---

① ［挪威］贺美德、鲁纳编著：《“自我”中国：现代中国社会个体的崛起》，许烨芳等译，上海译文出版社 2011 年版，第 27 页。

② 梁启超：《新民说》，《梁启超全集》第三卷，北京出版社 1999 年版，第 655 页。

③ 陈独秀：《一九一六年》，《陈独秀教育论著选》，戚谢美等编，人民教育出版社 1995 年版，第 19 页。

④ Tse－tsung Chow，*The May Fourth Movement：Intellectual Revolution in Modern China*，Cambridge：Harvard University Press，1960，p. 360. 见贺美德、鲁纳编著《“自我”中国：现代中国社会个体的崛起》，许烨芳等译，上海译文出版社 2011 年版，第 214 页。

在现代性下催生出来，一开始就面临着这个问题。1928 年《倪焕之》出版之时，距离《新青年》发表已经过去了十余年。《倪焕之》之后，一批成长小说相继出现，代表作有叶永蓁的《小小十年》（1929）、苏雪林的《棘心》（1929）、冯铿的《最后的出路》（1930）、张天翼的《齿轮》（1932）、齐同的《新生代》（1940）、严文井的《一个人的烦恼》（1944）、郁如的《遥远的爱》（1944）、碧野的《没有花的春天》（1946）和骆宾基的《混沌初开》（1944）等。其时，主流的主人公形象为一个小资产阶级，也就是一个受过良好教育的、但痛苦的年轻人。这个时候救亡和革命的话语已成决定性之势，这些主人公的合法性地位岌岌可危，因为这个受过现代教育和启蒙的个体，在走向革命的路途中出现了彷徨。

实际上，早在中国成长小说诞生的语境中，也就是它向西方学习相关的形式和内容时，就已经显现出上述选择性困境。20 世纪初小说革命及文化变革时期，成长小说这一概念随着翻译文学被引入中国。翻译活动带来了新的语言、阅读习惯以及文化品味，译介的小说成为一种新的社会建构力量。西方成长小说文本以及成长小说概念就是在这一语境下被引进过来的，它们也变成了中国成长小说发展的范式样版。

据笔者不完全统计，自小说翻译以来直到 1949 年，西方成长小说的翻译情况如下表：

表 2－1　　1903—1949 **年西方成长小说译入中国情况统计**

年份	译者	译本	原著（今译名）
1903	中岛端（日本）	《爱美耳钞》（节译）	卢梭《爱弥儿》
1908	林纾、魏易	《块肉余生述前编》和《块肉余生述续编》	狄更斯《大卫·科波菲尔》
1923	魏肇基	《爱弥儿》	卢梭《爱弥儿》
1927	徐志摩	《赣第德》	伏尔泰《老实人》

续表

年份	译者	译本	原著（今译名）
1929	郭有守	《无名的裘特》	哈代《无名的裘德》
1930	林纾、魏易	《块肉余生述》（1—4）	狄更斯《大卫·科波菲尔》
1930	篷子	《我的童年》	高尔基《童年》
1931	杜畏之等	《我的大学》	高尔基《我的大学》
1934	伍光建	《妥木宗斯》	菲尔丁《汤姆·琼斯》
1935	伍光建	《孤女漂零记》	勃朗特《简·爱》
1935	伍光建	《甘地特》	伏尔泰《老实人》
1936	卞纪良	《我的童年》	高尔基《童年》
1936	高陵	《我的大学》	高尔基《我的大学》
1936	王季愚	《在人间》	高尔基《在人间》
1936	李霁野	《简爱自传》	勃朗特《简·爱》
1937	殷雄	《块肉余生述》	狄更斯《大卫·科波菲尔》
1940	章铎声	《孤儿历险记》	马克·吐温《哈克贝利·费恩历险记》）
1940	傅雷	《约翰·克利斯朵夫》	罗曼·罗兰《约翰·克利斯朵夫》
1943	许天虹	《大卫·高柏菲尔自述》	狄更斯《大卫·科波菲尔》
1943	弥沙	《钢铁是怎样炼成的》	奥斯特洛夫斯基《钢铁是怎样炼成的》
1943	周行	《马丁·伊登》	杰克·伦敦《马丁·伊登》
1943	齐蜀夫	《奥勃洛摩夫》	冈察洛夫《奥勃洛摩夫》
1944	高植	《幼年·少年·青年（自传）》	列夫·托尔斯泰的《童年》、《少年》和《青年》三部曲
1944	钟宪民、齐蜀夫	《若望·葛利克利斯朵夫》（第一卷）	罗曼·罗兰《约翰·克利斯朵夫》
1945	吕天石	《微贱的裘德》	哈代《无名的裘德》
1946	不详	《钢铁是怎样炼成的》	奥斯特洛夫斯基《钢铁是怎样炼成的》

续表

年份	译者	译本	原著（今译名）
1947	许天虹	《大卫·高柏菲尔》	狄更斯《大卫·科波菲尔》
1947	梅益	《钢铁是怎样炼成的》	奥斯特洛夫斯基《钢铁是怎样炼成的》
1947	章铎声	《孤儿历险记》	马克·吐温《哈克贝利·费恩历险记》
1947	董秋斯	《大卫·科波菲尔》	狄更斯《大卫·科波菲尔》
1948	李健吾	《情感教育》	福楼拜《情感教育》
1948	曾季肃	《玖德》	哈代《无名的裘德》
1948	俞征	《玖德》	哈代《无名的裘德》
1949	白刃	《钢铁是怎样炼成的》	奥斯特洛夫斯基《钢铁是怎样炼成的》
1949	中耀	《钢铁是怎样炼成的》	奥斯特洛夫斯基《钢铁是怎样炼成的》

按照这一统计，我们可以很清楚地看到，西方成长小说被翻译过来的文本相当有限。这当中还包括了部分文本被多次重译，从文本的时间、国别和性质上来看，主要是翻译了18—19世纪的西方经典成长小说文本，忽略了同时期的现代主义成长小说。实际上，到第一次世界大战时期，部分中国知识分子已经看到了西方现代性的危机，并在对比框架中，将文明的希望放在了中华文明上，梁启超的《欧游心影录》就是其中的典型代表。从思想上说，要学习和借鉴“进步”的思想资源，则不得不依据本土的实际需求，对外来的文本进行选取。从这一点出发我们就不难理解，为什么当时知识界对苏俄的成长小说的译介反而比较及时。20世纪上半期，向苏俄学习的强烈愿望也非常明显地影响了成长小说在中国的传播和模拟。

回到西方成长小说译本在中国所产生的影响，我们发现起决定作用的主要还是文本的社会性功能，而不是其文学性包括文类文体特征。这一点可以通过几件较为重要的翻译事件得到验证。

1903 年，中岛端节译的《爱美耳钞》成为西方成长小说进入中国的先驱。这个译本在《教育世界》上发表，主要是应和该杂志发起人罗振玉和主编王国维教育、美学救国的主张。在《教育世界》的创刊词《序列》中，罗振玉呼吁，“无人才不成世界，无教育不得人才”，“方今世界不出四语曰‘优胜绌败’。今中国处此列雄竞争之世，欲图自存，安得不于教育亟加之意乎”。[①] 在这一号召下，该杂志发表了大量译介的“教育小说”。但这个版本的《爱弥儿》并未产生大的影响。真正将西方成长小说带给国人并引起强烈冲击的当属林纾。1908 年，林纾与人合译了《块肉余生述前编》和《块肉余生述续编》，这应该是西方成长小说首次在中国产生巨大的社会影响。林纾的这个版本先后被重印多次，后又吸引了诸多人重译，其影响可见一斑。林纾的译本发挥巨大影响，主要还是出于当时特定的关注点，比如对人道主义和弱小群体的关心、对小说写作技巧借鉴的热心等，其译本提供了契合当时文化语境的因素而被人喜爱，而不是作为个人教育和成长的文本来谈的。在《块肉余生述前编》的序言和《块肉余生述后编》的识语中，林纾强调的是该小说的写作技巧和它的社会意义（“使吾中国人观之，但实力加以教育，则社会亦足改良”），[②] 而没有提及成长、教育理念。此后，直到 1923 年魏肇基较为完整版的《爱弥儿》出版，西方成长小说才再见踪影。魏肇基在译本《序》中提到：“《爱弥儿》……‘返归自然’底一大狮子吼，不但使 18 世纪欧洲面目，为之一变；而在 20 世纪底我国，犹有

① 罗振玉：《教育世界·序例》，见李华兴主编《民国教育史》，上海教育出版社 1997 年版，第 75 页。

② 见陈平原、夏晓虹编《二十世纪中国小说理论资料（第一卷）1897—1916》，北京大学出版社 1989 年版，第 326—327 页。

意味深长的意味。对于虚伪，怠惰，束缚，蔑视儿童底我国教育界，无异投下一颗爆弹。”[①] 可以很明显地看出，魏肇基的关怀已经从林纾对普遍性的关注转移到儿童教育这一方向上来了。魏肇基的译本以及他对卢梭教育观念的介绍（魏肇基《卢梭略传》），在 1930 年代、1940 年代对儿童教育这方面产生了较大影响，很多论述儿童教育的观点直接来自魏肇基译的《爱弥儿》文本。但魏肇基对中国成长教育理念的推动局限于此。

与此相对的是，冯至在 1943 年译出了西方成长小说的鼻祖之作——歌德的《威廉·麦斯特的学习时代》，并第一次用“修养小说或发展小说”（*Entwicklungsroman*）之名引入了成长小说的概念，然大势所趋，该译稿及序言直到 1984 年才问世。实际上，早在 1920 年代末，歌德的《威廉·麦斯特》就已经为国人所注意。1926 年 11 月 28 日，吴宓在日记中写道：

> 宓现决仿 Goethe 之 *Wilhelm Meister's Lehrjahre* 及 *Wilhem Meister's Wanderjahre* 两书之意，撰大小说一部，而分为前后二编，各一百回。……前编写吾生（代表世人）三十岁以前之感情思想。后编则写三十岁以后之涉历闻见。前编为叙情诗式，后编为哲理之史诗式。前编写少年之感情，男女之恋爱。后编写天人之关系，及个人与社会之冲突与调和。[②]

这是他早年的愿想之一，早在 1919 年，他就已经注意到个人的经历可以作为国家民族的象征来写。“宓常有志著大小说一部，拟以一人一家之遭际，寓中国近世之世变。”[③] 但这一计划从未真

---

① 魏肇基：《爱弥儿·序》，商务印书馆 1923 年版，第 2 页。

② 吴宓：《吴宓日记》第 2 册，生活·读书·新知三联书店 1998 年版，第 29 页。

③ 吴宓：《吴宓日记》第 3 册，生活·读书·新知三联书店 1998 年版，第 257—258 页

正付诸实践。

由此可以看到，成长小说的范式是符合当时国家民族建构和启蒙需求的，但是在内忧外患的历史语境中，关于一个个体的长篇叙事，其发展空间还是受到很大的限制。

相反，中国成长教育理念和文本生成，主要还是得益于非成长小说文本的翻译。其中最为突出的就是以教育为主题的文本的翻译。以包天笑译作为例。包天笑自1905年至1918年共刊载了"教育小说"16篇，[①] 其中最著名当数"三记"。1909—1912年，教育部直属的《教育杂志》上连载了他的《馨儿就学记》《埋石弃石记》和《苦儿流浪记》。这几部译作影响非常大，它们不仅获得了国民政府的嘉奖，而且还被教育界及更广泛的大众所接受，成为儿童教育的示范性教材。[②] 目前中国成长小说研究界普遍将他的"三记"看成西方成长小说在中国的最初涌现，而且包天笑本人也将这三部作品看成"教育小说"[③]，实际上，这"三记"并不是真正的成长小说。《馨儿就学记》译自亚米契斯《爱的教育》，《苦儿流浪记》是由日文转译的《无家的孩子》（Hector Malot，*Sans Famille*，1878），《弃石埋石记》来自日本无名氏的作品，而这些原作（包括包天笑改写的译作）都是儿童文学。但是对文类界定的混淆，并不能影响这三部小说对中国成长小说理念和文本生成产生重要影响。据包天笑本人回忆：

这三部书的发行，销数以《馨儿就学记》为第一，《苦

① 梅家玲：《包天笑与清末民初的教育小说》，见陈思和、［美］王德威主编《建构中国现代文学多元共生体系的新思考》，复旦大学出版社2012年版，第55—57页。

② 包天笑：《在商务印书馆》，载张玉法、张瑞德主编《钏影楼回忆录》中册，台北：龙文出版社股份有限公司1990年版，第463页。

③ 包天笑：《在商务印书馆》，载张玉法、张瑞德主编《钏影楼回忆录》中册，台北：龙文出版社股份有限公司1990年版，第463页。

> 儿流浪记》次之，《弃石埋石记》又次之。《馨儿就学记》何以销数独多呢？有几个原因：一、那书的初版是在庚戌年，即辛亥革命的前一年，我全国的小学正大为发展。二、那时的商务印书馆，又正在那时候向各省、各大都市设立分馆，销行他们出版的教科书，最注重的又是国文。三、此书情文并茂，而又是讲的中国事，提倡旧道德，最合十一二岁知识初开一般学生的口味。后来有好多高小学校，均以此书为学生毕业时奖品，那一送每次就是成百本，那时定价每册只售三角五分。所以此书到绝版为止，当可有数十万册。《苦儿流浪记》虽然编剧演戏，也盛极一时，销售不过万余；至《弃石埋石记》，不知曾否再版（商务初版，例印三千部）。①

这段回忆是从总体上回顾“三记”的社会影响，但是从中我们至少可以看出三点是跟当时社会上成长理念生成相关的：学校教育的推广、教科书对儿童教育的示范性作用、青少年独特的阅读喜好。包天笑的“三记”不仅代表了他本人所译介的“教育小说”之境况，也反映了当时社会文化界以小说兴教育的风潮。这些反应说明当时的社会文化界抱持的成长理念也跟传统教育很不一样。

另一类突出的影响来自感伤类的青春文学，如歌德的《少年维特之烦恼》。感伤类青春文学翻译的影响主要在于它让读者意识到自身作为单个个体独有的情绪，内容主要包括青春期式的伤感、恋爱的苦痛等，将个体的感受当作中心要旨来理解。因而它对个体，尤其是青少年、青年的情感教育无疑起到了推波助澜的作用。

在上述翻译语境中诞生的中国成长教育理念和文本，带有鲜

---

① 包天笑：《在商务印书馆》，载张玉法、张瑞德主编《钏影楼回忆录》中册，台北：龙文出版社股份有限公司 1990 年版，第 462—463 页。

明的倾向性。首先就是脱离传统樊篱，将儿童、少年和青年阶段看成是独立的人生阶段，而不是作为成年人的附属来看。其次就是对个体的成长教育更注重伦理道德的培养，如爱的精神、对弱者的同情、对不公平社会现象的反抗，而不意在发展个性。

成长小说所依赖的接受语境——读者与市场，也说明了成长小说所依赖的现代性语境。相对于西方成长小说的现代性诞生而言，中国成长小说的现代性生成在启蒙和救亡的紧张关系中，面临着更多困境。

在西方，相当质量与数量的有闲资产阶级读者保证了成长小说能够迅速传播并稳步发展。资产阶级作为一个新兴起的阶层，它需要一种代表其自身合理性的文化来培养共同意识，而成长小说就被选为实现其需要的文学媒介。西方成长小说在相当长的时期内讲的都是一个中产阶级市民阶层的个体怎样塑造自我。这个文本内的主人公是对作为个体的读者的一种映射。

20 世纪初，在中国我们也能看到类似的阅读阶层和市场的兴起。具体到小说市场，首先，出现了知识生产专业化的作者；其次，大量报纸杂志出版单位涌现，开始连载长篇；再次，市民阶层阅读能力和需求获得了长足的发展，而长篇小说就是其喜闻乐见的。但总的来说，以上情况持续的时间不够长，内忧外患的社会处境使得很多杂志、期刊长期连载某一长篇的空间受到限制，且小说连载的特殊性更青睐以情节发展来推动故事而非个人的性格发展的文本。茅盾在谈到《倪焕之》的结构问题时，指出该小说的后半段发展得不够充分，“《教育杂志》一年十二期的结束也已逼近，事实上不能容许作者慢慢地推敲，怕也是一个原因罢”。[1]

总的来说，西方成长小说与启蒙和现代性是一种自洽关系，而中国成长小说则体现了中国现代性的多副面孔，与其说它是启

---

① 茅盾：《读〈倪焕之〉》，《茅盾全集 · 第十九卷 · 中国文论二集》，人民文学出版社 1991 年版，第 209 页。

蒙的产物，不如说它是启蒙受挫的产物。

西方成长小说的诞生与它们的启蒙运动和现代性产生了高度的契合。成长小说是西方启蒙运动的产物，它也被誉为西方现代性的文学表征形式。启蒙对个人的发现、对发展观的建构与对社会完善的乌托邦理念的确立，在成长小说身上得以呈现，成长小说用个人成长形塑的形式来回应启蒙理念中的宏观愿景。在德国、法国和英国，成长小说的诞生和发展与这些国家的启蒙保持着时间上的高度一致，它为其共同民族意识的塑造作出了贡献，甚至是在后起的美国，乃至地理位置更为特殊的俄罗斯，成长小说也与其国家的现代性步伐保持着充分的一致性。成长小说用新人进入广阔的新空间这一叙述模式，回应了西方现代性伊始那种开拓的、历史性的社会转型之发生。成长小说所高扬的人的主体性及其蕴含的历史开拓力量应和了西方各国资产阶级诞生的要求。在这种同构的背景下，成长小说发展出独特的美学政治。

启蒙时代的开始，实际上也是西方现代小说的开始，而这其中最重要的小说类型之一就是成长小说。欧洲几部最早的小说，如德国的《威廉·麦斯特的学习时代》、《许涪里翁》（Friedrich Hölderlin，*Hyperion*，1797－99）、《亨利希·冯·奥弗特丁根》（Novalis，*Heinrich von Ofterdingen*，1802）、《雄猫穆尔的生活观》（Ernst Theodor Amadeus Hoffmann，*Lebens－Ansichten des Katers Murr*，1819－21）、《绿衣亨利》（Gottfried Kellner，*Der grüne Heinrich*，1854－55，1879－80）、英国的《汤姆·琼斯》（Tom Jones，1749）和法国的《爱弥儿》（Jean－Jacques Rousseau，*Emile*，1762）等，同时也是成长小说。

而中国成长小说与中国启蒙和现代性发生了一系列碰撞。中国成长小说文类、中国启蒙运动和思潮与中国现代性之间的关系，并不同于西方那种三者同构模式，而是在启蒙、革命、个人、国家、意识形态、美好社会建构等关键词构成的场域中，彼此存在矛盾和冲突的一面，也有合作和共谋的一面。中国现代性在不同程度上排斥着启蒙，启蒙在这一关系下自有局限，中国启蒙维度存在着一些自身的弱点和结构性的缺失，它与革命和救亡构成了特殊的场域，展开了一场持久的价值论和目的论的角逐。中国成长小说在面对现代性和启蒙诉求时，不断与启蒙错位，而更多是被前者挟带，体现出文学文本与现代性的复杂关系。

中国成长小说对现代性的回应可以说在不同历史阶段表现出不同的倾向。从20世纪初期到1970年代，中国成长小说更多是应和现代性的需求并被后者规定。

到了1980年代，启蒙再次成为文化更新的标志性命题。在一本标志性的杂志——《新启蒙》这里，启蒙成为“新启蒙”，它被解释为“把十一届三中全会后的思想解放运动称为‘新启蒙’，无非是说现在的思想启蒙不仅是继承五四的启蒙运动，而且是深化了”。[①] 这种新启蒙，一是表明了与国家的关系，二是明确了是五四启蒙的接续。应和“拨乱反正”的诉求，这次的新启蒙呼吁“文学是人学”。当文学再次将人的价值在伦理层面将“人道主义”作为标准来谈，它告别了此前作为政治附庸的地位。值得注意的是，大家此时所谈论的“文学是人学”，并没有说文学是“个人学”。从1980年代盛行的文学形式——从“伤痕文学”到“反思文学”，都是以国家/文化的角度来看的。按照张志扬的说法，1980年代的新启蒙运动依旧是在国家话语这个层面上展开的，即它还是一种更关乎宏大问题的元话语，没有真正落实到个人上来。[②] 这就是1980年代的启蒙思潮的悖论之处：一面是从个人来张扬启蒙精神，将个人作为时代、文化、历史的典型代表，“二十世纪80年代的知识分子和文学活动看起来似乎有一个共同

---

① 徐余庆：《王元化：“五四的儿子”走了》，《中国新闻周刊》2008年第17期。

② 可以参看张志扬的《创伤记忆：中国现代哲学的门槛》，上海三联书店1999年版。

的目标，即将个体（重新）建构成为一个用以理解历史、文化和民族的核心概念”，另一面则是让这个个人又回到文化、社会这里，其目的不在发展个人，而在于展现深层文化考量，正如一些论者所指出的，1980 年代新启蒙运动，“个人主要是被置入或对抗历史/文化/民族这些宏大力量，个人的力量相当有限”。[①] 这个被称为新启蒙的时代，在 1988 年以前并没有催生出成长小说。普遍被当成是“成长小说”的《人生》只是一个中篇，它锁定的是主人公的某个青年片段，在形式上并不满足成长小说的要求。只有等到 1980 年代末期，也就是历史上作为思想运动的新启蒙行将结束时，个人成长叙事的时代才真正来临。

从 1980 年代后期开始，中国成长小说开启了对现代性的反思和解构趋向。反思和解构意味着对主流意识形态的疏离并向边缘的靠近。它在话语模式上从过去的“向心”路径变成了“离心”范式。而它的“离心”内核甚至与巴赫金原意中的“离心”已经不同，巴赫金的“离心”是与“大众”联系在一起的，它讲狂欢式的解构力量，寄希望于通过大多数的民主反少数人的专政。而中国成长小说却是揭示个人的失败和零余者状态，个体被看成是不正常的、病态的存在，个体面对的不是如何去教育自己和读者怎样做一个成功的社会人，而是展示自己的伤痛，反映个人自觉与社会整合之间的冲突以及个人主义和大众化的转化悖论。

第三节　范式斗争与演变：阶级、阶层与亚群体

中国成长小说的百年发展史，见证了知识话语与权力话语的

① ［挪威］贺美德、鲁纳编著：《“自我”中国：现代中国社会个体的崛起》，许烨芳等译，上海译文出版社 2011 年版，第 184 页。

交织、斗争和妥协。作为知识分子，作家将他们对社会关系、国民性格和未来中国建构的想象，用文学的方式具体化，并将这一知识话语转化为具有社会实践性质的力量。与此同时，权力如同一张网状结构，在政治范畴之外，也渗透到社会文化生活的方方面面，对国民的集体性格形塑起到了自上而下的主导作用并积极产生影响。因而在成长小说领域中，我们发现文本、知识和权力处于动态的关系中，它们不仅仅有着对抗关系，也有着“主体间性”的共存关系。

王斑《历史的崇高形象：二十世纪中国的美学与政治》（*The Sublime Figure of History*：*Aesthetics and Politics of Twentieth Century China*，1997）在讨论中国20世纪上半期美学思想时，曾提纲挈领地指出：

> 众所周知，在现代中国，任何称得上“审美体验”的东西总是沾染了政治。但政治可以转化为审美体验，且规模宏大，可以在文化方式上得到体验。①

这里强调的就是政治美学和美学政治的交互和流通。崇高的政治理想和丰富的个人体验不是处于二元对立的关系中，在文学中有特定的模式和渠道，将看似私人的情感、喜好、风格和审美这些要素，转化到政治需要中去。而从中国成长小说来看，这个文类将个人成长的心灵史作为国家民族建构的象征符号来写，就是对这一具体而微的互动、转化过程的呈现。

在权力和知识之间，中国成长小说在其漫长的演变过程中，提供了多种类型的文本范式。可以说，中国成长小说的文类发展史，就是一则资产阶级范式和无产阶级范式斗争的历史。如前文

---

① ［美］王斑：《历史的崇高形象：二十世纪中国的美学与政治》，孟祥春译，上海三联书店2008年版，第6页。

所交代的，中国成长小说在生成之初，就面临着两大类型的模拟范本，一种是西方18、19世纪的经典成长小说范式，也就是以资产阶级新人为主体的文本类型；另一种则是苏俄文本，也就是以无产阶级为主体的社会主义范式。1920年代末1930年代初，中国成长小说早期代表作《倪焕之》出现前后，也是高尔基的《童年》系列和狄更斯的《大卫·科波菲尔》同时登陆中国的时期，此后，两大范式的文本一并被翻译和介绍进来。翻译的语境也从另一个侧面呈现了中国成长小说创作道路上的两大选择，在启蒙和革命相继成为大势的危急关头，小说对个人道路的想象和书写，带着无法规避掉的社会使命和政治内容。启蒙下的个体，面对革命形式和革命要求，应该怎么走？这个问题引来了无数争议和辩论。《倪焕之》就非常典型地体现了当时的矛盾和冲突。

1928年，叶圣陶的《倪焕之》在《教育杂志》上以连载形式出现。这部小说以教育为依托，讨论国民教育和国民性格培养的方法、途径和目的，而通过主人公倪焕之的自我教育和对他人的教育，同时也呈现了个人和社会之间的矛盾，而更为精准地说，则是小资产阶级知识分子个体与无产阶级群众之间的矛盾。在创作《倪焕之》之前，叶圣陶就已经开始思考知识分子个体和正在崛起的革命群众之间的关系，他以批判的眼光看待前者的无力和颓唐，意识到前者需要让位于后者。《倪焕之》就表现了这一主题。倪焕之作为一个知识青年，“试图在他人生中教育、爱情和政治这三个舞台都注入新的活力”①，但都遭遇失败。这也宣告了资产阶级式个人主义的破产，只不过在这个框架的背后，叶圣陶还带着自我经验的温情，对他的主人公抱有无限的同情。但正如小说的结局所表露的，个人和革命冲突下出路在哪里，并不是真正确定无疑的。《倪焕之》发表后，茅盾为其“时代性”做

① ［美］安敏成：《现实主义的限制：革命时代的中国小说》，姜涛译，江苏人民出版社2001年版，第110页。

辩护：

> 把一篇小说的时代安放在近十年的历史过程中的，不能不说这是第一部；而有意地要表示一个人一个富有革命性的小资产阶级知识分子，怎样地受十年来时代的社潮所激荡，怎样地从乡村到都市，从埋头教育到群众运动，从自由主义到集团主义，这《倪焕之》也不能不说是第一部。……但是倪焕之究竟是脆弱的小资产阶级知识分子，时代推动他前进，他却并不能很坚实地成为推进时代的社会活力的一点滴。[①]

与之相对的是，茅盾对无产文学的看法。实际上，《读〈倪焕之〉》和《从牯岭到东京》以及更早的《论无产阶级艺术》，都是一脉相承的——茅盾为自己的作品和叶圣陶描写小资产阶级知识分子的正当性而辩护。对“革命文学”他也做了对比和思考，认为“革命文学”的特点包括“反对小资产阶级的闲暇态度，个人主义；集体主义；反抗的精神；技术上有倾向于新写实主义的模样”，并点出了当时的革命文学有“标语口号文学”的问题。[②] 个人、革命道路和文学书写重叠在一起，形成了对话和拉扯甚至撕裂。

到了1940年代，小资产阶级知识分子个人和走向革命的社会这一矛盾依旧没有解决。1941年，已经加入共产党的严文井出版了《一个人的烦恼》，来描写一个知识分子在革命大局下的个人心灵史。该篇小说的主人公刘明是一个小知识分子，他最典型的

① 茅盾：《读〈倪焕之〉》，《茅盾全集 · 第十九卷 · 中国文论二集》，人民文学出版社1991年版，第207页。

② 茅盾：《从牯岭到东京》，《茅盾全集 · 第十九卷 · 中国文论二集》，人民文学出版社1991年版，第187页。

特征就是对自我有着自觉的关注和兴趣，无论是在全面抗战爆发这样的大环境中还是在延安这一革命圣地，他还是“关心自己胜于一切”，“是一个喜欢留意任何与他有关的小事的人”。即使到了延安以后，他还是未能采取果敢的行动，最终一事无成，成为一个革命的“多余人”。刘明的经历也保留了作者严文井很多个人生活和思想斗争的痕迹。1938—1939 年，大批知识分子涌入延安，严文井就是其中一员。他甚至很快加入了中国共产党，并以文学创作来投入到延安生活中去。但现实的情况却是这些外来知识分子感到隔膜，《一个人的烦恼》就是对这一境况的精准描绘。这部小说最初发表的标题是《刘明的苦闷》，而无论是“烦恼”还是“苦闷”，它提出了一个中国成长小说此后都绕不过去的问题，即是否能够去描写一个人的烦恼、苦闷和痛苦。在为《一个人的烦恼》所写的序中，曾为倪焕之的痛苦辩护过的茅盾，已经开始呼吁年轻的知识分子不能只凭着主观的热情和幻想，而应该在“现实的洪流中”找到自己，蜕去旧我。[①] 从小资产阶级改造这一点上来说，《一个人的烦恼》则是承上启下——上接《倪焕之》，下起《青春之歌》。

1958 年的《青春之歌》已经成为一个标志性的文本，它完成了此前《倪焕之》和《一个人的烦恼》所遗留下来的任务——小资产阶级个人转向革命者的性格改造。茅盾指出“这部小说还通过了林道静这个人物的具体事实，指出了当时的小资产阶级知识分子只有在党的领导之下，把个人命运和人民命运联结为一，这才是真正的出路；指出了小资产阶级知识分子必须经过思想改造才能真正为人民服务”。[②] 女主人公林道静的成长经历，与她先后

① 茅盾：《序〈一个人的烦恼〉》，《茅盾全集·第二十三卷·中国文论六集》，人民文学出版社 1991 年版，第 45 页。

② 茅盾：《怎样评价〈青春之歌〉》，《茅盾全集·第二十五卷·中国文论八集》，人民文学出版社 1991 年版，第 436—437 页。

经历的三位男性同伴息息相关，恋爱的道路变成了个人转型走向革命的象征，私人事件也就同时具备了公共性。当林道静最终投入共产党的怀抱，也完成了一个小资产阶级变成革命新人的历程。她的成功和倪焕之与刘明的“失败”对比，可以发现，林道静之所以成功，是因为她有效地将过去倪焕之和刘明所感受到的外界压力内在化、结构化了。

也正是在这一年，叶圣陶在他的《翻译本序》中对《倪焕之》进行了重新审视和定位：

> 就今天来说，半封建半殖民地的古国已经变成朝气蓬勃的社会主义共和国，六万万人已经组成一个坚强无比的集体，发挥出来的巨大力量令人难以置信，好比原子核被击破了的时候。叙述这个变革，表现这个变革，是我国的历史家和文学家非担当不可的任务。这是一项极端重要的任务，目的不但在认识以往，而且在启发未来。
>
> 当年我写这本小说，也曾经想到这样的任务。但是我的规模太小了，只写了时代潮流中极少数几个知识分子，他们的生活和思想感情。①

在这里，叶圣陶将《倪焕之》放置在社会主义的语境中，进行了反思，同时也是将他的小说重置进革命这条路径进行尝试。实际上，1958年之后，中国成长小说就已经完全地走上了社会主义道路。

1960—1970年代，符合成长小说形式的主要有金敬迈的《欧阳海之歌》（1963）、邓普的《军队的女儿》（1963）、黎汝清的《海岛女民兵》（1966）和卢群的《我们这一代》（1976）。这些

---

① 叶圣陶：《叶圣陶集》第三卷，江苏教育出版社1987版，第287—288页。

文本的共同特征主要是意识形态的绝对主导性。一方面，作者在写作过程中主动遵循政治的意识形态要求，在情节模式、主人公形象设置等诸多方面都出现了雷同，比如很多文本都讲述一个苦大仇深或革命后代身份出身的青少年，投身到社会主义建设的洪流中，接受群众教育和自我教育，最终将自己变成一个合格的社会主义新人这一过程。而在读者教育方面，这时期的文本着力点在教育群众、塑造社会主义合格接班人。文本通过塑造一个高大全的典型形象，为广大青少年的教育成长立下了一个坐标。通过这个坐标，将青少年的形塑拉入主流意识形态的中心环节，成为“向心力”的重要组成部分。

这阶段的文本也被张清华称为“类成长小说”。[①] 何为“类成长小说”？张清华主张将“革命文学中的成长主题和成长人物叙事”称为“类成长小说”，原因是“这些作品中的主题常有人为拔高的嫌隙，人物常有‘被成长’的毛病”，因此，“‘类成长小说’实际上也可以理解为是有先天限定和缺陷的、以革命主题为宗旨和诉求的成长小说”，它的成长主题“被赋予了某种明显的强制性”。[②]

从成长小说与意识形态的关系考虑，成长小说并未回避它的美学政治，而是强调一部成功的成长小说，应该是以文学和想象去建构一个张力结构，来舒缓和改造意识形态与个人之间的矛盾。意识形态在多大程度上架空文学自律，却是一个需要具体化去讨论的问题。这类“类成长小说”的合法性在于，它是否有效地呈现和保留了小说作为文学文本应该具有的张力。“类成长小说”的政治美学，是用政治指导出一系列带有非凡光环的“英

① 本处采用张清华和孟繁华对这一阶段成长文本的界定概念——“类成长小说”。

② 张清华：《狂欢或悲戚：当代文学的现象解析与文化观察》，新星出版社2014年版，第142、146页。

雄”，并使现实中的青少年对这个模范产生认同，将阅读和模仿文本中的“英雄”这一行为转化成一种美学式的体验。德行是在叙事的故事中树立和强化的。这种书写方式，在当时的历史语境中是行之有效的，但在理论批判崛起的当代，则变成了一个需要讨论的问题。

革命压倒启蒙带来了一系列后果，在1988年之后的成长小说中凸显出来。个人主义再次回到成长书写的中心，但是这个个人呈现为被异化的存在，来对抗被历史、政治、男性或成年人所构建的总体性结构。历史创伤书写、乌托邦困境及其反思、女性议题和以新媒体为载体的青少年成长叙事分别从不同角度来呈现“反成长”的个人，开启了离心叙事的新篇章。在形式上，1988年之后的中国成长小说最接近西方成长小说范式；而从精神气质上来说，它也与世界当前主流的“反成长”类似。1988年之后的成长小说，无论是在数量还是深度和广度上，都将中国成长小说带向了一个新的层面。当然我们也需要注意到以上总结性的阐述是一个大体上的对比和归类，实际上，1988年之后的成长小说也具有丰富的多样性，因此辨析子文类之间的相似性和差异性，就成为本书的重要任务。

第四节　文体之惑

成长小说在中国被本土化经历了一个从注重思想内容发展到关注文体形式的过程。中国现代小说的改革首先是在危机下对传统的颠覆和对西方范式的借鉴和改造，从而也发展出相应的叙事规则、语言逻辑和符码。只有在中国与西方、传统与现代的对比框架中，我们才能厘清中国成长小说的形式和文体特征。

一　文类的借用与混淆

与任何一个文类一样，成长小说也面临着概念与具体文本之间的矛盾冲突。成长小说的变革是对“传统”的焦虑以及对“传统”进行改写、补充和发展的持续过程。从这个意义上来说，成长小说的文类划分不是本质主义式的概念界定，而是一种类家族形式的描述性说明。在这一过程中，成长小说吸纳着其他文类的一些特征，同时也与这些文类区别开来。

西方成长小说作为现代小说的最重要文类之一，首先与传统的文类区别开来。其中最重要的是它与史诗之间的区别。莫雷蒂在《世界之路》开篇就指出，成长小说的主人公已经不是阿喀琉斯之类的英雄，后者在出场的时候就已经是一个中年人。这种对青年（Youth）和已届中年的主人公的划分，象征着现代性与传统的截然对立。如果说传统意味着一个稳定社会，在这个社会里，未成年人主要是遵循他父辈的样子，经过年龄上的增加，变成像他父亲那样的人，那么现代社会就完全抛弃了这种“模拟”模式，而将年轻的主人公置于“变化”与“不安”的中心。“变化”首先就意味着对稳定与传统的抛弃；“不安”就将“变化”心理化、内在化了。莫雷蒂认为，青年是“被选为”现代性的表征形式，因为青年代表的“移动性”与“内在的不安”正好应和了现代社会的主要特征。年轻人在这里不是要长成像他父辈那样的人，而是从此踏上一条未知的道路，去开拓、寻找自己的未来。青年，作为成长小说的建构因素，使得这一文类成为现代小说最重要的文类之一，同时也与传统文类（主要是史诗）截然分开。

成长小说在长期的发展过程中（尤其在诞生之初），借鉴了很多其他文类的特征，但同时又与后者区别开来。这些文类主要包括宗教忏悔录（the confessional novel）、历险小说（the adventure novel）、巴罗克小说（Picaresque novel）、情感小说（the sentimental novel）和自传/传记文学［（auto）biography］。詹尼士

（*Erich Jenisch*）指出历险小说是成长小说的先驱。[①] 另外，正如本书之前提到的，成长（*Bildung*）理念一开始就是从宗教中演变而来的。它指的是人根据上帝的形象塑造和完善自己。但自启蒙时代开始，这种宗教观念就变成了以“完人”为标准来发展完善自己。正是在这个意义上，宗教忏悔录也被看成是成长小说的重要源头之一。施达尔（E. L. Stahl）更进一步指明：“成长小说主要有两大源头。从宗教忏悔录演变出成长理念（die Idee der Bildung）以及（尤其是在最初阶段）成长的模式的理念；从历险小说得来构成故事的材料——事件（die Begebenheit）。”[②] 温特（Max Wundt）提到除了历险小说，情感小说也是成长小说的主要源头之一。前者提供了外部经验，后者提供了内转的主观性。[③] 苏珊·郭尔曼（Susan Ashley Gohlman）称：“当情感小说的纯主观性和历险小说经验呈现的相对客观性结合在一起的时候，成长小说就诞生了。”[④] 巴赫金也从主人公的建构原则，梳理了从漫游小说、巴罗克小说、传记文学到成长小说这条长篇小说发展路径。[⑤] 从以上理论家的论述来看，成长小说对宗教忏悔录、历险小说和情感小说的借鉴，分别在自省、漫游形式和主观性这几点上。但成长小说之所以与这些文类都区别开来，在于成长小说作为一种内外经验的结合，将这些文类从对某一种性质的偏好上解

① Erich Jenisch, “Vom Abenteuer zum Bildungsroman”, *Germanische Romanische Monatsschrift*, IX – X, 1926, pp. 339 – 351.

② E. L. Stahl, “Die religioese und die humanitaetsphilosophische Bildungsidee und die Entstehung des deutschen Bildungsromans im 18. Jahrhundert”, *Sprache und Dichtung*, No. 56, 1934, pp. 124 – 127.

③ Max Wundt, *Wilhelm Meister und die Entwicklung des modernen Lebensideals*, Berlin and Leipzig: Walter de Gruyter and Co. , 1932, p. 55.

④ Susan Ashley Gohlman, *Starting Over: The Task of the Protagonist in the Contemporary Bildungsroman*, New York & London: Garland Publishing, 1990, pp. 16 – 17.

⑤ ［苏］米哈伊尔·巴赫金：《教育小说及其在现实主义历史中的意义》，《巴赫金全集》第三卷，白春仁、晓河、周启超等译，河北教育出版社 1998 年版，第 215—225 页。

放出来。而自传/传记跟成长小说的联系和区别也是显而易见的，它们的共同点在于对个体成长时间的重视，这么说并不是说它们的时间描写总是依据从童年到青少年再到成年这样顺时描绘的，倒叙和插叙是同样有效的，而是说他们将时间以因果链联系了起来，过去的、散漫的经验被看成是构成结果的一个因素。无论它看起来是多么影响甚微，但是成长小说与自传/传记的区别在于一个是虚构的，一个是真实的，尽管在新历史主义和解构主义的视野中［如保尔·德曼（Paul de Man）］，自传/传记的真实性也遭到了根本的质疑。

成长小说在20世纪后半期吸纳了反乌托邦小说的要素。成长小说本身就具有乌托邦乃至反乌托邦精神气质，1970年代“青少年文学”（Young Adult Literature）出现以来，成长小说的（反）乌托邦形式得到了新的发展。“青少年文学”实际上是一个非常松散的概念。它主要指的是以成年人创作、以青少年为读者的作品，主要是指小说。“青少年文学”涵盖了多种体裁，其中非常重要的一种就是反乌托邦式成长小说。所谓的反乌托邦式成长小说是指将成长小说与乌托邦小说结合起来，也即将主人公成长的背景置于一个乌托邦、恶托邦或异托邦等背景中。通过一个世界观正在形成的主人公的眼光来看他置身其中的这个世界，世界呈现出各种可批判性特征，而主人公——一个变化发展着的、决定将来方向的个体，获得了一种革命性的力量。

从以上的分析可以看出成长小说是作为一个类家族文类在发展着，同时，尽管它与其他文类出现了一些交叉与混淆，它本身始终是围绕着启蒙视域中的个人主义来说的，启蒙、个人与外部世界的矛盾始终还是它的关键词。

对中国文学而言，它从诞生之日起，就面临着多重“传统”，包括欧美传统尤其是德国传统、苏联传统，以及百年历程中它自我建构的传统。成长小说这个文类概念是舶来品，20世纪初进入中国时，并未得到显见的发展。历史地看，成长小说文类在中国的遭遇呈现出两歧性。

一方面是青春话语和文化对成长小说的吸纳，使得成长小说这个概念被不断地强化。学术界、文学网站、出版机构和其他文化单位越来越青睐“成长小说”这个体裁，与此同时，也有非常多的作品被冠以“成长小说”的名头流行于市场。

另一方面，这种强化实际上是将成长小说文类概念泛化，即将包含成长主题的小说一律看成“成长小说”。由于儿童文学的发展和青春文学的兴盛，成长小说与其他以青少年或青年生活作为对象的文类混淆在一起。无论是专业的文学研究者还是大众传媒，对成长小说这个文类的理解都存在着很多误区。很多以“成长”“教育”“青年”或“儿童”为题材的小说会被看成“成长小说”，如《沉沦》、《莎菲女士的日记》、《家》《春》《秋》三部曲、《财主底儿女们》、《红旗谱》、《晚霞消失的时候》、《没有纽扣的红衬衫》、《人生》、《草房子》、《启蒙时代》、《兄弟》、《青春万岁》、《黄金时代》、《三重门》等。当下也有大量的成长主题变体文被看成是成长小说。成长小说发展至今可以说已经成为一个世界性概念，我们在理解中国成长小说时，既要看到它作为一个文类有限定性的文类规范，这是我们在厘清中国成长小说文本时需要遵循的，又要在这种普遍性中梳理中国成长小说文类的特殊性。与其他文类一样，成长小说也在时代的发展中不断地发生着变化，在内容上的推陈出新，形式上做出种种探索，使得文本的写作和生产，有了更多的可能性。实际上，对作家们/写手们，他们或许并不关心什么才是真正的成长小说，或者即使理解成长小说的概念，但在创作的过程中，也不会遵循成长小说的套路，因而文本现象复杂多样。诸多因素造成了中国成长小说评判的复杂性，这也对当代成长小说批评提出了更高的要求。

二　中国成长小说与文体辨析

当前，成长小说已发展为一个全球文学现象，这个文类已经超越了原来的欧美中心范围，在亚非地区也被越来越多的人熟知。在西方，成长小说有一些较为固定的概念和范畴，但在中国，它们却容易被忽略或误读，这一现象恰好从另一个侧面呈现了中国文学自身的结构属性和特征。我们从以下几个方面去理解。

其一，现实主义与浪漫（反）英雄。

成长小说现实主义这个文体特征，与成长小说的思想内容描写直接有关。成长小说最重要的一点，就是讨论个人与外部世界的关系。现代社会伊始，个人与外部世界的二元对立呈现出这样一个图景：一个诗意的英雄站在一个散文的世界。黑格尔在《美学》中写道：

> 近代意义的拟传奇式的虚构故事……所表现的是变成具有严肃性和现实内容的骑士风。外在世界的偶然情况现在已转化为公民社会和国家的固定安稳的秩序……这些英雄们站在个人的立场，抱着关于爱情、荣誉和野心的主观目的，或是抱着要改良现存秩序和现实的散文气味的理想，而现存秩序和现实却从各方面阻挡着他们的道路。……他们……要做的事就是在这种事物秩序中打下一个缺口……但在近代世界里，这种斗争只限于学徒时代，亦即个人从现实世界受教育的时代，因而这种斗争的真正意义也就在此。因为学徒时代的教育目的在于使主体把自己的稚气和锋芒磨掉，把自己的愿望和思想纳入现存社会关系及其理性的范围里，使自己成为世界锁链中的一个环节，在其中站上一个恰当的地位。一个人不管和世界进行多少次的争吵，在世界里多少次被扔到

一边去，到头来他大半会找到他的姑娘和他的地位；他会结婚，会变成和你我一样的庸俗市民……总之，他也要尝到旁人都尝到的那种酒醒后的滋味。①

黑格尔这段至关重要的论述，表明了成长小说的基本建构原则。一面是一个承接了骑士精神的个人；一面是一个由稳定和秩序为特征的散文世界。而这两者之间的矛盾，就黑格尔来说，是个人之不得不投降于现实世界，从而失去自己的个性，变成一个平庸的普通人。黑格尔的这种表述将再次在卢卡奇（Georg Lukács）那里得到重申。在1912年的《小说理论》（*The Theory of the Novel：A Historico－philosophical Essay on the Forms of Great Epic Literature*）中，卢卡奇认为，《威廉·麦斯特》处理的主题是“成问题的个人在经验理想引导下与具体的社会现实之间的和解”，而这部小说提供的这个“中间道路”形式就是“成长小说”。② 正是在这个意义上，斯瓦勒斯（Martin Swales）在论述成长小说时引用黑格尔的话，称黑格尔“将这一小说的核心主题设置为诗意的内心对散文世界的对抗这一矛盾上”，并进一步提出要探究成长小说怎样处理“诗意”和“散文”的对立。③

---

① ［德］黑格尔：《美学》第二卷，朱光潜译，商务印书馆2020年版，第363—364页。

② 此处中文翻译采用了张亮、吴勇立译的版本。在这个版本中，译者将这个文类译为“教育小说”。在卢卡奇的原文中，他的是“Erziehungsroman”这个称呼，英文译为novel of education。本书之前论述到，Erzierungsroman是作为“成长小说”（Bildungsroman）中的一个子文类。关于Erzierungsroman和Bildungsroman之间的关系，曾在很长时间内是成长小说理论的争论点之一。卢卡奇在这里实际上是就Bildungsroman整体来说的。因此这里笔者依旧采用“成长小说”的说法。见［匈］卢卡奇《小说理论》，《卢卡奇早期文选》，张亮、吴勇立译，南京大学出版社2004年版，第97、100页。

③ Martin Swales，“Irony and Novel：Reflection on the Germen Bildungsroman”，in James Hardin，ed.，*Reflection and Action：Essays on Bildungsroman*，Columbia：University of South Carolina Press，1991，p. 51.

因为成长小说在核心内容上处理的是诗意的主人公和散文世界这一对矛盾，成长小说在文体上就包含了两种气质：现实主义与浪漫主义。现实主义讲的是小说的时空体框架建立在真实的现实之上，作者对主人公面对的外部世界给予了客观、真实、细致的描绘，而不是将他放在一个象征世界。这个主人公将处理一切日常生活事物，讨论在一个现实世界中他面对的问题。因此，成长小说被誉为“欧洲现实主义的小说形式中的最主要形式之一”。① 在上文中提到，在现代小说诞生之初，很多最初的小说同时也是成长小说，而它们一个共同的背景就是现实主义的崛起。而浪漫主义主要指的是对主观心理、情感的重视，作者将主人公这个个体的经历，包括他的痛苦与迷误，以诗意的形式强调和突出。

这是一种新的综合。一方面，成长小说的主人公开始面向一个新的世界，这个世界在他面前不是以象征、神恩的形式展现，而是一个客观的世俗社会，这是一个由商业、职业、金钱、行业规章制度等一起构成的世界。如《威廉·麦斯特》中，歌德明确地提出了金钱的重要性（如威廉参加的剧院为了门票收入而挣扎），而这类问题，如詹弗斯所说，维兰德和洪堡是绝不会考虑的。② 同时，小说中的主人公对外部世界的感官、视角，已经不再是骑士小说中的那种梦幻式的角度，而是能够被感知和观察的“现实”的。外部世界以它原本的样子同样以细节形式呈现在他的视线里，更为重要的是，外部现实必须进入主观世界中，促进主人公自我教育和性格改变。关于成长小说的现实主义，我们可以从安敏成对现实主义的论述中来理解。安敏成将现实主义解释

---

① Marianne Hirsch, “The Novel of Formation as Genre: Between Great Expectation and Lost Illusions”, *Genre*, 12, 1979, p. 300. See also Randolph P. Schaffner, *The Apprenticeship Novel: A Study in the “Bildungsroman” as a Regulative Type in Western Literature*, New York: Peter Lang, 1984.

② Thomas L. Jeffers, *Apprenticeships: The Bildungsroman from Goethe to Santayana*, New York: Palgrave Macmillan, 2005, p. 15.

为“现实主义对观物之客观立场的强调与这样一种启蒙观念息息相关，即人类可以通过理性的实践从迷信和偏见中解放自身”，并且这种立场同样与“读者”紧密相关，是读者所获得的一种新的观看世界的方式。[①] 另一方面，这个主人公作为一个个体应和了启蒙时代的“大写的人”，他的精神气质在于恢宏而又细腻地呈现“我”的一切诉求、境遇、反应，始终将个体的“我”放在中心位置。

而在中国，成长小说面对的现实主义和浪漫主义则完全指向了完全不同的方向。在对西方文学概念的借用中，理论家和文学家们将对自我的想象与呈现和对社会的观察这两大功能进行了重新理解和建构。

在《论小说与群治之关系》（1902）中，梁启超将小说分为两大类：“理想派小说”和“写实派小说”，前者主要是“非能以现境界而自满足者……常欲于其直接以触以受之外，而间接有所触有所受，所谓身外之身、世界外之世界”，后者只要是将“人之恒情，于其所怀抱之想象，所经阅之境界……和盘托出”。[②] 到这里，现实主义和浪漫主义尚能并驾齐驱，各有其功能。在梁启超赋予小说诗学正义的初始语境中，对现实主义与浪漫主义达成西方式的综合似乎隐约可期。

到1910年代，现实主义则压倒了浪漫主义，开始占据进步论的高地。1917年，陈独秀在《文学革命论》中呼唤“三大主义”来更新中国文学时，其中最重要的两点就是“建立平易的、抒情的国民文学”“建立新鲜的、立诚的写实文学”。[③] 这是一种进化

---

① ［美］安敏成：《现实主义的限制：革命时代的中国小说》，姜涛译，江苏人民出版社2001年版，第12、17页。

② 梁启超：《论小说与群治之关系》，《梁启超全集》第四卷，北京出版社1999年版，第884页。

③ 陈独秀、李大钊等编撰：《新青年精粹》（1），中国画报出版社2013年版，第282页。

论式的判断和期待：

> 际兹文学革新之时代，凡属贵族文学、古典文学、山林文学，均在排斥之列。……此种文学，盖与吾阿谀夸张虚伪迂阔之国民性，互为因果，今欲革新政治，势不得不革新盘踞于运用此政治者精神界之文学。使吾人不张目以观世界社会文学之趋势及时代之精神，日夜埋头故纸堆中，所目注心营者，不越帝王权贵、鬼怪神仙与夫个人之穷通利达，以此而求革新文学、革新政治，是缚手足而敌孟贲也。[①]

而现实主义则站在进化论的顶端，被陈独秀视为他所青睐的民主和科学在文学上的体现。类似的，胡适也接受了进化论式的提法来看现实主义和浪漫主义，并视二者高下有别。1918 年，胡适在他的《易卜生主义》中提出“理想派的文学”和“写实派的文学”两种提法，前者书写完美人物，而“那无数模糊不分明，人身兽面的男男女女，是指写实派的文学”，“写实派的文学”就是要去讲“老实话”，由此治疗社会的疾病。[②] 胡适还敏锐地指出了易卜生的现实主义呈现了社会与个人的矛盾：

> 易卜生的戏剧中，有一条极显而易见的学说，是说社会与个人互相损害；社会最爱专制，往往用强力摧折个人的个性，压制个人自由独立的精神；等到个人的个性都消灭了，等到自由独立的精神都完了，社会自身也没有生气了，也不会进步了。社会里有许多陈腐的习惯，老朽的思想，极不堪

---

① 陈独秀、李大钊等编撰：《新青年精粹》（1），中国画报出版社 2013 年版，第 284 页。

② 胡适：《易卜生主义》，《胡适作品精选》，云南人民出版社 2021 年版，第 157—172 页。

的迷信，个人生在社会中，不能不受这些势力的影响。有时有一两个独立的少年，不甘心受这种陈腐规矩的束缚，于是东冲西突想与社会作对。①

并且将其引申看到以“少数人”的英雄主义来对抗“多数人”的革命精神：

世间有一种最通行的迷信，叫做“服从多数的迷信”。人都以为多数人的公论总是不错的。易卜生绝对的不承认这种迷信。他说“多数党总在错的一边，少数党总在不错的一边”（《国民公敌》第五幕）。一切维新革命，都是少数人发起的，都是大多数人所极力反对的。大多数人总是守旧麻木不仁的；只有极少数人，有时只有一个人，不满意于社会的现状，要想维新，要想革命。②

胡适对现实主义的分析，带着鲜明的批判色彩。这与西方成长小说在19世纪所起到的革命精神有异曲同工之妙。但现实主义与成长小说在中国的接轨，还要等到1920年代。

1920年代中后期，以叶圣陶出版《倪焕之》为标志性事件，关于现实主义的论争，在茅盾与“革命文学”派的讨论中深入下去。茅盾早期对现实主义的定位，与陈独秀较为类似，他们都将现实主义看作进化论的，尽管二人后来都意识到西方文学进化的顶点也不是现实主义，但他们依旧认为现实主义适合中国需要。“文学研究会”提出“为人生”的主张，以“问题小说”为创作

① 胡适：《易卜生主义》，《胡适作品精选》，云南人民出版社2021年版，第163页。

② 胡适：《易卜生主义》，《胡适作品精选》，云南人民出版社2021年版，第165页。

主流。但叶圣陶的《倪焕之》遭到了“革命文学”的攻击，论战双方就现实主义本质展开了论争。“革命文学”的主将们将现实主义与无产阶级文学这个概念捆绑在一起，他们号召要用写实的笔触来描绘新的集体主义，而且要求现实主义应该具有“时代性”。茅盾在《从牯岭到东京》（1928）做出回应，他指出小资产阶级的痛苦也是社会现实的重要组成部分。① 1929 年，茅盾在《读〈倪焕之〉》中论述道：

> 一篇小说之有无时代性，并不能仅仅以是否描写到时代空气为满足；连时代空气都表现不出的作品，即使写得很美丽，只不过成为资产阶级文艺的玩意儿。所谓时代性，我以为，在表现了时代空气而外，还应该有两个要义：一是时代给与人们以怎样的影响，二是人们的集团的活力又怎样地将时代推进了新方向，换言之，即是怎样地催促历史进入了必然的新时代，再换一句说，即是怎样地由于人们的集团的活动而及早实现了历史的必然。在这样的意义下，方是现代的新写实派文学所要表现的时代性！②

到此，现实主义在中国已经出现了分裂。随着中国革命的推进，“革命文学”提出的现实主义在此后的中国文学和文艺界占据了主流。关于现实主义的争论就在这条设定上越走越远。当然，围绕着这一主流的现实主义发出的批判和质疑也从未停止。此后出现了关于现实主义的各种论争：1930 年代“社会主义现实主义”的提出以及鲁迅等人关于现实主义的讨论，中华人民共和

① 茅盾：《从牯岭到东京》，《茅盾全集·第十九卷·中国文论二集》，人民文学出版社 1991 年版，第 176—194 页。

② 茅盾：《读〈倪焕之〉》，《茅盾全集·第十九卷·中国文论二集》，人民文学出版社 1991 年版，第 209—210 页。

国建立前后胡风关于现实主义的思考以及其后随之而来的对胡风的批判，1957 年前后秦兆阳等人对当时主流现实主义的质疑，1958 年毛泽东关于“革命的现实主义与革命的浪漫主义相结合”的提法，1960、1970 年代关于“现实主义深化”、“典型”的论争以及“三突出原则”。

现实主义文学被看作功能性的，它被期待成通过对社会的真实描绘，而最终起到改良社会目的的文类。现实主义的“美学政治”，其意义直接连通着国家想象。正如论者指出的：

> ……现代中国文学兴起之时，描述中国现实的主流话语行将崩溃。知识分子和文人无望地寻求国家强盛的道路，如何阅读和写作中国成为亟待解决的重大问题之一。他们以现实主义的名义探索新的叙事模式。这从来不仅是文学问题，也是他们重新想象国家、反映和修正现实的关键组成部分。①

现实主义的问题关乎的是国家民族的进步这一崇高使命，文学范式的选择不仅仅是文学内部的问题，它被看成关系民族危亡的事件。这也就可以理解，“现代中国文学中最为显著的特点在于现实主义的创作实践和想象，以及由此而带来的无休止的论争”。②

在这几个十年中，现实主义被限定在特定的框架中，框架之外的尝试则举步维艰。浪漫的、个人的、情感的要素，从 1920 年代中期开始就已经遭到质疑和打压。浪漫主义和现实主义被简化为区分为小资产阶级和无产阶级的情感结构。这一对立结构几

---

① ［美］孙康宜、［美］宇文所安主编：《剑桥中国文学史　下卷　1375—1949》，刘倩等译，生活·读书·新知三联书店 2013 年版，第 551 页。

② ［美］孙康宜、［美］宇文所安主编：《剑桥中国文学史　下卷　1375—1949》，刘倩等译，生活·读书·新知三联书店 2013 年版，第 551 页。

乎限定了20世纪上半期中国成长小说的框架。无论是早期的《倪焕之》还是延安时代的《一个人的烦恼》，它们的主人公主要是作为失败者、零余者的姿态，展现自己的痛苦、彷徨和无可奈何。抒情与现实生活构成了一个对立面，抒情的主人公个体在这个复杂的世界中，看到了不可调和的矛盾。

与此同时，浪漫主义被拆解、分化、再建构、重新定位和再利用，被整合进革命所主导的框架中，与现实主义产生新的综合。实际上，从1930年代开始，浪漫主义和现实主义如何被重新建构，从而达到一种新的综合就已经成为左翼文学的重点议题。到了1950年代，这一面向就转向了革命需求所规定下的情感体验。小资产阶级的浪漫让位于革命者的激情体验，这就是林道静所开辟的转折之路。此后，它就朝着普罗大众方向发展，很快成为政治激情支配下的革命浪漫主义抒情向度。革命不仅仅以理性的方式对个人提出要求，它还整合个人的激情和憧憬，将个人情感崇高化。相应的符码和情感书写模式都已经成熟，来加强其内在逻辑和诗学秩序的合法性。抒情被高度理性化和制度化，它不再讴歌那种铺陈的个人主义式的缠绵悱恻，而欢迎新人被逐渐武装起来的等级分明的情感结构。革命浪漫主义被整合进社会主义现实主义的框架中。

20世纪中期的“类成长小说”主要采纳的不是此前引进的西方批判现实主义模式。这时期的文学包括成长小说青睐于苏联模式的社会主义现实主义。在《社会主义现实主义的政治经济学》（*Political Economy of Socialist Realism*）中，多勃亨柯（Evgeny Dobrenko）对苏联社会主义现实主义所做的分析，[①] 与“类成长小说”所代表的社会主义现实主义特征十分吻合。如果说批判现实主义重在社会批判，那么社会主义现实主义则重在歌颂。后者将

---

① Evgeny Dobrenko, *Political Economy of Socialist Realism*, trans. Jesse M. Savage, New Haven, CT: Yale University Press, 2010, p. 215.

社会现实和个人情感进行了新的综合。郭沫若就提出："马克思列宁主义为浪漫主义提供了理想，对现实主义赋予了灵魂，这便成为我们今天所需要的革命的浪漫主义和革命的现实主义，或者说这两者的适当的结合——社会主义现实主义。"[①] 在现实维度，社会主义现实主义也是一种宣称"基于现实"的写实描写的话，实际上这种写实是一种"高于现实"的再创造，它采取了现实主义的诸多形式，如对细节的描绘，但实际上是一种再造的"真实"。在情感维度，这种现实主义一方面"净化"特定的情感，另一方面则弘扬符合期待的情感类型。因而，"类成长小说"无论是在主人公刻画（高大全）还是在基本矛盾设置（出身和血统论）将主人公成长变化所需要的内在动因完全外在化了。它用定型的、抽象化的内容，限制了主人公变化成长的多样性，并尝试着通过再造的"真实"的英雄人物对群众的教化起到典范乃至规范性的作用。

1980 年代及其后，关于现实主义的讨论以一种新的方式继续着。这时候的讨论一方面是要反思过去的现实主义教条，另一方面则要面对现代主义、后现代主义崛起，为现实主义寻找定位。与此同时，个人抒情再一次成为主流。与 20 世纪初期的小资产阶级式感伤不同，此时的抒情带有鲜明的抵抗性质，也就是说文本通过个人的情感经历和体验，质疑来自集体的、权威的规约。这时期，作为"失败者"的个体，将自身的创伤展现出来，揭示历史的、男性的、成年人世界的权力是如何进入个体成长经验中，并将这个个体制造成受伤者和局外人的。

纵观中国成长小说的历史发展，除了"类成长小说"，中国成长小说主人公的精神气质在相当长的历史阶段都更接近"反英雄"。他们代表着独异的少数人，几乎都是独自战斗的"失败者"

① 郭沫若：《浪漫主义和现实主义》，见文艺报编辑部编《论革命的现实主义和革命的浪漫主义相结合》，作家出版社 1958 年版，第 15 页。

或“零余人”，他们面临的现实世界是一个真实的“散文世界”。这里诗意不再，而是被各种残酷的斗争占领、要求、形塑，而他们会发现自己面对这个世界时几乎无能为力。

其二，长篇小说的要求。

关于成长小说必须是长篇小说的讨论，同样也是针对中国成长小说在这个问题上面对的含混状态来谈的。中国成长小说的篇幅问题，主要集中在两个点上：一为大量以“成长”为主题的中篇甚至短篇被看成是“成长小说”，我们要追问这一说法能否成立，以及为什么会出现篇幅之争；二是在以青少年为受众的长篇或超长篇成长主题变体文和成长小说对比中，分析“成长”叙述的形式变化。

成长小说的德语词汇 *Bildungsroman*，如前所说，*Roman* 即为英文 novel 之意，就表明了它的体裁是“长篇小说”，而不是“中篇小说”，更遑论“短篇小说”。这实际上是一个相当明确的界定，在西方理论界甚至很少出现对这一点的辨析。

长篇小说这种体裁对西方成长小说来讲是必不可少的，原因主要还在于它从文体这一角度，提供了一种独特的认识世界和表现世界的方式。自 17 世纪以来，长篇小说与欧洲中产阶级生活方式紧密联系在一起。长篇小说，尤其是对一个个体的成长进行精描细画的长篇故事，为身在室内和长途交通工具如火车、轮船上的有闲暇的中产阶级提供了一种内省式的阅读体验。在这里，甚至是在恩格斯笔下，长篇小说通过对细节细致的描绘，提供给读者一个经由作者提炼出来的更高的现实。这种现实以及阅读中的内省体验，都将长篇小说对于成长小说的重要性提到了新的高度，尤其是考虑到成长小说是现实主义的长篇小说。

如果说成长小说必须是以长篇小说的形式出现，这里就涉及一个新的问题，即一部作品是否要完整地涵盖主人公从儿童（包括出生）到成年的全过程，也即必须包含儿童、青少年和成年这三个阶段。如果要做到这一点，我们首先要明确另一个相关的可能性，即在不同历史时期，人们对儿童、青少年乃至成年的年龄划分标准也在发生着变化。因而纵然我们肯定成长小说需要涵盖这三个阶段或者至少对其中两个阶段进行详细刻画，但就具体的文本来看，大部分成长小说都不可能严格遵守这一定义，而是各有重点。总的来说，对成长的全过程进行细致的追踪仍然要求文本具有一定的篇幅。

但是在中国，成长小说与长篇小说的互洽关系受到了忽视。在现象层面，出现了专业批评界和大众层面并未真正去讨论成长小说的长篇体量定位。其结果就呈现为大量具备成长主题的中短篇小说被当作成长小说。举例来说，鲁迅的《伤逝》、蒋光慈的《少年漂泊者》、孙犁的《村歌》、丁玲的《莎菲女士的日记》和《韦护》、礼平的《晚霞消失的时候》、路遥的《人生》等作品，就经常被当作成长小说来谈。这一点也从侧面说明中国成长小说文本创作不丰富，尤其是在 1988 年之前，因此很多研究中国成长小说的论文，尤其是以新时期之前的文本为对象的，为了写作需要或概念界定不明确，容易将一些具备成长小说主题的非长篇小说当作成长小说来处理。

文本对“成长”的讨论偏爱中短篇有着更深层的文化结构因素。中国长篇小说诞生之时，它主要依靠报纸杂志进行连载发行，而这种发行方式更倾向于故事性强的文本。它们主要通过事件、情节来推动故事发展，这也迎合了当时的阅读受众习惯于传统章回体小说的阅读品味。而此后自延安时代起，长篇小说主要是用来书写大叙事，而关注一个人成长的故事则显得太过“小资产阶级”，从而没有发展空间。而当青春、成长、教育主题盛行，但是我们的关注点变成了如何才能在阶级斗争的战争中教育出合格的接班人，因而文本主要是作为关注问题、解决问题的形式存在的，从而短篇和中篇较之长篇更适合这一需求。到了 1980 年代，成长主题主要是在反思的框架下展开的，而反思的模式则要求一定的冲突来集中表现问题意识，从《班主任》到《人生》，继承的都是这一传统。借用本雅明的批评来说，长篇的体裁才适合细致地讲性格发展，而中篇（短篇）则更接近戏剧形式，主要是通过将矛盾集中呈现、处理。

到了1988年之后，中国成长小说才在长篇小说这一点上取得了突出成就。1988年之后的中国成长小说发展迅速。

一个新的问题又涌现出来：当前以青少年为受众的成长主题变体文写得越来越长，而且这些变体文已经超越了现实主义的范畴来书写成长的异时空可能性，而相对的，真正的成长小说却逐渐式微，在长篇小说的形式上也趋向于短篇连缀。文类内外的多种对比，显示出长篇小说在青少年/青年成长书写领域对“总体性”的重构以及这种重构实际上具备多维度的差异性尝试。

其三，一个个体作为主人公的设置。

关于成长小说是否应该只有一个主人公的问题，实际上对这个形式的讨论涉及不同文化下成长小说的建构原则问题。

西方成长小说，作为现代小说最重要的形式之一，首先针对的是现代社会形成时期，西方文化的特征及倾向性问题。西方向现代社会迈进，走向知识结构分化的资产阶级社会，这一进程也被认为是“完整性”（totality）在整体文化上失落了，这种被黑格尔和卢卡奇等人无限怀恋又不可避免丧失了的“完整性”只能依赖在“个体”（the individual）身上体现。“‘个体事件’（the individual event）提供了小说一个‘总体中心’（the center for the whole）。”① 这里就有一个问题，个体身上如何才能担负起这一

① Hartmut Steinecke，“The Novel and the Individual”，in James Hardin，ed.，*Reflection and Action*：*Essays on Bildungsroman*，Columbia：University of South Carolina Press，1991，p. 77.

“完整性”任务呢？这里就涉及成长小说的另一个建构原则：文化塑形原则，也即成长小说是试图通过对一个个体（小说中的主人公和读者）的教化（cultivate），进入文化层面。用席勒的话来说，就是只有艺术（文化）才能使个人在一个分裂的社会（现代社会），重新获得完整性。成长小说，作为一个专门描写塑形的文类，将个体与完整性联系在了一起。因而完整地呈现一个个体的变化发展过程就变得至关重要。成长小说正是在这一背景下，带有鲜明的传记色彩。正是在这个意义上，施泰耐克（Hartmut Steinecke）甚至提出要以“个人小说”（Individualroman）这一命名来替代“成长小说”。①

相对而言，中国文学文本对成长主题的讨论喜欢用群体视角，很多以家族年轻一代的故事为中心的文本也被看成是“成长小说”。这些以集体群像而展开的成长主题叙事，从巴金的《家》《春》《秋》三部曲到路翎的《财主底儿女们》、梁斌的《红旗谱》，再到王蒙的《青春万岁》，甚至到2003年王安忆出版《启蒙时代》，集体主义的图景始终占据青春成长书写的大头。

与之相对的是，以一个个体为主人公的成长小说文本在相当长的历史时期都因其“个人主义”在不同程度上遭到了批判。1920年代的《倪焕之》、1940年代的《一个人的烦恼》、1950年代的《青春之歌》代表性地体现了这一现象。

而1988年之后，以一个个体为主人公的成长小说文本增多。这时期的文本有三个非常显著的现象：第一，与同时期的其他讲述成长、青春经验的小说相比，成长小说的市场份额远远不如以成长为主题的小说；第二，就其本身的气质而言，文本中作为一个个体的主人公大部分都是“零余人”；第三，从叙事重点来说，

---

① Hartmut Steinecke, *Romantheorie und Romankritik in Deutschlan*, Stuttgart: Metzler, 1984, p. 27.

大部分作者还是对成长过程中遇到的问题抱有更大的兴趣，而较少像西方作家那样对主人公的童年和青少年阶段做细致漫长的、铺陈式的叙述。

其四，“反成长”范式及文化属性。

作为一个 20 世纪出现的概念，“反成长小说”反映的是现代性危机之下主体的困境。无论是对现当代文本的思考还是对经典文本回溯式地再解读，“反成长小说”的逻辑建立在对启蒙线性时间观和进步观的质疑和解构之上，采取的主要是离心式的结构模式。

“反成长小说”首先呈现的是对启蒙式乌托邦的解构。不再相信成人世界的美好与和谐许诺，转身“不愿长大”来守护儿童和青少年时代的相对美好，“麦田里的守望者”霍尔顿守着边缘，期望阻止孩子们堕入伪善的成人世界。“反成长”通过瓦解未来观，进一步瓦解了社会规训的有效性。从黑格尔起，诗意的主人公与散文世界的矛盾就在各个时期的成长小说理论声音中不断重现。如果说一部乐观的成长小说讲述了个人投身社会，并最终能在世界找到自己的位置，到最后他终于能够说：无论这个世界是怎样的，我都能在这里生活了。那么“反成长小说”则相反，它不是写主人公最终获得了成功而是交代主人公的失败，它不是一则关于“进入”社会而是关于“出离”社会的故事，它是对失序状态的描绘，带着鲜明的抵抗色彩。

“反成长”范式尤其受到女性、少数族裔的偏好，在以女性和亚裔、非裔这些边缘个体为主人公的成长书写中，“失败”叙事已经成为主流。从后殖民的角度来解读，“反成长”范式包含着鲜明的对抗性质，即以“失败”反抗欧美中心以及其同化要求。

中国成长小说尤其是 1988 年之后的当代文本，也带着鲜明的“反成长”特征。在时间层面，“反成长”主要表现为主人公经历着无尽的青春期，在年龄上进入中年后依旧保持着心理上的对社会的“未和解”状态；在空间层面，则是最终没有与世界达成和解，而是以“零余人”的姿态站在一个边缘位置。非常特别的是，这种“反成长”气质呈现出一种整体的“创伤”意识，并带有明显的病理特征。

作为世界“反成长”范式中的一员，中国的“反成长”范式并不是“后殖民”体系的产物，而是面对自身的历史和社会，所呈现的主体困境。要理解它，我们要追问以下问题：它反抗的是哪些东西？它的价值如何去评判？以及它还能走多远？

第三章　中国成长小说的历史创伤

1988年，一本题名《新启蒙》的杂志创刊。同年，铁凝的《玫瑰门》问世。中国成长叙事从此朝着往后看而不是朝前看、朝着历史回顾而不是向未来期许的时间脉络展开。

这部分文本回应了以下几个问题：如何去书写历史经验？历史创伤与当下成长范式如何结合，并以怎样的创伤形式去呈现成长的困境？这一类叙事文本的意义何在？

第一节　成长、记忆与创伤

以铁凝的《玫瑰门》和《大浴女》、虹影的《饥饿的女儿》、苏童的《河岸》、叶兆言的《没有玻璃的花房》、东西的《耳光响亮》、王刚的《英格力士》和叶弥的《美哉少年》为代表，中国成长小说借由回顾个人童年经验而回溯历史，进入对历史创伤的集体建构领域。

这类文本的特征之一即被建构起来的（半）自传/传记性质。文本的“传记”性要素和作者私人经验的有效性，更多是依赖作者作为一个中年人去追溯、想象和重建一个关于“他/她”成长的故事。故事的发生背景主要是在1960—1970年代，主人公的成长跨度也主要在这个历史阶段，大部分主人公出场时是一个孩子，故事结束时已进入成年。这与作家本身的经历既有重合，也有不同的地方。小说中的主人公并不等同于作者本身，小说中的主人公所经历的成长，是在作者亲身经验的基础上加诸想象而建构起来的故事。在上述所列的文本中，只有虹影的《饥饿的女儿》和铁凝的《玫瑰门》《大浴女》带有较强的自传色彩或半自传色彩，其他文本则离主人公自身的经历较远，是传记性文本而非（半）自传性文本。1976 年，铁凝 19 岁，叶兆言 19 岁，王刚 16 岁，虹影 14 岁，苏童 13 岁，叶弥 12 岁，而东西 10 岁。也就是大部分作者在经历历史事件时尚处于懵懂无知的状态，正如苏童所强调的，当时身处其中的自己只是孩童心态，觉得好玩。① 因而他们的创作只有一部分亲身经验在里面，而更多是一种理性的文化创伤建构。在定义什么是文化创伤时，亚历山大就强调了事件本身与创伤意识的非同构性，并且创伤意识的产生并不总是、必要地与创伤时间发生时同步。那么现在的问题是，这里的历史创伤是如何建立起来的？其意义何在？在讲到《河岸》的创作动机时，苏童一再强调，写作《河岸》是要正视一段历史，并用巴尔扎克的话来说，一个人的问题就是投射一段历史。② 苏童的话可以折射出作者们的总体心态。也就是作者有意识地用历史观念，将他们关于个人成长的书写从私人领域扩大到集体记忆领域。

这里涉及的不仅仅是个人经验的有效性，而且还有作为集体记忆的建构，不仅是关于记忆的书写呈现，而且还包括成长小说对历史的想象，将创伤记忆当代化。

个人创伤被现象化，而成为集体记忆组成部分，并进而被建构为文化创伤。创伤的社会学意义呈现出来，它由个体的情感维度上升为一种时代的、民族的或者具有普遍意义的典型性文化结

① 苏童：《作家要孤单点，最好有点犯嗝》，《南方都市报》2009 年 08 月 23 日。
② 苏童：《作家要孤单点，最好有点犯嗝》，《南方都市报》2009 年 08 月 23 日。

构。在亚历山大的经典定义中，“当一个集体认识到一个可怕事件给他们的集体意识带来了不可磨灭的影响，它成为一种永久的记忆，而且根本地、不可逆转的改变了他们的未来，文化创伤就产生了”。[①] 这是创伤在20世纪获得的象征意义。

创伤所强调的集体性质，也不是个人记忆的简单累加，而是一种动态的、多元素共同作用的文化形态。从列维纳斯（Emanuel Levinas）的自我与他者理论来看，他认为自我存在本身就包含着一种暴力，因为自我在某种意义上来说就是他者。从这个角度理论，创伤一方面必然是主观的、个体的，一方面又是集体的。而弗洛伊德通过对第一次世界大战后续后果的观察，论证了创伤是如何由个人经验转化成集体经验的。到了亚历山大的理论中，文化创伤带有一定的集体道德指向，将个人与群体联系在一起，旨在改变其身份认知。亚历山大的定义强调的是集体“认识”到他们所受的影响，缺少认知这个环节，创伤事件不能自然而然变成文化创伤。[②] 因而创伤与其说是个体在遭受到一项巨大的痛苦事件时所有的心理反应，不如说是一种被后来追忆的、想象和书写的一种集体文化创伤经验。

到了这里我们会发现文化创伤的形成离不开认知和建构，它有一个形成过程：事件的发生、回忆、记忆重建、再现、被载体常规化，最后再落到身份问题。它是一个动态的因果链条，而非单纯地局限于事件本身。而恰恰，没有被载体化和记忆的创伤事件也会最终被遗忘。因而，建构的过程、如何去建构、被谁建构，这些问题成为关键环节。

这里就涉及了创伤在时间上都有后发性。创伤一般被定义为

---

① Jeffrey C. Alexander, ed., *Cultural Trauma and Collective Identity*, Berkeley: University of California Press, 2004, p. 1.

② Jeffrey C. Alexander, ed., *Cultural Trauma and Collective Identity*, Berkeley: University of California Press, 2004, p. 2.

一项重大的痛苦事件，但事件发生当时，事件经历者往往由于太过震撼、痛苦，甚至是无知，未能真正对创伤做出反应，而创伤的反应，是在事件发生之后的长时间内被追忆的。这样说并不是强调事件发生时没有痛苦，而是讲痛苦在长时间内有效，并因此对创伤承受者的日常生活带来长期的巨大伤害。正是从这一点出发，弗洛伊德甚至认为，创伤从来就不是在现实时间（real time）中获得的。[①] 柏佑铭（Yomi Braester）也强调创伤的非即时性和非瞬时性。[②] 文化创伤强调事件本身并非创伤，而文化创伤是需要建构的，历史事件提供的特殊经验，需要经由载体落在身份上，文化创伤才得以形成。

文化创伤的概念与历史事件有着复杂的关系，前者不能离开后者而单独存在。但这里也留下了一些新问题：创伤必须是某一具体事件引发的吗？创伤可以是一种长期形成的集体意识吗？创伤可以被想象吗？创伤如果是建构的结果，那么如何去区分其中的真实回忆与虚构想象？如果说创伤可以是“想象的”创伤，也就是不必一定要经历过创伤事件，有些没有发生过的事情也可以造成与真实事件同样的创伤，那么创伤书写就不仅仅或不再作为见证文学而言了。

20 世纪后半叶见证了创伤进入文学书写世界，意味着它从心理学、病理学转向了文化和社会领域。创伤文学面对的首要问题就是如何去书写创伤，也即在难以言说之处寻找语言的可能性。创伤文学不断回到事件本身，寻找语言的突破口去诉说创伤事件，它意味着对线性历史时间的解构，以滞后的“事后性”书写，来回顾过去，并建立起新的时间结构。叙述呈现为不可连续

---

① Yomi Braester, *Witness Against History: Literature, Film, and Public Discourse in Twentieth - Century China*, Stanford, Calif.: Stanford University Press, 2003, p. 7.

② Yomi Braester, *Witness Against History: Literature, Film, and Public Discourse in Twentieth - Century China*, Stanford, Calif.: Stanford University Press, 2003, p. 6.

性、重复、空白等特征，文本不断地拓展内部的空间和张力，以供读者来判断和回应。其最终呈现的现实，是一种新的现实主义观，即陈述性的现实主义。这也意味着，讨论创伤文学，其重点不仅仅在于它对历史事件的见证，更在于理解虚构的力量是如何进入叙述中，并重构“故事”的：

> 我们怎能理解文本的指义性维度、历史维度或物质维度并非简单的与它们的虚构性相对？文本的虚构力量怎么可能并非一种阻碍，而恰恰是抵达它们的指义性力量的方法？①

想象照进历史来呈现一种关于创伤的现实主义——这在成长小说的文体上，即一个成年作家借助写作来回顾其儿童经验，也可见一斑。在小说书写中，成长小说作为其中最重要的一个文类，在描写一个国家或民族的创伤性事件这一方面显得格外有效。成长小说对创伤集体化的有效性可以从这一文类本身的特色来理解。首先，成长小说往往关注时代命题，将书写建立在现实经验之上，对一个特殊历史阶段的总体特征和核心问题的探索。②因而它对一个国家或民族的创伤性事件非常敏感。其次，较之于其他小说类型，成长小说对创伤给予了更多的关注，将它作为不可或缺的核心环节来看。成长书写就是对“有问题的”（problematical）成长的描述。没有创伤的成长书写是不可想象的。再次，成长小说在读者教育这一环节，为创伤进入集体记忆领域起到了不可忽视的作用。综上可以看出，成长小说通过叙述和想象去呈现、重建创伤，将私人的成长经验拉进集体记忆领域，从而讨论

① 转引自［英］安妮·怀特海德《创伤小说》，李敏译，河南大学出版社 2011 年版，第 14 页。

② Susan Ashley Gohlman, *Starting Over: The Task of the Protagonist in the Contemporary Bildungsroman*, New York & London: Garland Publishing, 1990, p. 21.

当下处境中该如何看待历史。

第二节　历史创伤与成长的阵痛

历史创伤进入成长书写中，导致成长呈现出一系列特征，具体表现为："失父"、疏离与婚姻/性的失败。疏离从空间维度表现了历史创伤对成长造成的影响，而"失父"和婚姻/性则分别从起点和终点的时间维度对成长的创伤进行了揭示。与此同时，成长的时间形态演变成空间形态。

一　"失父"象征

一个典型的情节反复出现：主人公在一个温暖的小家庭里享受着快乐美好的童年，外部世界正在发生巨大的变化，而这个小家庭一开始并未受到外部的影响，依旧保持着温馨和谐的画面。其中父亲一般作为一个知识分子拥有一定的技术权威，母亲则美丽温柔，父母恩爱。然而历史的风暴还是不可避免地进入这个小家庭。先是父亲被卷入改造、批判，后是母亲失身于一个小有权势的领导。主人公偶然间发现了母亲的通奸，更让他难以接受的是他发现母亲的不忠并不真正或者仅仅为了救父亲，而是母亲在自身的情感和欲望支配下本能地对快乐的追求与反应。在这种情况下，震惊和愤怒的主人公开始了孤儿般的流浪、探险。这一情节在《大浴女》《英格力士》和《美哉少年》中都出现了。在这里，父母的形象都出现了一个关键性的转折，都从一个美好的权威形象下落到凡俗的平常男女。其中，父亲是由一个具有权威的知识分子和高大的父亲，转变成一个政治权力斗争中的受打压者和家庭生活的失败者。而母亲则由温柔贤惠的传统美好形象，堕落成不顾家庭的准荡妇形象，即使在没有出现这一情节的文本里，至少也都呈现了家庭的破裂和疏离状态。在这个家庭中，或者失去父亲或母亲，或者主人公与父母都保持着非常疏远的距离。如《饥饿的女儿》中，六六的母亲先后跟过三个男人，其中一个男人还是在背着她现任丈夫的情况下出现的，而六六的生父就是这个后出现的第三者。六六则一直处在生父缺席并与养父疏离的阴影下，同时也饱受着与母亲不合的痛苦。在《玫瑰门》中，苏眉从小与父母天各一方，等到父母向她表示关爱的时候，她已经完全不适应父母所能给予的关怀。在《河岸》中，库东亮先是经历了父亲在权力上的失势、父亲私人紊乱生活被捅开，随后又看着他母亲自私地将他和他父亲抛弃。

“失父”可以被看成这样一个象征：它不是说主人公真正地失去父亲，而是指由父辈所树立的权威形象的瓦解，从而主人公作为一个“孤儿”被放逐到广阔的世界中。“失父”这个设定，进一步象征着传统所能提供的先烈典范以及主人公所置身其中的外部权威的崩溃。如果说这个权威典范形象未被破坏，主人公很可能是长成一个他父亲或他母亲那样的人。但置身于特殊历史背景中的这个小家庭，已经不再适合提供这么一个典范，从而成长就必须寻找另外的途径。

这一情形带来了两种结果：一方面，主人公在起点上，成为一个零余人，一个“孤儿”，并为他之后的成长设定了轨迹；另一方面，正是他背后这种支持和导向性的瓦解，使得主人公拥有了成长的另一种可能性。这个可能性，是经由否定才能抵达的。也就是说，只有在对家庭失望的前提下，主人公才能依靠自己的力量进入广阔的世界，并认识它。

我们这里可以对比下英国 19 世纪的成长小说。莫雷蒂在论述这一部分文本的时候，将它的基本结构解释为童话结构。主人公先是离开家庭，然后经历了艰难困苦，最终找回了失去的幸福。如果说他早先作为一个孤儿，失去了父母，但最后他终于找到了一个伴侣，并与之组成了一个幸福美好的小家庭，同时也获得了工作上的成功和周围人的赞赏。这种童话结构的主要特征就是“失去——复得”这样一个模式。在这个结构下，主人公的成长不是要变革或改变社会，而是回到他所属的阶层和生活模式，而主人公置身其中的世界是一个稳定的、有序的世界。这个典范被《大卫·科波菲尔》所确立，之后被众多文本所复制，如《简·爱》，直到《人性的枷锁》我们依旧能看到它的影响。如果说英国这部分成长小说之所以出现这样一个结构，最重要的原因在于它背后的社会稳定性，那么中国的故事语境则与之相反，在作家眼中，1960—1970年代所能提供的只是一个破裂不堪的场域。这一景象呈现表明了对相应历史所持的批判性视域。

“失父”的隐喻同样也出现在20世纪中期的“类成长小说”中。在这里同样有一个典型情节：主人公诞生在一个半革命、半知识分子的家庭，一般是他父亲作为一个知识分子，而母亲作为革命者，因而他身上具有一半革命传统，一半需要改造的成分。这个父亲形象基本上在文本中被淡化了，小说一开头会出现母亲，母亲希望主人公好好改造。结果一般是主人公投身社会主义建设事业中，并最终将自己一半的“小资产阶级”性质革命掉了，从而成为标准的革命接班人。对比两种“失父”我们可以看到，在当代成长文本中，“失父”意味着主人公背后的完整世界的崩溃。而在“类成长小说”中，“失父”意味着“善”“恶”对立，并保证了“恶”最终被割除掉，而保持了革命的“善”，而这个“善”之所以能成就，主要依靠的是广大人民群众对主人公的教育。在前者这里，“失父”意味着瓦解，在后者这里，“失父”意味着重生；前者决绝了一个权威性的典范，后者将外部的权威当作典范。在这个意义上，“类成长小说”对现实社会中的个体起到了社会规训作用，而当代成长叙事文本的历史反思视角则是去社会规训的。

二　疏离·病态·逃亡

除了在《美哉少年》中我们能看到“美”主导着主人公成长的方向，在其他的同类型成长叙事文本中，我们所能见到的则是全方位的疏离感。

这种疏离不仅指上文交代的与小家庭的疏离感，同时也有与广大世界格格不入的局外人感。苏眉（《玫瑰门》）不仅无法接受她父母迟到的爱，而且对她身边的每个人也都抱着冷漠与敌意的态度；尹小跳（《大浴女》）冷漠地看着同母异父的妹妹走向死亡而拒绝伸出援手，同样也不信任其他人；六六（《饥饿的女儿》）经历着兄弟姐妹对她的敌意、母亲的不关心、养父对她的不理解、生父不能与她相认，还在学校受到忽视；牛翠柏（《耳光响亮》）为了自己的利益可以出卖家人，同时也不得不在冷漠的世界里继续生存下去；库东亮（《河岸》）与他父亲一起生活在船上，被他父亲监视，同时也遭受着被岸上世界的放逐。在这些文本中，充斥着冷漠、无奈的冰冷情绪。我们的主人公既无法在家庭中寻找到温暖，也没能在广阔的外部世界体验温暖，反而是体验到世界加诸他们身上更广阔无垠的荒芜感与距离感。在这里主人公与他置身其中的世界，始终保持着一种对立的敌对关系。外部世界，当每个个体都只能急于保命的时候，根本无暇顾及这个长大成人中的主人公。主人公站在一个陌生而冷漠的世界，彷徨四顾，无法找到同伴和爱人，最终只能继续像个孤儿似的流落在路上。

主人公与世界出现了无法跨越的鸿沟。这种疏离感还有它自身的特点。这个个体与世界的关系，甚至不再是之前历史阶段出现的“掌握/被控制”的关系，也即二元对立关系，而是彼此不再关心、彼此独立发展、彼此无法进入对方的视野的一种关系。换言之，与其说是世界控制住了主人公或主人公掌握了世界，不如说是个人与世界拉开了巨大的鸿沟。二者甚至不再是对立的，我们无法看到主人公面临的社会规训，也即什么该做、什么不该做这类的描述，而是主人公生活在一个破碎的世界里，他本身也变得支离破碎。我们说个体与社会不再成对立关系，不是说二者达成了和解，如黑格尔笔下的学徒时代不可避免地走向了结束，而是个体和世界这两者都被消解了，继而也就无从出现对立。当代成长文本的意义，不是去呈现个人与世界的矛盾，而是揭示出整体世界的瓦解。当库东亮试图帮他的父亲争回那块象征着光荣与身份的烈士石碑时，一个老人提醒他说，东亮，你还是管好你自己的事吧，历史是个空屁啊！[①]

这种双向的瓦解，表现在个体身上，就是个体失去了主体性，呈现出鲜明的病理性特征。这里所说的主体性和病理性特征，都是从“被观看”维度来说的，也就是说在很大程度上，小说中主人公身上体现的这两个特征，是作家通过一双外部的、社会的眼睛来观察他的主人公，并将他所观察到的这种病态特征呈现出来。这里强调的是，主人公也即个体的主体性丧失，尤其是他呈现出来的病态，不是从自然、生理的意义来说的，而是在社会层面，是社会中的一类群体，通常是正常人对另一类群体的评价和感受。成长小说的教育意义，很大程度上等同于它的社会规训作用。社会规训意味着教育一个个体将外部规范“内在化”（internalize），也即合理化。而当这个个体完成了这一过程，他就被“正常化”（normality）了，成为正常社会的一个与其他人没有什么不同的“正常人”（convinced citizen）。[②] 在中国成长叙事文本这里，我们的主人公正好走了一个相反的方向。如果说一则成功的成长故事将“正常化”当作个体成熟的标准，那么中国的

---

① 苏童：《河岸》，人民文学出版社2009年版，第223—224页。

② Franco Moretti, *The Way of the World: The Bildungsroman in European Culture*, London: Verso, 1987, p.16.

成长故事则从反面讲述了这个个体如何从一开始（“失父”）就离正常的日常生活越来越远。也就是说主人公身上体现的这种病理性特征，正好表现了个体对“正常化”的反动，而且如上所提到的，他之所以被异化，不是因为他主观选择这么做，而是失去了一个正常的社会背景，后者已经不能从道德、法律等方面为他提供规则。这种描写与“类成长小说”的描绘简直是背道而驰。在后者这里，规训是必需的、可行的，因而主人公成长的方向是既定的，也即朝着“健康、高大”的方向发展，而在前者这里，作者毫无顾忌地呈现了主人公的不正常状态。

当这个主人公已经失去了常态力量，他的生命随之失去了方向性，转而向流水一般漫无目的。除了《美哉少年》，在其他的文本中，我们都可以看到，主人公像游子一样停顿在路上，毫无指望地张望。苏童和虹影直接以“流水”的意象［两本书的书名为《河岸》和《河流的女儿》（*The Daughter of the River*）］，暗示了主人公生命流水般的无尽头感和无方向感。作者将这种状态内在化了。在众多主人公身上我们看到的是内在的也即心理上的流亡/逃亡状态。无论是库东亮还是刘爱，无论是六六还是尹小跳，他们都深刻地感受到了流离失所的孤独感。虽然主人公身上的这种内在的流亡状态，从一开始就体现了它的被动性，也即不是主人公拒绝美好生活，而是美好生活本身已经变得不可能，但在这种被动性中，主人公却以自身的这一否定性力量，完成了对社会的反抗。在《河岸》中，主人公库东亮先是迫不得已要与父亲一起生活在驳船上，但正是因为被迫不让靠岸，才给他提供了机会，用边缘者的眼光看到，岸上世界也不过如此。苏童将逃亡解释为“只有恐惧了、拒绝了才会采取这样一个动作，这样一种与社会不合作的姿态”，并引申在这个过程中完成悲剧性和价值性的一面。① 在《饥饿的女儿》中，六六一直寻找父亲，最后三个

① 苏童：《永远的寻找》，《花城》1996 年第 1 期。

父亲都让她失望了。但正是因为失望，她才在流亡多年之后突然意识到苦难的来源。正是在这个意义上，王德威将《饥饿的女儿》定义为“不是获得对社会的认知（acquisition of social knowledge），而是去知识化（relinquishment）；不是进入社会的入会仪式（initiation into society），而是自我选择的流亡（self－chosen exile）”。① 从以上就可以看出，以库东亮和六六为代表的成长主人公们已经与他们的前辈如林道静相去甚远。

三　婚姻的隐喻

在《美学》中，黑格尔不无讽刺和感叹地指出，学徒时代结束，我们的主人公最后总是会找到一个老婆，走进婚姻，会生孩子，做一个跟其他人没有区别的普通人。黑格尔描述的情节，曾经作为区分一部小说是否为成长小说的标准之一，获得了至关重要的地位。但总的来说，在大部分成长小说中，作者并不一定真的要给出一个走入婚姻的场景。这在狄尔泰之后的理论家这里几乎是公认的。即便如此，大家都普遍承认，进入婚姻虽然不是必需的，但给出一个婚姻的肯定性方向，比如开放式结局中对婚姻的肯定性指向，是成长小说的基本情节之一。那么为什么婚姻的意象对成长小说如此重要呢？婚姻的意义和作用主要有两点。一方面婚姻的预设暗示着主人公作为“个人”的终结，从此他不再是作为自由移动的个体而生活。如果说现代性的诞生（从成长小说维度）就依赖着个人的这种内在的移动性，那么成熟，也即进入中年，就是具有内在反抗性、自由性的青少年、青年时期的结束；随着这一阶段的结束，他进入下一个阶段，也即是作为“家庭”中的一个人而存在，这个个体基本上有产业（工作）、有社

---

① David Der－wei Wang, *The Monster that is History: History, Violence and Fictional Writing in Twentieth－Century China*, Berkeley and Los Angeles: University of California Press, 2004, p. 146.

会关系网，成为社会的一个稳定因子。另一方面，婚姻的暗示意味着主人公最终与世界达成了和解。无论这个世界曾经以怎样的面目出现，他现在都能够说：我终于能够在这里生活了。这种和解，同时就说明了主体身份的肯定，身份认同不再是一个问题，而是以社会认可的某一形式而获得了合法性。个人与世界因而不再是紧张的对抗关系。

在我们所讨论的这部分文本中，几乎所有的主人公都与婚姻疏离，即使在少数最终获得婚姻的主人公这里，它也只是被作者一笔带过，成为无足轻重的阴影，如《没有玻璃的花房》就只有寥寥一句话：“这时候，木木自己也是一个标准的中年人了，结婚生子有家有业。”[①] 我们可以认为，主人公在爱情、婚姻上的状态是对他们整体生活处境的一种象征。作者未能为主人公的成长提供一个完满的结局从而让主人公可以停下来，不再在路上徘徊，而是将这种彷徨状态无限制地延期了下去。也就是说，主人公的成长无法终结，他的青春期变成延曳的青春，成长呈现出反成长特征。

在呈现婚姻的特殊性之时，文本尤其强调了性别因素。在《河岸》、《耳光响亮》、《英格力士》、《美哉少年》和《没有玻璃的花房》这类以男性为主人公的文本中，这些男性主人公都在爱情与婚姻方面呈现出典型的被动性。库东亮的母亲遗弃了他，随后他爱上的女孩儿慧仙却从未将他放在心上；牛翠柏整天与男性朋友厮混在一起，从未经历过爱情；刘爱对女老师怀着一种身体上的眷恋之情，最后却卷入偷窥的阴影里，黯淡退场；而在以乐观和美学为导向的《美哉少年》里，作者则直接省略了主人公李不安的爱情环节；即使在以顺利走入婚姻为结局的《没有玻璃的花房》中，主人公木木的婚姻的有效性实际上在这一章节对他与

① 叶兆言：《没有玻璃的花房》，作家出版社 2003 年版，第 263 页。

父亲的情人乱伦、生下一个私生子的描述中瓦解殆尽。与此同时，在几乎所有以女性为主人公的文本中，女性在爱情、婚姻上的面目却迥然不同。虽然同样是与婚姻疏离，但是在这些女性主人公身上我们看到一种主动性、一种新的掌控力量和魅力。苏眉（《玫瑰门》）虏获了小说中所有男性的爱情；尹小跳（《大浴女》）在爱情的路上轻易就可以收获到男性的爱情；六六（《饥饿的女儿》）顺利地跟她的历史老师上了床，并觉得“比想象的还美好”。[①] 这里就出现了男女的巨大差异。

那么作者对这种差异的设置，意义在哪？西苏说“男人们受引诱去追求世俗功名，妇女们则只有身体”。[②] 这句话可以作为理解上述差异及意义的引子。男人的爱情和婚姻状态实际上是他在政治社会生活中地位的表征，当他在政治上失势时，爱情和婚姻都会离他远去。这种政治性隐喻出现在父子两代人身上：在父亲身上，父亲有权时过着混乱的私生活，而当他失势时，这些女人都离他而去；在男性主人公身上，则体现为爱情上的无能，手淫、偷窥、乱伦成为这里的关键词。而在女性这里，女性的身体却作为自己的私有物，成为动荡社会里最坚实的自我证明。文本中几乎所有出现的女性都摆脱了传统中的贤妻良母形象，她们登场的形象都是美丽、带着性本能的放荡和妖娆，她们用自己的经验和眼光对传统的男女关系和家庭婚姻关系发出了质疑与挑战。成年后的六六说：“爱情在我眼里已变得非常虚幻，结婚和生养孩子更是笑话，我就是不想走每个女人都得走的路。我……把对手，有时是一桌子的男士全喝到桌下去。”[③] 我们看到，如果说男性在这里成为政治阉割的承担者，那么女性则在破碎的世界中找

---

① 虹影：《饥饿的女儿》，四川文艺出版社 2000 年版，第 222 页。

② ［法］埃莱娜·西苏：《美杜莎的笑声》，见张京媛主编《当代女性主义文学批评》，北京大学出版社 1992 年版，第 202 页。

③ 虹影：《饥饿的女儿》，四川文艺出版社 2000 年版，第 298 页。

到了一条走向自我的曲折道路。

更值得体味的是，在这三部以女性为主人公的文本中，女主人公不仅是有魅力的、有自我的，并且她们是面向“西方”的。《大浴女》首先就以很大的篇幅讲述了主人公眼中看到的妹妹与西方丈夫相处的场景，在接下来的文本中，女主人公则一路暗示，她实际上也可以像她妹妹那样找一个西方丈夫，只是她不愿意。尹小跳的姿态代表了女性的一个新方向。即使《饥饿的女儿》并没有暗示婚姻面向西方的可能性，但它在交代主人公走入成年、获得自我认同的过程中，将语境设置在了 1980 年代中期的南方，这里正经受着改革开放的第一次冲击，男女混迹在舞会、西方流行乐、迪斯科之中，主人公依靠写作可以生活。实际上也正指向了一种面向西方的新文化。而这种设置在男性主人公这里，只有《英格力士》。“英格力士”即是英语 English 的音译，以能讲一口纯正英语的男老师王亚军象征着西方文明带来的启蒙可能性。其他的小说都未将西方置于视野中。男女主人公的际遇在这里再一次出现了分歧。我们可以看到，大部分的男性作者始终将视野集中在内部的历史这里，在内部的语境中交代了同样作为男性的主人公受到的阉割状态。而这种共通的视野设置，一方面可以更深刻地感受到以作者和主人公为代表的男性们在历史事件中受到的巨大创伤，另一方面也说明了作者深刻的历史反思意识——将眼光朝向危机的根源；而女性则在其中找到了一条通往自由的可能性——西方。我们知道，在《玫瑰门》《大浴女》和《饥饿的女儿》中，主人公历经的时间基本都被设置为从 1970 年代后期到 1980 年代中后期这个阶段，而正是 1990 年代的个人崛起之前。大约一个世纪之前，也出现过一个类似的阶段：1919 年五四运动即将开始。1912 年，苏曼殊写下了被誉为“民国初年第一部成功之作”的《断鸿零雁记》。这两个阶段的共同特征即处于一个过渡阶段。这是一个面临着新旧中西选择的时代。多年前，苏曼殊在传统与现代女性之间徘徊，而现在则是一个女性在中国（传统）与西方（现代）之间犹豫不定。在这两个两难选项中，面对的实际上是同一个问题：中国传统更生出来的身份认同还是西方文化救赎？中国成长叙事正是通过婚姻的设置，将一个过渡历史阶段所面临的核心问题——文化困境展示了出来。

四　时间的空间化

历史创伤形态从时间和空间两个维度得以呈现，在这一视角中，这一成长表现出一个非常特殊的时空体特征，即时间转变成空间特征。

成长，首先讲的是时间变化过程中的状态的变化，所以从时空体的角度来看，时间的进程是首要的。成长，就是在有限的、线性时间进程中，将过去、现在、将来用因果链承接起来。主人公历经一些事件，从过去获得经验教训，因这些经验塑造现在的自我，并为未来设置方向。反之，则出现“反成长”。“反成长”主要指的这种线性的进步时间观被打破、成长的未来维度被解构。未来对成长的重要性，主要体现为未来作为一个美好的视域，引导着主人公朝这个方向前进，它隐含的就是一个社会性标准，也即主人公在社会所规定和默认的范围内，朝着一个标准完善自我。但“反成长”就是对这个标准的否定，进一步说，也是以未成年人的眼光对以成年人为主体的这个标准世界发出质疑。从而出现了霍尔顿这样的反英雄。我们所讨论的文本中，成长也变成了“反成长”。历史创伤将这些年幼的主人公们限制在特殊的历史语境中，后者用自己的童年和青春期为这一事件献祭。

成长的时间形态瓦解成空间形态。一段线性流驶的过程，被限制在一个时间段内，换言之，从创伤的起点开始，“过去”就像影子一样俘获了“现在”，而未来则不可见。我们看到故事中的主人公，如同他们的作者一样，不断地回到自己的过去，也即成长的起点——创伤开始的地方。《饥饿的女儿》结束时，主人公六六仿佛看到当初在河边奔跑着想要去找母亲的自己，泪如雨下。在实际的生活中，作者虹影在长达十几年的时间内从未忘记回头看。苏童从椿树街故事开始，就反复地书写这种向后看的姿态。叶兆言交代对于自己来说，始终觉得这个成长故事意义重大，曾无数次想写出来。在这里，主人公和他们的作者一起，始终保持着“向后看”的姿态，并由于这种姿态，限制了这个个体走出创伤。创伤性正是在无数次回顾中体现出来的，也即个体不断地回到创伤的当下中去。因而我们看到，个体的现在是被过去所塑形，库东亮在一出场时就交代“一切都与我父亲有关”①；而未来则变得不可描述，唯一一个指向“将来”的主人公木木（《没有玻璃的花房》）在故事结束时指出，即使作为一个有家有业的成年人，他还是没有真正像成年人那样不动声色地、和平地把握世界，而是像个青少年面对自己的过去，紧张不已。成长的时间维度被解构，成长成为反成长，永远地被定格在“在路上”。

时间被空间化，这种现象交代了创伤的深刻影响，创伤事件拉开了线性链条中的一道道裂口，客观的时间历程被主观体验切入，并不断地拉回到过去的某个时间节点。这导致了在成长的空间形态，才出现了上述的“疏离”特征。

第三节　叙述与自我建构

从上述文本呈现的成长形态，我们可以看出它具有鲜明的“反成长”特征，在时间上，主人公经历着延曳的青春期；在空间上主人公没有与世界达成和解，而是成为零余人。作者通过展示一个失败的成长故事，将历史的创伤揭示出来，用怀疑的精神

---

① 苏童：《河岸》，人民文学出版社 2009 年版，第 3 页。

取代信仰，显示出鲜明的批判精神。

这里涉及一个悖论，也即“故事”中的成长越失败，“话语”层面的批判就越成功。作者通过叙述在话语层面揭示了历史对个人的深重影响。作者正是通过“故事”中异化的成长故事，将以私人经验为基点的历史反思推向了前台。从此，作者以一种新的自觉意识、新的历史批判姿态站了出来。

在中国文学史上，以1960—1970年代为时间背景的成长叙事一共出现过三次。第一次是20世纪中期的“类成长小说”，文本主要书写主人公在当下历史阶段的成长经历。在这里，成长具备史无前例的乐观主义精神，主人公将自身完全融入社会，将外部社会的规范视为自己成长的标准，最终也成功地被社会所接纳，成为社会主义新人模范。这一成长所具备的乐观主义倾向是其他任何一个历史时期的成长形态都无法比拟的。如果单从结果来看，这些“类成长小说”可以看作成长小说在形式上的典范。西方早期经典成长小说定义，在时间维度要求主人公成功地从青少年走向了成年，在空间维度体现为主人公这个个体与社会互相接纳，而这些“类成长小说”正好合乎了这些范式。但是“类成长小说”的问题在于，它以意识形态为指规来塑造文本内容，将个体面临的矛盾完全阶级化了。它试图创作“完美”的成长形态，而这样恰恰是剥夺了成长之所以为成长必须具备的多样性和具体性。

第二次则出现在1970年代末期。老鬼（《青春之歌》作者杨沫的儿子）经过十年的努力终于将他的小说《血色黄昏》成功出版。这部小说以“一个北京知青在内蒙古挣扎的真实经历”为副标题，交代了主人公林鹄被错当成反革命经历了八年劳改生活并最终平反的经历。小说一出版就因其对历史的反思精神获得了主流意识形态及读者的认同，风行全国。从成长形态来看，《血色黄昏》已经有了很大的不同。林鹄作为一个个体，有着鲜明的个性，并且这个个性显得粗糙、野性、不合群，他对周围事物的看法也完全由自己的生活经历而非意识形态所左右。这显示出主人公已经是一个具备觉醒和个性的主体形象。但是老鬼的叙述面临着自己的局限。在小说中，主人公林鹄最终获得了平反，从而也为他的成长画上了句号。但是他的平反是什么呢？我们看到作者的描述是“首都知青慰问团发的毛巾、笔记本、茶缸也有我的一份了”。[①] 许子东敏锐地指出，主人公对历史事件的批判，自始至终所追求的是洗刷冤屈，重新回到“母亲”的怀抱。[②]

直到《血色黄昏》出版十一年之后，我们才看到第三次出现的文本类型与过去的文本有了质的区别。这些新文本不仅与“类成长小说”迥然不同，而且与《血色黄昏》也判然有别。它通过对成长失败的叙述，直接将历史带给个体的灾难展现了出来。这种新的姿态是经过了长期的探索和反思才得以形成的。

与“故事/话语”的悖论随之出现的是另一对悖论：“认识自己”和“改变自己”。“成长”含有两个维度：“认识”和“改变”，前者强调一种新的认知方式，后者突出在这种新的意识下要做出改变，也即成长的主人公在结束时要成为一个与出场时不同的人物，他的性格要经历着发展变化。对于“认识”和“改变”的划分，以及主人公必须在何种程度上完成“认知”和“改变”，一直是西方成长小说理论的争论点之一。正是在这个意义上，哈尔丁（James Hardin）在1991年将自己编辑的成长小说论集书名就定为“反思与行动”（*Reflection and Action*）。围绕着主人公成长的侧重点和程度的不同，就出现了成长小说和非成长小说、成长小说和“反成长小说”之分。实际上要区分在何种程度上主人公完成了“认识”和“改变”是相当困难的。大部分成长

---

① 老鬼：《血色黄昏》，中国社会科学出版社1997年版，第586页。

② 许子东：《中国当代文学中的青年文化心态：以〈血色黄昏〉为例》，载《呐喊与流言》，上海文艺出版社2004年版，第138页。

小说理论家只能依据上述维度大体将主人公划分为“主动”和“被动”的，也即更倾向于反思特质或是行动特质。从这个角度来看新的主人公们，他们主要是被动的、反思类的。即便上文指出女性主人公在爱情和婚姻上较之男性主人公们拥有更多的主动性和更大的自主空间，但总的来说，无论是男性还是女性，他们都在成长的路途中一路经历着身不由己，无论是爱情、婚姻还是事业，都在他们的可操纵范围之外。六六一边认识到不要像其他人一样生活，一边认为爱情之类的都是“虚妄”的。库东亮会遇见一个老人对他说，历史就是个谜，而他也早就知道，他自己就是个“空屁”。木木始终生活在恐慌里……在这里，主人公出场时是一个对世界无能为力的孩子，小说结束时他依旧是生活在自己的忧虑和恐慌中的拥有“少年”气质的成年人。他的性格从开始到小说结束也没有出现明显的变化。在《威廉·麦斯特》中，威廉一路经历着指引，最终由一个爱好戏剧的少年变成一个具备技术技能（作为医生）和负责（他有了一个儿子）的成年人。而库东亮们则保持着始终如一的面目。在我们的文本这里，主人公们因为外部力量的局限，无法改变自己的生活乃至性格，成为始终如一的“失败者”。同时，却通过作者的视界，呈现和直面个人面临的局限，以一种清醒的、批判的眼光看待自我与社会。因而在这里，主人公库东亮们就表现出迥然不同的气质。总的来说，成长小说所要求的“认识自己”主要在“故事”层面完成了，而“改变自己”则要等到“话语”层面。

“话语”层面的“改变自己”指的是作者叙述故事的方式与以往相比已经发生了巨大变化，在这个新的作者身上，我们看到了与以往作者相比的一种新的世界观和写作观。与此同时，作者希望通过这一写作过程来走出创伤并重建自我。作者较为一致的姿态是，过去的成长经验成为多年来压在心头上的一副重担，他们觉得它意义重大，想把它写出来，但最终要经历甚至十几年的时间，他们才能真正拾起勇气，用叙述重新去揭开这个伤疤。虹影坦言，时隔十六年她才终于能回过头来写自己的这段过去。叶兆言则将写作《没有玻璃的花房》比喻成终于将红肿的脓挤了出来。苏童在多年遮遮掩掩、断断续续的写作后（《城北地带》及“少年血”系列），终于决定直面历史（《河岸》）。叙述在这里获得了“净化”的意义。通过叙述，作家终于能走出创伤去重建自我。

通过叙述去重建自我的维度是创伤记忆类写作的常见形态。而成长小说之所以能够承担这一任务，主要依靠的还是它的自传性特征（autobiographical component），也即“主体性”（subjective）特征。上文交代新文本主要还是传记性而非自传性的，这主要是从小说中描写故事尤其是它的细节与作者亲身经历的吻合度来说的。但是在叙述层面，作者一个明显的意图就是将自己的世界观和重建自我的希望寄托在这个想象的自我与成长故事上。从这个意义上来讲，这些文本又是自传性的。正是这种有意识的自传性，作者重建自我才可以达成。

这个重建的自我现在是一个具备批判和反思精神的理性个体。苏童将这种理性的精神喻为“理性的焦虑”。[①] 在叶兆言这里，他则用了“后怕”这个意象。[②] 东西将它比喻为“惊醒”。[③] 苏童讲到自己的经历时坦言，那时候作为孩子，只是旁观者，没有是非观，以为暴力就是生活的一个细节、是世界的一部分。[④] 所谓的“焦虑”是指事后才懂得这种“好玩”经历的可怕。[⑤] 同

① 苏童：《关于〈河岸〉的写作》，《当代作家评论》2010年第1期。

② 叶兆言、王尧：《作家永远是通过写作在思考》，《当代作家评论》2003年第2期。

③ 姜广平：《在情感饱满的前提下讲智慧——与东西的对话》，《文学教育（中）》2010年第4期。

④ 苏童：《作家要孤单点，最好有点犯嗝》，《南方都市报》2009年8月23日。

⑤ 苏童：《关于〈河岸〉的写作》，《当代作家评论》2010年第1期。

样，叶兆言也认为自己作为一个孩童，只觉得一切都像是在做游戏。正是在这个意义上，他才用了“后怕”这个词。[①] 东西用“耳光”和一个描写声音的词“响亮”放在一起作为书名，正如他自己谈到的，是要“认清事实”“警惕麻木”[②]。同时，他关于“《耳光响亮》是‘呐喊’”[③] 的说法，也让人想到鲁迅的“铁屋子”隐喻及启蒙精神。叶兆言等人的理性、批判姿态可以被看成一种新启蒙。

小　　结

记忆书写作为一种文学话语，它不同于历史真实，而是不同身份的书写者将其经验有意识地进行“语境化”处理，在这个过程中，文学叙述成为一种文化编码，最终呈现的文学文本在内容和风格上也旨趣迥异。

1977 年之后，历史记忆和反思书写成为小说创作主流，以亲历者为发声主体，以“伤痕文学”“反思文学”和“知青文学”为主导，对历史经验进行了“证词”式的书写和呈现。但这类历史创伤记忆书写的问题也被一些批评家看到。许子东对这类小说的结构模式进行了批评，指出这些文本所致力建构的“青春无悔”模式在根本上是有问题的。[④] 陶东风则指出了历史创伤记忆书写的策略性问题，记忆被选择、呈现和书写，某些记忆被遗忘或变形，历史创伤被审美化处理，要么“去政治化、去历史化”，

① 叶兆言、王尧：《作家永远是通过写作在思考》，《当代作家评论》2003 年第 2 期。

② 姜广平：《在情感饱满的前提下讲智慧——与东西的对话》，《文学教育（中）》2010 年第 4 期。

③ 姜广平：《在情感饱满的前提下讲智慧——与东西的对话》，《文学教育（中）》2010 年第 4 期。

④ 许子东：《为了忘却的集体记忆：解读 50 篇文革小说》，生活·读书·新知三联书店 2000 年版。

要么“娱乐化、温情化和他者化”，要么以“今天的需要/立场”去呈现历史所谓的“复杂性”，最终使得“原先那种清算历史、告别过去的决绝态度变得暧昧起来”。[①] 王德威更是将1970年代后期的“创伤”叙事看成是1950年代文学政治的承续，是对过往经验延长的痛苦和疑惑，而非再次兴起的作家创造力。[②] 在这类文本中，个体身份的暧昧复杂远远不是“受害者”这一身份定位所能概括的，亲历者对创伤记忆做了策略性的处理，有些记忆被强化甚至是虚构，有些记忆则被弱化、掩盖或遗忘，创伤记忆叙事模式和态度都变得有问题。

相对而言，苏童等人的成长小说对历史记忆的书写则显现出了代际差异，而呈现为“想象的在场”式书写特征。如前所述，这类文本的作者更多是作为历史事件较为间接的见证人，他们与历史事件保持了一定的距离，因而他们对历史的反思更多是追加的理性反思，他们的写作是对真实的再加工、改造和再建，而构成一个个新的“故事”。

这种“故事”的建构不是要直接指涉历史真实，其目的也不是要“真实地”再现历史，而是通过“想象性的体验”对已经发生的历史进行想象式的重构，并对它的书写史进行补充、矫正甚至是反对。它对“共同体记忆”的参与和建构加入了虚构和想象的成分，当然这并不是说虚构和想象的部分就是一种不真实的虚假置换，而是强调虚构和想象也是作者接近和建构历史的一种途径，而且是一种非常有效的、可以与“真实”等量齐观的话语方式，从而来提供一种新的反思历史的方式。

---

① 陶东风：《梁晓声的知青小说的叙事模式与价值误区》，《南方文坛》2017年第5期。陶东风：《“七十年代”的碎片化、审美化与去政治化——评北岛、李陀主编的〈七十年代〉》，《文艺研究》2010年第4期。

② David Der－wei Wang, *The Monster that is History*: *History*, *Violence and Fictional Writing in Twentieth－Century China*, Berkeley and Los Angeles: University of California Press, 2004, p. 175.

其文本的特征之一，就是主观性的介入并占据了主导位置。实际上，主观性一直也是创伤文学的核心要素之一。创伤文学离不开个体主观的感受，它的客观性与主观性总是处于一种辩证的关系之中，主观性的感受和经验可能是真实的，也可能是虚假的，但是对亲历者的叙述来说，真实性应该是它的首要任务，虚假性则指的是在记忆、回忆、叙述和书写的过程中出现的一些创伤性症候，或者是从事后立场出发有意识地对记忆做了选择和改写。亲历者的创伤文学经常采用独白式的创伤叙述，这与成长小说的第一人称视角类似，前者的“我”在对过去进行再现时，可能会出现破碎的、印象式的表述困境。我们所讨论的这类成长小说与之不同的是，这里的主观性及其带来的语言上的表征，不是受制于本身所经历的创伤事件，而是对“过去”的“社会性建构”。借用亚历山大的理论可以看出，这是一种“被制造”的过去。作者是在“发现”和“制造”一种“文本事实”，但这种文学表述是一种感知上的真实，而不指向事实真实，作者们允许主人公对历史事件的感知出现偏差和误读，这个不成熟的主人公不能很好地理解周围发生的事，他们的认知是随着故事的展开而逐渐完善起来的。在亲历者的自传性书写中，主人公个体对于“我”的感受以及外部事件的意义是确定的，主人公是一种全知的视角；而在我们的成长小说中，个体对真相的发现总是后知后觉的，在他/她长大成人的过程中，他们体验到历史事件带给他们的痛苦，但也许并不真正地理解其痛苦的根源和意义，盲人摸象式的感知模式，也揭示了历史并不是一个客观的、等待被发现的前置事实，而是经由个体去感受、碰撞，而得出的主观事实。这种主观事实不一定是“真实的”，但它却是“正确的”。这种正确性就是作者的理性所追加和保证的。文本之外的作者和文本之内的主人公，恰恰构成了一种张力结构，他们共同追溯出来的历史，就有别于亲历者作为作者也作为主人公同一视角下的“证词”式的“真实”呈现。

在这部分成长小说中，“故事”本身构成了书写的核心。就像本雅明所阐述的那样，讲故事的人把自己嵌入到故事中去，以便把它像亲身经验一样传达给听众。讲故事就不仅仅是一种理性诉求，而且是一种带有情感色彩的逼真体验。在对模糊的童年记忆进行整合时，成长小说的作者将自身想象性地放置进一个历史语境，并通过他/她的主人公去参与到他们所想象的历史在场，去“体验”而非“经验”外部世界带来的震惊感受。与亲历者经常采取的几种叙事模式和情感模式不同，成长小说中对创伤的呈现突破了前者建构的“受害者得到补偿”这类框架，而聚焦到尚没有话语权的这部分“失败者”身上，对于只是在孩童阶段见证过那段历史的作者来说，他们不需要也没有赋予小说中的主人公英雄主义式的悲情，相反，他们的主人公都是弱小的可怜虫。

以“失败者”为中心，苏童、叶兆言等人的成长小说最大程度地将历史陌生化了，小说中的故事情节与过去我们读到的亲历者所陈述的事件非常不一样。这种被陌生化的历史书写其实是偏边缘的。从作者体量来说，以成长小说形式来写作的这部分更年轻的作家其数量要远远小于书写记忆的亲历者；从读者受众来说，这些成长小说也比亲历者的文本面临着更窄的接受空间；从文学史地位来看，这类成长小说也没有获得像后者那样获得主流认同并被经典化。

甚至在文本内，也出现了一个类似的“大众”对“小众”的诗学范式。它们的主人公大多都是“异类”，被文本中的“大多数人”嘲笑、排斥。所以这里首先受到质疑的就是“我们”这个概念。这个复数概念变成了一个有问题的提法。从这个层面上来看，这类成长小说的做法是试图重建一种个体与集体的关系，从“独异”的个人去反思我们的集体性。

这样一种边缘化叙述是非常个性化的，但绝不是个人化，更不是私人化。在这类文本中，叙述者与主人公的距离被拉开了，叙述者的个人童年记忆只以少量的、背景式的形式出现在文本中，叙述者的个人经历与小说中主人公的经历也显然不是一回事。所以这些文本不是作者私人经历的再现，作者的用力之处不在个人回忆，而是在公共性。只不过他们对公共性的书写参与，是在已有书写的主流模式之外，所进行的个性化尝试。它的个性化一方面在于文学书写策略上所做的创新，另一方面则在于理性的反思和建构。

这些小说呈现了一种新的文本美学。这些更年轻一代的作者们吸收了西方文学的营养，普遍地倾向于采用一些现代主义、后现代主义写法，对现实主义进行补充，停顿、反讽、模拟、空白……实际上创伤叙述经常会出现类似的书写症候，也就是亲历者需要面对过去的恐怖经历而出现的心理和情感状态，这些困境都会以语言的形式表现出来，即叙述和语言都变成有困难的。但苏童等人重新建构了语言和书写的结构，并将其重新符号化了。文学符号编码加强，象征性的内容被不断地创造出来并被作者的写作系统化，让语言在不能直接言说之处显得意味深长，这些都使得文本更具有象征性、符号性，结构也更复杂。

这些文学策略的出现，都离不开作者有意识地重构自己的历史观。他们“想象”和理性整合了自己与前人的经验，包括历史经验和书写经验，而得来的新的建构，并尝试着从不同的视角来呈现历史的“另一面”。其独特性恰恰不是回到私人经验，而是理性建构其小众的共同体，从被历史甩出的“库东亮”们这一个个失败者身上，找到所谓的“情动中国”之困境。

所以这种陌生化的目的就是要重新激活历史，引领读者重新去进入历史，重获另一种震惊体验，进入到不一样的历史。另类的主人公们和戏剧性的故事情节，充分调动起读者的阅读兴趣和想象力，并唤醒他们的理解力，从而使得文本的交流、分享和互动获得了崭新的活力。正是在这个意义上，这类文本即使作为严肃文学也较为容易获得市场的支持，从而在更为广泛的意义上，起到建构集体经验的作用。这些文本尤其对于更年轻的读者来说，具有历史书写的性质。随着时间的推移，对历史记忆的书写会逐渐从直接的记忆变成对“记忆的记忆”的追溯。但即便是这样，后者依旧是有意义的，它保证代际传递的可行性，也在公共空间中依旧起到一定的话语效果。

在阿莱达·阿斯曼（Aleide Assmann）对“真实回忆”“虚假回忆”以及“正确回忆”和“错误回忆”的辨析中，我们就知道，文学对历史记忆的书写有着多重、丰富的形式。文学对“故事”的讲述，不能代替历史，但文学叙述的有效性却并未因此而降低。同样，“故事”即使不是“真实的”，也可以是“正确的”。回忆书写不应该与历史书写等同来观，也不能局限在亲历者的权威叙事框架内，创伤叙述的纪实性也难以避免虚构的成分。而在后现代主义创伤理论视域中，虚构和想象本身也具备叙述历史创伤的有效性，历史是多样的，记忆者身份和视角各异，经验不同，情感体验也千差万别。不同的创伤叙述应该是对叙述知识的丰富和拓展，通过不断地陌生化，让过去好像被首次体验到那样，重新进入到人们的视野，被重新看见和审视。

在记忆书写、共享和传播的过程中，文本只是其中一个要素，社会公共空间的形态实际上起到了决定性的作用。历史与当下社会存在着紧密相关性，历史事件该如何被书写，这个问题会被当下的文化语境所限定。对历史记忆的书写，既有以伤痕文学、反思文学主导的反思模式，也出现了持历史虚无主义的戏谑之作，而苏童等人的成长小说在这两者之间，进行了艰难而漫长的尝试。

值得注意的是，我们所讨论的成长小说也面临一个潜在的危险——如果年轻一代的读者无论是出于主观原因还是客观原因只是将注意力聚焦到故事本身，用猎奇的心理来阅读“故事”，就会在某种程度上消解作者们苦心造诣的历史反思的深度关怀。随着时间的更迭，非亲历性的身份既意味着想象空间的存在，也意味着历史有被遗忘的可能性。当故事仅仅只是作为故事被阅读和理解时，丧失了具体的历史语境，书写也就局限到了书写本身。这就提醒我们历史记忆书写也是一个话语的战场。

创伤要被代际感知和铭记，文学可以说是一个非常适用的载体，文学叙述为创伤维度加入的想象和情感，让过去的创伤变得可以理解和可被共鸣，同时也让那些缺失的部分、不可言说之处、未被理解的地方，成为新的出发点。

第四章　中国成长小说的乌托邦困境

中国成长小说的乌托邦叙事是指将乌托邦理念纳入叙述原则的成长小说，也即将主人公的成长置于一个乌托邦、恶托邦或异托邦的视域中，以此来考察成长的有效性。本章以格非的《人面桃花》和苏童的《河岸》为代表，讨论以下几个问题。第一，乌托邦何以成为成长创伤？第二，中国成长小说乌托邦叙事的特殊性在哪？第三，乌托邦成长的创伤形式是怎样的？第四，该如何定位中国当代成长小说的乌托邦叙事作品？

第一节　成长小说：如何想象乌托邦

正如托马斯·曼所指出的，成长小说“始于个体自我发展”而“终于政治乌托邦”。[①] 在成长小说的美学政治中，一个重要的环节是，个体成长的最终目的就是要成为合格的社会公民，个人发展的未来导向应该是一个更加美好的社会。因而这个文类建构了一种对现行体制既维护又革命的张力预设。也就是马克斯·韦伯（Max Weber）所阐述的“现实存在与理想”之间

① Thomas Mann, “Geist und Wesen der deutschen Republik”, in Walter Horace Bruford, *The German Tradition of Self - Cultivation: Bildung from Humboldt to Thomas Mann*, London: Cambridge University Press, 1975, p. 88.

的紧张感。[①] 可以说，正是对这一紧张感的关注，使得成长小说区别于乌托邦小说，类似的，也使采用“反乌托邦”叙事的成长小说区别于反乌托邦小说。

特里·伊格尔顿早就指出，想象本身就是意识形态。[②] 马尔库塞所言：“想象具有严格的真理价值”。[③] 成长小说的乌托邦想象不是直接想象一个“不在场”的社会蓝图，而是从个体在场出发，去想象和审视何为一个美好的社会。由于想象和个体的存在，成长小说提供了两种最具有革命性的要素来舒缓乌托邦的固化，这两种要素就是未与经验分割的感知能力和肉身在场。

实际上，早在1930—1940年代，巴赫金就提出了一种从身体占位出发的成长理念。这里强调身体也就是个体生命的独一无二性，也包括一种时间上的历史“临盆”之际个体参与和推动历史。个体作为历史主体出现，这个新人正从一个时代抬脚跨入另一个时代，历史的机遇由他们掌握和创造。这个新人具备革命性精神，实际上是从历史危机关头站出来的可以挑战原有历史连续性的个体。这里，巴赫金抓住了一个时代正在向另一个时代迈进这样一个历史时刻，这也是一个断裂开来的历史时刻，来讲新人的历史使命，从而使得他的成长史观超越了同一性，获得了崭新的时代内容。

与这种历时性的描述等量齐观的成长乌托邦设想，是巴赫金对巨人成长的期待。在这里，狂欢的而非静置的、肉身的而非抽象的要素构成了一个“异托邦”。伊格尔顿卓越地指出了其历时性意义：

① Max Weber, *The Sociology of Religion*, Boston: Beacon Press, 1963, p. 144.

② ［英］伊格尔顿：《二十世纪西方文学理论》，伍晓明译，陕西师范大学出版社1986年版，第23—24页。

③ ［美］赫伯特·马尔库塞：《爱欲与文明：对弗洛伊德思想的哲学探讨》，黄勇、薛民译，上海译文出版社1987年版，第108页。

> 拉伯雷是巴赫金在危险时刻闪现出来并抓住了的记忆……巴赫金于是通过“隐性转变”，记录了那个“秘密的向日性”，即“过去总是朝向正在历史的天空中升起的那个太阳”……从天堂般的过去刮来一阵风暴，巴赫金惊恐万状地面对它。这场风暴会驱策他跨越不断堆积的现在的残骸，走向未来的古式乌托邦。①

在伊格尔顿对巴赫金的描述中，我们看到了巴赫金与本雅明的内在联系，也就是成长史观所具有的危急书写和革命及救赎性质。

> 保罗·克利的《新天使》画的是一位天使，看上去正要从他入神地注视的事物旁离去。他凝视着前方，他的嘴微张，他的翅膀张开了。人们就是这样描绘历史天使的。他的脸朝着过去。在我们认为是一连串事件发生的地方，他看到的则是一场单一的灾难。这场灾难堆积着尸骸，将它们抛弃在他的面前。天使想停下来唤醒死者，把破碎的世界修补完整。可是，从天堂吹来了一阵风暴，它猛烈地吹击着天使的翅膀，以至他再也无法把翅膀收拢。这风暴无可抗拒地把天使刮向他背对着的未来，而他面前的残垣断壁却越堆越高，直逼天际。这场风暴就是我们所称的进步。②

在这里，本雅明的“新天使”不是面向未来而站立，相反的是朝向过去和历史。而它面向的历史不再是连续性和整一性

---

① ［英］特里·伊格尔顿：《瓦尔特·本雅明或走向革命批评》，郭国良、陆汉臻译，商务印书馆2015年版，第191页。

② ［德］本雅明：《历史哲学论纲》，见《启迪：本雅明文选》，张旭东等译，香港：牛津大学出版社（香港）1998年版，第253—254页。

的线性历史视域，而是被灾难事件和残骸构成的“破碎的世界”。进步的“风”是从“天堂”吹来的，进步成为一种“幻象”。个体对过去的记忆，尤其是对灾难的记忆，构成了本雅明笔下的未来观。这里不是落到历史虚无主义，而是一种新的“历史唯物主义”。新天使变成了一个危急关头身负历史使命的英雄，它试图唤起“死者”，也就是被历史风暴吹倒的人，来实现一种救赎。

巴赫金和本雅明的趣旨尽管不一，但他们都揭示了未来作为一种政治美学的表现形式，与历史的危机、断裂紧密相关，而他们所呼吁的主体也恰恰是边缘的、被忽视的主体，具有鲜明的革命精神。

批判性的视角带来的是在历史窄门中被挤压、被塑形的个体，巴赫金狂欢所蕴含的解放思想本身就带有乌托邦气质，但如果说乌托邦还有灵韵的话，那它也不是说回到古典式的传统中去。乌托邦实际上是一种想象，也就是仅仅作为一种形式，寻找着救赎的可能性。

文学文本的魅力也在于，它们对历史在场的想象和书写，由一系列暧昧的意象构成，语言、形式和风格一起构成破解过去的美学政治，从而使得文本具有同时涵盖过去、现在和未来的张力。相对于本雅明在时间意识上趋向怀旧，巴赫金则在怀旧的情绪中同时赋予未来以激情。狂欢既是破坏与消解，又是被允许的解构，因此也蕴含着建构的一面。

实际上，我们诸多文本都反拟了巴赫金的狂欢，用肉体所遭遇到的变形，对“正常”进行进一步的消解。这种“身体政治学”统一了感官欲望实践和语言系统，用一系列戏仿的符号来重置粗俗和严肃的对立，黑色式的幽默抓住了荒诞与怪异的肉身，来描绘在历史中沉浮的主体轮廓。

第二节　成长的乌托邦创伤

在成长小说中，“国家工程”这一自上而下的现代性建构，为国民的位置和角色提供了一个督导性的框架，无论是构建民族国家共同体，还是强调国家意志，这个宏观的求同诉求，都对个体做了限定。这一现代性尝试带来了诸多问题，成长小说的乌托邦叙事就是面对这一共同的历史经验和文化体验，做出了具象化的回应。

一　起点：作为历史的孩子

在中国成长小说的历史上，倪焕之一出现就迎面撞上了历史的“风暴”。在《倪焕之》中，倪焕之以启蒙感召下最早觉醒的青年姿态，开始了他对乌托邦的寻求。最初他从一个自己认为无意义的学校投身到一个由开明知识分子任校长的学校去任职，以期找到人生和所从事教育行业的意义。在这里他推行了很多新的教育改良措施，其中最著名的就是开辟农场的举措。他试图通过引导孩子们在农场里种植植物，让他们从这种“有机”的教育中，学习如何去做一个有意义的、完整的人。我们在倪焕之的这种教育理想中，看到了18世纪洪堡、歌德倡导的启蒙式教育的身影。但是倪焕之的这一理想很快破灭。孩子们无法理解他的用心，只觉得在农场劳作既无聊又无意义，而同事们都对他的教育实验嗤之以鼻。在理想破产的情况下，倪焕之试图在小家庭幸福中找到皈依。这种经由自由恋爱，由两个具有进步启蒙精神的年轻人结合的新生活，曾被五四青年热烈地向往，并被看成是启蒙和自由的理想皈依。但倪焕之很快发现，小家庭的婚姻生活只会让人堕入日常生活无法自拔的庸常与琐碎中去。带着再一次的失望，他投身到上海的革命浪潮中，期冀这股新的主流可以带给他一直求而不得的人生意义。然而这一次，他再一次毫无例外地失败了，并在幻灭中死去。

倪焕之死后，革命血脉的孩子在20世纪中期茁壮成长起来。这次的主人公，一开始面对着启蒙和革命两种力量。这两个意象分别被这个孩子的父亲和母亲所承担：这个孩子的父亲，通常作为一个知识分子而出现，而他的母亲，则是一个坚定的革命者。这个孩子背负着这两种遗产，进入社会主义建设事业中来完成自己的“教育”。他的教育主要是通过拔除自身的小资产阶级“劣根性”，经过接受群众教育，长成一个完全的革命接班人。在这一文本范式中，小说中的主人公完成了史无前例的辉煌的成长历程，最后成为年轻人形塑的代表。

1988年之后，陆秀米和库东亮同时诞生。他们迎头撞上历史。两本小说都以父亲的意象开篇。陆秀米看到：“父亲从楼上下来了”;[①] 库东亮说：“一切都与我父亲有关。”[②] 由此开启了主人公的成长。格非将《人面桃花》的开头设定为两个并列的意象：陆秀米一边看着因“桃园梦”而发疯的父亲陆侃从阁楼上走下来，一边将自己带血的裤子藏在身后——她正经历着月经初潮。从此主人公的成长历程开始了。生理上，她由儿童进入了少女阶段，心理上，她看着父亲走进茫茫世界，心里第一次涌起了想要了解父亲走进的那个世界到底是什么样子的念头。陆秀米的成长从此就被这种好奇心，被这个父亲的阴影所规定。她日后所遇到的男人，对她成长起到决定性作用的男人，先是革命者张季元，后是花家舍的土匪头子王观澄，实际上都像是她的父亲，跟她父亲是同一种人。陆秀米的父亲陆侃是晚清仕人，一天得了一张桃园图，从此就被建设一个有着风雨长廊的大同世界这一梦想所困扰，最终发了疯。王观澄和张季元同样也被建立一个美好的

① 格非：《人面桃花》，春风文艺出版社2004年版，第1页。
② 苏童：《河岸》，人民文学出版社2009年版，第3页。

大同世界的想法所吸引。而陆秀米半自觉的乌托邦和革命追求，就是对这一遗产的继承。无独有偶，《河岸》也将故事置于了“父与子”的框架中。主人公库东亮在孩童时期享受着家庭的温暖。他母亲年轻漂亮，掌握着全镇最重要的话语传播武器——高音喇叭，而他的父亲库文轩则作为烈士邓少香的遗孤，是全镇最高的权力代表。但是好景不长，有一天突然出现了一个检查小组，先是父亲混乱的私生活被揭开，后是他的烈士遗孤身份遭到质疑。库文轩被赶下权力的舞台，被驱赶到由社会非正常人所组成的向阳船队生活。库东亮要在父亲和母亲之间做出选择。他选了父亲。从此他的生活就被固定在自家的驳船上，渐渐被禁止上岸。他的成长从此伴随着父亲和岸上的双重监视，跌跌撞撞地展开了。

二　主体的异化

陆秀米的成长主要经历了三件大事：父亲的出走、革命者张季元的到来和她被掳到花家舍。陆秀米的父亲离家出走后，她家里突然来了一个“表哥”张季元，张季元的到来，打破了家里的宁静，她先是发现母亲与之有着不可告人的关系，后来发现了张季元作为革命者的身份，同时又不自觉地被张季元吸引，她开始遭遇初恋情感上和生理上的懵懂和悸动。张季元不久后因革命事发死去，而陆秀米也被安排出嫁。然而就在她出嫁的途中，她被一群土匪绑架并虏获到一个与世隔绝的小岛上。在这里，陆秀米先后被土匪头子们强暴，但同时也惊讶地发现，她父亲追求了一生的桃花源梦想竟然在这个土匪窝里被实现了。在花家舍，家家户户的房子看起来都一样，连小孩的装束都是一样的，大同的美景在这里被实现了，甚至连“蜜蜂都会迷了路”。[①] 陆秀米在花家

① 格非：《人面桃花》，春风文艺出版社2004年版，第122页。

舍的遭遇非但没有让她放弃乌托邦理想，反而加强了她对其的执着。她经过辗转，回到了家乡普济，开始卖房卖地，投身到与革命相连的乌托邦事业中去。但身处乌托邦事业中的陆秀米，却面临着一个最严重的危机。她毅然抛弃了家庭，将自己的母亲和之前情同姐妹的下人置之脑后，并以最冷漠的方式对待自己的亲生儿子，后者则在一次对陆秀米的清剿行动中，因为试图保护陆秀米而死去。直到这时，陆秀米才突然醒悟。这里我们就看到，陆秀米的成长是从半自觉的乌托邦追求者变为自觉的乌托邦追求者的过程。而在这一过程中，她越来越丧失了主体性，成为实现革命和乌托邦理想的工具。

库东亮走的过程要比陆秀米被动，在父亲与岸上世界的双重打压下，库东亮的成长变得支离破碎。他的性启蒙是被他父亲写给他母亲的悔过书所开启的，悔过书详细地交代了库文轩与女性通奸的细节。随后，他父亲开始严厉监视他的一切青春期冲动。为了自慰，库东亮就只能躲到水下去。库东亮爱上的女孩——孤儿慧仙，从未正眼看过他，库东亮还看着母亲离他越来越远。库东亮成长所经历的这些事件，实际上都是一个事件的结果，即他父亲遗孤身份的丧失，因此帮他父亲恢复这一身份，就成为他最重要也可以说是唯一的任务。在多次斗争未果的情况下，库东亮最后被迫与傻子扁金一起争夺烈士邓少香的石碑。当他带着受伤的身体把石碑搬回船上时，他和父亲发现石碑上原先被刻的小孩的脑袋神奇般地消失了。他父亲抱着这块石碑自沉了，从此剩下库东亮一人，漂泊于金雀河上。

陆秀米和库东亮的成长，是失败的。他们的失败源于他们的身份，从最开始就被定为在“父亲的孩子”上。第二代人的设定拉开了一个历史与未来的张力空间——反思历史是从历史引起的未来入手，也恰恰是从过去将来时才能在一个相对的距离来反思革命和乌托邦传统。作者没有描写主人公们对这个继承的乌托邦语境进行的主动式思考，比如“我”为什么要继承这个乌托邦、革命遗产，它对“我”来说，意味着什么，而是将他们进入乌托邦和革命的历程描绘成半宿命、半不自觉的。在这里我们听不到主人公作为一个个体的声音，他们只作为“影子”而存在。苏童将库东亮喻为“空屁”——象征了他存在的无意义。这种设定就强化了文本的“审父”性质，也是从个体出发对历史所做的崭新的凝视和反思。

寻其根基和反观家族，这种批判直接接洽了“五四”文学、革命文学、寻根文学和先锋文学所构成的不同面向的文本传统，去呈现启蒙和革命所面对的危机及其诱惑。倪焕之失败时，茅盾沉痛地感叹道：

> 现在是整整十年了！“五四”的壮潮所产生的一些“风云儿”，也早已历尽了多少变幻！沿着“五四”的潮流而起，又跟着“五四”的潮流而下的那一班人，固不用说；便是当时的卓然的“中坚”却也很令人兴感。病死的，殉难的，退休的，没落的，反动的，停滞的，形形色色，都在历史先生的跟前暴露了本相了。时代的轮子，毫无怜悯地碾毙了那些软脊骨的！只有脚力健者能够跟得上，然而大半还不是成了Outcast！①

如果说被五四启蒙的个体成为outcast，那么谁才是时代的领导者呢？我们看到《倪焕之》发表之时，茅盾的《虹》也出版了，而此时两位作家——茅盾和叶圣陶都被成仿吾等人批判成落后文人，茅盾也相继写了《从牯岭到东京》和《读〈倪焕之〉》等文章加以反驳。这场关于先进/落后、启蒙文学/革命文学的争

① 茅盾：《读〈倪焕之〉》，《茅盾全集·第十九卷·中国文论二集》，人民文学出版社1991年版，第197页。

论，一直从1920年代末持续到1930年代中期。我们看到这里针锋相对的，就是启蒙与革命。在倪焕之失败时，一类新人——革命者，已准备好取代倪焕之的位置，成为时代最“正确”的先进代表。正如安敏成所看到的，革命及其乌托邦将敏感多情的个人推向悲剧。“革命，像一柄双刃之剑，在向前方的乌托邦迈进的时候，将所有伤感的理想主义都践踏于脚下，只有那些无需小说家式的‘自我想象’的人，那些对空洞的‘同情’不屑一顾的人，才能享受革命。”① 20世纪中期的“类成长小说”讲的是革命的第二代青年人长大成人的故事，他们面临的首要矛盾是小资产阶级残留与革命的对抗，而文本最终展示了主人公是如何在群众的教育下褪去小资产阶级残留，获得不可置疑的革命性。在这里，知识分子所代表的启蒙将被群众所代表的革命扫除干净。到了《河岸》，库东亮的父亲就是长大成人的这个革命接班人——他的身份烈士遗孤，就是革命第二代。可是同样作为革命的接班人，库东亮在继承了父亲对革命身份的追求时，却变成了没有意义的“空屁”。库东亮最后将烈士邓少香的石碑背回家，一个匿名的老人就告诉他，不要再执迷于他父亲的革命遗孤身份了。因为他所执迷的这个身份如今已经没有人在乎，大家都投身进火热的“东风八号”工程，最后为了给即将新建的另一个工程腾地方将烈士的墓碑拆除了。革命和乌托邦内部出现了分裂，历史新人恰恰应该是没有历史的新人。

《人面桃花》之后，格非相继完成了《山河入梦》和《春尽江南》。在这两部小说中，陆秀米的后两代人谭功达和谭端午分别置身于1950年代和新旧世纪之交，前者想完成修大坝等系列工程，最后也以失败而告终；后者被他的妻子嘲笑为“全力地奋

① ［美］安敏成：《现实主义的限制：革命时代的中国小说》，姜涛译，江苏人民出版社2001年版，第119页。

斗，不过是为了让自己成为一个无用的人，一个失败的人”。①

作为零余人和落伍者的个体，显得越来越不合时宜、缺乏人性。格非和苏童将主人公从倪焕之尚带神圣性的形象中解构出来，这个新的主人公，非但不具备理想主义者的高尚色彩，而且离正常人的范围也很远，是一个不健康的个体形象。陆秀米从出场开始就显得人性不足、肉欲有余。小说开场，陆秀米以局外人的眼光，冷漠地看着已发疯的父亲离家出走。随后，在她的乌托邦事业中，她用最大的冷漠对待家人，尤其是自己的儿子，直到后者因为试图救她而死去，她才从自身的冷漠中惊醒。与此同时，她先是被与母亲通奸的张季元所吸引，后又被花家舍的几位头领强暴，并先后生下了两个父亲不明的孩子，而在张季元和这些头领看来，她就是天生的荡妇。库东亮较之陆秀米要显得更有人性，无论是对他的父亲、母亲，还是孤儿慧仙，他都偷偷地以最大热情爱着他们。但是极端的乌托邦和并不美好的异托邦境遇，使得他的成长并不能以健康的方式发展，库东亮发现自己因为在船上生活太久导致走路越来越像鸭子，发现自己爱着慧仙却只能躲在水底下偷窥她。主人公健康美好的形象被瓦解了，这个主人公不是一个道德模范，甚至不是一个健康的正常人。作者呈现了主人公处在边缘位置，受到外界影响和压迫，逐渐离正常越来越远。

对于处于危机中的个体，格非和苏童都需要在叙述的层面而不是故事的层面去寻找书写的可能性。文本不再简单地被等同为检验革命、乌托邦和历史的载体，作者现在的问题与其说是要去追问革命和乌托邦的合法性问题，不如说是理解革命和乌托邦所带来的激情和痛苦。虚构的文学世界，作为历史的补充和拓展，将个体推到了关注的中心，审查意识形态进入并影响个体的

① 格非：《春尽江南》，上海文艺出版社2011年版，第13页。

过程。

文本聚焦到个人的心灵史，但它又与集体的情感、公共的事件和历史的走向交互影响。隐秘的个人情感欲望与公开的集体的激情既形成对照，又彼此牵连。爱欲秘不可宣，但它同样也是革命激情的结果之一；革命激情既压抑着爱欲，又解放它。因而在这里，个人、欲望、政治和权力交织成复杂的话语结构，让小说文本变得丰富而充满张力。

作者通过微末的个人索引来呈现“宏大”的叙事主题。细致入微的隐晦、空白之处，对应的是由革命和乌托邦所共同构建起来的现代性框架。如浮萍般的个体一再地被崇高所吸引，无论是库东亮还是陆秀米，他们都真诚地渴望着“进入”到革命大集体。在小说中，个人所面临的宿命般的情节，都遵循着历史走向的现实逻辑。无论是苏童还是格非的文本中，都蕴含了大量看似非理性的要素推动着故事发展，但其内在的逻辑却离不开历史语境的明晰无误。因而就出现了一个吊诡的现象——大局既明，作者所能做的，就是将这些看似个人的、非理性的一面放大，用繁复精巧的结构和语言去呈现这里面的细微起伏和幽暗曲折。

美学的着力点已经不再用于去铺陈宏大的是非，而是回到审美本身。如果说文本都力在呈现“无用之用”，那么它实际上既指主体的一种状态，也指作者书写的一个指向。

三　乌托邦的变异

倪焕之的乌托邦理想核心尚在于锻造出一个“完整的人”。而在《人面桃花》和《河岸》中，乌托邦呈现出“恶”的特征。在《人面桃花》中，一共出现了两个乌托邦场地：花家舍和普济。这两个地方都是在乌托邦追求者的理念中被建构的产物。花家舍是传统士人王观澄在失意之际为寻找隐遁之地而建立起来的桃花源。这个地方在陆秀米看来，就是对她父亲陆侃的桃源梦的实现——“这座长廊四通八达，像疏达的蛛网一样与家家户户的院落相连……家家户户的房舍都是一样的，一个小巧玲珑的院子，院子中一口水井，两畦菜地。窗户一律开向湖边，就连窗花的款式都一模一样”。[①] 但这个大同世界花家舍，如陆秀米看到的，掩藏在大同面纱下的还有由欲望构成的暴力和无序，所谓的平等和自由被解读为“他想和谁成亲就和谁成亲。只要他愿意，他甚至可以和他的亲妹妹结婚”，[②] 而且它还是建立在打家劫舍和与官府勾结上的，这里的主导者之间钩心斗角，最后都死于内部斗争，最终花家舍也不过是个土匪窝。随后，陆秀米自己回到家乡普济，重新拾起了乌托邦这个理想，意图去建立一个大同世界。而陆秀米等人所追求的乌托邦理想，在实际的操作中，不是走向倪焕之向往的美好世界，而是变成了一个恶的场地。而她散尽家财追求桃源的过程，却吸引了流氓土匪、无赖之徒的参与。当陆秀米的儿子问她的追随者什么是革命时，后者回答，“革命嘛，就是想干什么就干什么。你想打谁的耳光就打谁的耳光，想跟谁睡觉就跟谁睡觉”。[③] 不仅是她的追随者对她的大同无法理解，陆秀米也认为自己从事的事业不过是盲人摸象，她甚至回答她母亲说，她从事这个事业，就是“好玩”。[④] 在《倪焕之》中，作者就曾不无尖刻地指出：“编一本戏，写一部小说，其间生，旦，净，丑，忠臣，义士，坏蛋，傻子，须色色俱全。大概革命也是差不多一回事。”[⑤]《人面桃花》中的花家舍和普济就是这一指称的代表。《河岸》中的乌托邦走得更远。如果说库东亮所被限定的船上生活并不美好的话，那么他终于也认识到河岸轰轰烈烈开展的乌托邦实践并没有好到哪里去。以慧仙上岸的生活和东

① 格非：《人面桃花》，春风文艺出版社 2004 年版，第 121 页。
② 格非：《人面桃花》，春风文艺出版社 2004 年版，第 36 页。
③ 格非：《人面桃花》，春风文艺出版社 2004 年版，第 153 页。
④ 格非：《人面桃花》，春风文艺出版社 2004 年版，第 167 页。
⑤ 叶圣陶：《倪焕之》，人民文学出版社 2000 年版，第 219 页。

风八号等工程的建设为代表，这个河岸世界正陷入疯狂与盲从之中。相对而言，船队世界反倒成为一个更具人情的场所。因此可以说，乌托邦从《倪焕之》中未竟的乌托邦理想，转化为《人面桃花》中的恶托邦和《河岸》中的恶托邦及异托邦。

对比《人面桃花》和《河岸》中的乌托邦呈现，为什么后者得以保留一个异托邦？其深意何在？

在《人面桃花》中，格非提供了耐人寻味的细节。花家舍曾被邀请加入革命行列，而花家舍的土匪头子认为，要实现大同，花家舍已经做到了，何必再去参加革命，于是拒绝了革命党人的这一邀请。正是这一拒绝导致了日后花家舍的分裂与残杀。而在陆秀米的乌托邦实验中，作者用非常不起眼的几句话带过这个事实：陆秀米坦诚，她时不时地会从上面的神秘人物——革命党人那里收到任务，她就按照指示行事，但是对于这个革命的整体和前景是怎样的，她觉得自己像盲人摸象，只完成其中自己该做的一部分，无法窥到这项伟大事业的真正面貌。从这个就可以看出，陆秀米的乌托邦实践，不同于花家舍对革命的拒绝，而是对革命大潮的参与。那么是什么导致了陆秀米与花家舍土匪头子之间选择的不同呢？同样，小说中又带过了一个重要的细节：陆秀米东渡日本多年，这段经历发生在她离开花家舍和回到普济之间。这个重要的纽带，也即东渡日本这个意象，将陆秀米从传统士人继承者行列转换到现代革命人士行列。因而陆秀米的乌托邦实践与主流意识形态保持着更为紧密的关系。

可以说，它开启的正是20世纪中期的革命与乌托邦的结合范式。在“类成长小说”中，我们看到无限崇高的乌托邦实践中，主人公被逐渐地推向神化的道路。

格非用陆秀米的异化和她的第二代（《山河入梦》）的失败，对这一范式作了否定。无论是在花家舍还是在陆秀米领导下的普济，这两个地方都是充满了肉欲和权力斗争的场所，聚集着乌托邦理想人士、革命者、难民和流氓无赖。因而这个参与性的“在场”乌托邦实际上是一个恶托邦。当乌托邦变成恶托邦时，个体就开始面临异化的危险。小说着重交代了陆秀米在实践乌托邦之时，是怎样地由原先具有肉欲感的少女变成了一个冷漠、没有日常情感的执行者，陆秀米在这个过程中逐渐丧失了主体性。正是在这个维度上，这个乌托邦远不是完美无缺的，而是有问题的，是创伤性的。这样一个乌托邦景观，实际上就离美好完善的本意越来越远，不是作为“更美好”的社会前景被人向往，而应该是教人警醒。在这里，格非的乌托邦批判维度就完成了。

而与之相对，苏童提供了另外一个乌托邦避难所——一个异托邦。异托邦可以细分为几种：“危机异托邦”（crisis heterotopias）指一个隔离的区间，如寄宿学校，这里经常被作为成长发生的场所；“异化异托邦”（Heterotopias of deviation）指医院、监狱等个体呈现出异化的场所；“时间异托邦”（Heterotopias of time）指博物馆等存在于时间“之内”（in time）和“之外”（out of time）的场所；“洗礼异托邦”（Heterotopias of ritual or purification）指居于公开与半隔离状态之间、个人必须凭借一定的许可才能进入的场所，如桑拿房。总的来说，福柯提供异托邦概念，主要指的是在现存时间和空间里开辟出来的一个“他者”（otherness），一个以封闭或半封闭状态为个体在现存世界提供了另一个“自由”空间。在《河岸》中，向阳船队是由因各种问题而被驱散的人聚集而成的，这些人逐渐被排斥在岸上世界之外，并在诸多方面受制于岸上世界。而这个船队世界本身也充满了各种不美好因素，但正是在这个不正常的世界，主人公感受到更多一点的温暖和人性，因而这个船队世界，相对于河岸世界来说，就是一个典型的异托邦。

异托邦可以说是一种应对和处理危机的空间诗学。它对应的是常态的社会秩序，并对后者起到一种既解构又补充的作用。作为一种颠覆性的存在，异托邦是用它的“不正常”，去质疑和对抗常态社会的一系列规则，来争取纠正、治疗和救赎的可能空间。但值得注意的是，这个异托邦与常态社会的界限却是变动的。正如巴赫金的狂欢一样，异托邦作为“他者”，是一个临时的、被权威所允许的“冒犯”，它对常态的脱离也是暂时性的。因而实际上，异托邦也处于变动中，它的界限随着现实语境和历史语境的变化而变化。它的颠覆作用，让位于它的“跨越”作用。因而常态与反常之间，没有明显的界限。

在苏童的笔下，库东亮两代人的放逐，也带有一定的偶然性，这种偶然性与第一代人的烈士身份一样，来得突然。同样地，库东亮和像他一样被放逐的船队人员，也都一再地渴望回到岸上。也就是说，这里并不存在一个必然的、截然有别的另类。实际上，库东亮所代表的边缘自我，也是一个颠倒的影像，它是岸上那个自我的镜像。所谓的正、反，也可以相互介入。因而，这个异托邦的边缘性质，是随时可以被更改、替换或者取消的。

从这个意义上，苏童与格非一样，在乌托邦的悖论中其实也找不到解决之道，如前所述，他们的立意也并不在“解决之道”。他们的文本价值，恰恰就在于呈现其两难处境，将未来和历史一再互为表里地置换，在悖论中诉诸以文字和情感的感召，以非常之道来解说个人的和集体的那些欲望以及恐惧。

第三节　言说与美学之困境

作为当代文本，《人面桃花》和《河岸》从形式上提出了很多意味深长的尝试，拓展了小说叙事与言说的张力结构，进一步展现了乌托邦创伤之下语言的困境。

在《人面桃花》中，主人公陆秀米在事业失败后，将自己锁在了自家的阁楼里，主动禁言，以至于外人都认为她已经不会说话了。这是个有深意的设定。这部小说从头到尾围绕着异化来讲乌托邦与革命事业的疯狂、似是而非性质。异化这个概念包含了一种身份的丧失这层意思。陆秀米从开始被卷入乌托邦这个旋涡时，就面临一连串语言和形象的符码，这其中包括她父亲留下的种种痕迹、张季元的日记，而这些符码都作为神秘的召唤，吸引着主人公去接近、探究，引领着她一步步偏离正常生活的轨迹，而扑进乌托邦，接受革命的指导，但最终她所有的努力不仅是盲人摸象，而且还面临着失去人性的危险。直到此时，丧失了一切的陆秀米才开始禁言，断绝与外界的联系。她的沉默通过语言的空白，宣告了乌托邦与革命所带来的创伤，对过去语言所提供的符码进行了质疑和解构。陆秀米的沉默，宣告了她对过去身份的否定，这既包括对一般人的否定，此时陆秀米对群众依旧是不屑一顾的，也包括对革命和乌托邦这些宏大概念的拒绝。而空白则变成了另一种语言符码生成的异托邦。当小说发展到这里，我们就看到格非笔下先前的讽刺和辛辣都转化成一腔柔情。此时的陆秀米丧失了任何身份，同时，她变得谁也不是，只是她自己。陆秀米那种更具人性、人情味的个人性的获得，正是在这个时候才开始形成。

格非的三部曲发表之后，被批评界誉为是对传统的回归，尤其是他对抒情的现代重建得到了很高的评价。以审美来安放这一段被革命和乌托邦塑造的历史，格非用一部内在的人物心灵史来代替社会史学书写的无法言说，构造了一个娓娓动人而又意味深长的诗学世界。可以说，格非的小说建立起自己的一套文体技巧和结构，充分发挥了诗歌具备的诗学和抒情风采，在史学无法钩沉之处洋洋洒洒地书写了他的篇章。

他的这个诗学世界，是对理性、正统、宏大叙事的补充，后者既包括社会学和史学论述，也包括文学史上的正统革命书写传统，既有席卷全球的现代主义，也有深远的现实主义传统。作者试图建构起他自己的张力结构，用他自己的话来说，则是“一方面将他们置于时代大潮的核心位置，一方面又将他们置于这个时代的边缘”①——这句话已经不再是仅仅讨论人物设定，而是讨论整体框架。

然而，即便如此，这个美学世界依旧面临诸多问题。当格非将人性回归的开端定位为阁楼上一个可以说话但拒绝说话的“哑巴”陆秀来，小说对其有效性地检测也走入了一种不可言说的悖论中。陆秀米作为一个“哑巴”无法给众人解释，为什么她要做一个“哑巴”。如果说成长小说的重要意义，是要对读者产生影响，那么陆秀米新获得的这种经验因其“不可言说”就无法对他人产生影响。我们看到，在格非三部曲的第二部中，陆秀米的后代谭功达对他母亲一无所知，他所继承的，不是阁楼事件后的陆秀米的身份，而恰恰是此前作为乌托邦实践者的身份。到了陆秀米的第三代，家族精神以神秘的模式传递下来。小说以虚构和情志构造出另一处光怪陆离的诗学世界，这里充满了各种象征、隐喻、似是而非、空白和断裂，它们既是可阐述之处，也是不可言说的“无用”困境。说不清、道不明，因其无法解释甚至无法被理解，所以个体终究要走许多弯路。

格非美学的核心就变成了不是去交流，而是去体悟。交流是语言的敞开，而体悟则是语言的收和藏。语言在面对盘根复杂的乌托邦现代性问题时，对不可言说的部分进行了搁置，留下了大量空白的、未言明的部分，而转身回到古典的情绪、意象、文字和审美上去。仅从文字看，《人面桃花》又回到了“主流”的文学传统上来，呈现出一种优雅的、古典的气质。但在其苦心经营的语言框架和美学氛围中，格非要做的不是去复古式的怀旧。确

① 格非、张清华：《如何书写文化与精神意义上的当代——关于〈春尽江南〉的对话》，《南方文坛》2012年第2期。

切地说，他对古典进行了新的建构。而且在这一重建的过程中，他对古典也进行了改写。其中最为重要的一点是，他否定了古典诗学所青睐的那种似乎不证自明的“真、善、美”的和谐统一。如同主人公陆秀米所展示的复杂性一样，小说中一而再地去模糊掉单一的、可预测的人物性格、形象、情节因果，而用虚虚实实的转折去查看革命、乌托邦和历史的纠缠，探索如何去书写这些复杂的内容，文本最终呈现出来的效果是，真实的恰恰不是美和善的，真与美、善都是分裂的。在语言和意象的古典诗意表象之下，是真实的不可说的部分。

苏童的《河岸》也设置了言语和符号的悖论。《河岸》故事的主线是明确的：库东亮的生活轨迹主要被其父亲库文轩的境遇所左右，而库文轩的人生起伏则受制于他母亲邓少香的烈士身份。而在这明晰之下，苏童让我们看到了叙事留下的种种陷阱和不可靠之处。

库东亮的启蒙源于他父亲交代的笔记，上面记载了后者在权力高峰时犯下的男女作风错误。隐秘的私人生活既是伤疤，但它的难以启齿却被文字赋予了独特的力量，催生了库东亮的性觉醒。

库文轩的历史尤其是出身则一直像一团谜一样，与其说它们建立在事实经验之上，不如说它们是语言的结果。库文轩的出身是由一连串被言说的传奇故事和巧合塑造出来的。这个故事的版本由传奇和渔民封老四的讲述所构成：邓少香死后，她的儿子经由一系列无名氏之手，顺河而下，最后被封老四所救。封老四后又在孤儿院凭借孩子屁股上的鱼形胎记，将库文轩指认为烈士遗孤。而整个故事就由这个传奇出身所展开。它的语焉不详、时间上的不连贯、细节上的随性，都表明着这个故事和讲述的不可靠。

而烈士邓少香的生平事迹也被放上了质疑台，接受广大群众的审视和批判。她的出身、死亡的细节，被不断地推敲和质疑，成为瓦解烈士符号这个宏大概念的关键力量。

可以说，三代人的生活需要不断地被重新解说，故事不断被重新诉说，最后言说的故事变得跟最初的版本大相径庭。文本一步步推进故事的发展，似乎是在带着读者跟随着油坊镇的群众一步步地去“揭示”真相、靠近真相，但实际是在一步步解构语言对真相的决定性力量，呈现语言的不可信之处，宣告身份只是言说的结果。其结果就是真相已经不可接近，真相越来越远，最后连真相的提法都变得可疑。一切都是叙述的结果，一切都是语言构建起来的，一切坚固的都将烟消云散。

小说的开头和结局，都在描写库文轩如何越来越接近一条鱼：嘴里开始吐泡泡，能听见河水不停地在说话。最后库文轩将自己与烈士邓少香的石碑一起绑着，跳进金雀河自沉了。苏童对《河岸》的设置，可以说是高度象征性的。他在给予库文轩结局的时候，背着石碑自沉的意象同样也是象征性的。库文轩身份的由来，从一开始就与鱼有着不解之缘。库文轩最后不仅在相貌、神态、气味乃至举止上越来越像鱼，而最终也像鱼一样进了河水中，实际上是对他本源/开端的一种回归。他绑在身上的石碑，就是他重新夺回来的一个永久性身份——作为革命烈士的后代。而他纵身一跃的金雀河成为滚滚历史的象征。苏童多次言及他本人对河流的感官，以及河流带给他的历史感。库文轩的结局，充满了无奈，但同时也是必然的。库文轩的死亡并不意味着他走向反思，而是对一种既定身份的肯定，以及求而不得的末路。叙述到此完成了它的一个循环。

小　结

在面对历史废墟的时刻，文学似乎具有特殊魅力。黄宗羲称

“史亡而后诗作”,[1] 而马拉美说“诗歌是危机状态的语言”(Poetry is the language of a state of crisis),[2] 这些都指向了文学在历史无法言说之处所做的诗学努力。而这也是格非等人的致力之处。

格非在沉静了多年之后，始有《人面桃花》的问世。这部小说的出版对作者来说有着特殊意义，格非将其阐释为对中国传统诗学的回归。从小说的名字到文本中的诗学意象，从结构到形式，格非以其充沛的才华描绘了个体心灵最娓娓动人之处。虚实之间，想象抵达了现实和历史记录的穷尽之处，在不可说、无法说的地方，他呈现了另一种真实，来面对历史废墟这个问题。诚如他自己所言，

> 什么东西可以进入历史的记录呢？一个是重大事件重大人物，比如说成功者，掌权者，比如说改朝换代，这些都会成为历史，还有就是在历史关键点中起了重要作用的人物……可是在历史的发展过程中有无数的人被埋没了，历史没有对他们加以记载。这些人不重要吗？他们其实看到了更多的问题，他们可能更典型。去记录这些人恰恰就是小说家的任务。[3]

对小说功能尤其是想象性环节的体认，促使格非用小人物史去重新进入到对历史的观察中去，“提供另一种理解历史的可能性”。[4] 也正是由于他力图呈现历史的多面性，才有了他对乌托邦从批判到重新建构的这一转向。他的努力也不仅仅在于对小说的

---

① 黄宗羲：《万履安先生诗序》，《黄宗羲全集》第十册，浙江古籍出版社 2005 年版，第 49 页。

② Arthur Symons, *The Symbolist Movement in Literature*, New York: Dutton, 1919, p. 66.

③ 苏娉：《小说形式、历史和作家责任——格非访谈》，《金田》2013 年第 8 期。

④ 苏娉：《小说形式、历史和作家责任——格非访谈》，《金田》2013 年第 8 期。

形式更新，更在于对现代性的讨论。

从李泽厚推出他的“情本体”概念[1]，到王德威诉说“抒情”[2]，中国抒情诗学维度再一次进入大家的视野。如王德威所提出的，抒情概念不仅是关乎一种新的“自我诗学”，更是对中国情感结构的“批判性索引”。它指向的是社会巨变时代情感与历史、革命、启蒙和暴力的纠缠，因而也可以看成是理解中国现代性的“拓展性范式”。从这个大的语境中理解格非的尝试，我们会发现它的意义。

审美救赎已经成为中西反思现代性的一个选项。马尔库塞曾断言审美可以解放主体：

> 它像是一个爱挑剔和爱发牢骚的人，对现实中种种不公正和黑暗非常敏感，它关注着被非人的力量所压制了的种种潜在的想象、个性和情感的舒张和成长；它又像是一个精神分析家或牧师，关心着被现代化潮流淹没的形形色色的主体，不断地为生存的危机和意义的丧失提供某种精神的慰藉和解释，提醒他们本真性的丢失和寻找家园的路径。[3]

---

① 李泽厚的“情本体”主要见诸他在20世纪八九十年代所做的“主体性”系列提纲和20世纪90年代以来发表的《哲学探寻录》《实用理性与乐感文化》《人类学历史本体论》等著作中。见李泽厚《实用理性和乐感文化》，生活·读书·新知三联书店2008年版；李泽厚《人类学历史本体论》，天津社会科学院2008年版。

② 从《抒情传统与中国现代性——在北大的八堂课》（2010），到《现代抒情传统四论》（2011），再到他与陈国球合著的《抒情之现代性》（2014），及至《史诗时代的抒情声音》（英文版 *The Lyrical in Epic Time*，2015），王德威对中国抒情美学进行了现代重建。见［美］王德威《抒情传统与中国现代性——在北大的八堂课》，生活·读书·新知三联书店2010年版；［美］王德威《现代抒情传统四论》，台北：台湾大学出版中心2011年版；［美］王德威、陈国球编《抒情之现代性》，生活·读书·新知三联书店2014年版；David Der－wei Wang，*The Lyrical in Epic Time：Modern Chinese Intellectuals and Artists through the 1949 Crisis*，New York：Columbia University Press，2015.

③ 周宪：《审美现代性批判》，商务印书馆2005年版，第71页。

但是对比中西当代成长小说对乌托邦问题的不同呈现，我们面临一个新问题，即美学的有限性。西方文本提供的恶托邦境遇下的反成长，始终将批判的目光落在社会批判上，并意在催生出反抗的青年亚文化，而中国的当代文本则主要致力于建立起自己的形式，来寻求诗学救赎的可能。我们的新问题变成：无用之用的效用是否被夸大了？格非在解读卡夫卡的《城堡》时论述，“可以自由进出的迷宫决不是一个真正的迷宫，而废墟的‘魅力’是不可抗拒的，它几乎剥夺了人的任何自主性，甚至包括‘退出游戏’的愿望”。① 这可以为中国成长小说的乌托邦书写作注。

① 格非：《〈城堡〉的叙事分析》，《卡夫卡的钟摆》，华东师范大学出版社2004年版，第151页。

第五章　中国成长小说的女性之难

女性成长叙事文本作为当代中国成长小说最重要的小说类型之一，将女性成长的特殊性呈现出来。中国女性成长叙事自中国成长小说诞生初期就已经开始显现，如郁茹的《遥远的爱》，20世纪中期又出现了广为人知的《青春之歌》。自1980年代末开始，中国女性成长小说走上了一个新的台阶。

本章要处理的内容，首先是回答何为女性成长小说，在这个概念界定的框架中，先是试图理解中国女性成长叙事文本理论上的立足点，其次则是梳理中国当代女性成长的核心问题和它的表现方式，并在中国女性成长叙事的历史发展视域中去理解它的价值。

第一节　女性成长小说的性别之殇

女性成长小说是以女性的成长经历为中心的叙述文本。它的发展与女性主义的崛起和女权运动的倡导紧密相关。在西方，女性成长小说在19世纪就开始兴盛，但理论上很少有女性成长小说的位置。经典的成长小说理论，都是以男性成长为范例，并将男性性别的成长范式当成了普适性的（universal）成长经验对文本提出了结构和内容上的要求。男性的成长经验不仅仅是被看成男性的，而且是作为普通个体、每一个个体的代表，将性别差异排除在考虑之外。在狄尔泰的经典定义中，他就指明，成长小说是关于一个男性青年的成长经历。① 而在巴克利的定义中，这种倾向就更明显。巴克利将成长小说的情节设定为：一个诞生在农村或者外省的青年，在封闭的家乡无法找到自由。他的家庭，主要是他的父亲反对他的浪漫、敏感。他的学校教育无法提供给他真正的人生教育。于是他离开了家乡，进入城市。在这里，他的"教育"才真正开始。他至少经历两次恋爱，一次好的，一次坏的。此后他成熟了，完成了他的成长，将青春期永远地抛诸脑后……②从后来的女性主义者的视角来看，巴克利的定义至少在以下几个方面存在问题：首先，女性学校教育的缺乏，使得受教育的机会受到限制，女性一般不能享受男性那样的受教育权利；其次，女性缺乏从封闭的家乡走到城市去的机会；最后，至少两次的恋爱经验对女性来说基本是很难想象的。用《入航》编者们的话来说，即使是一次那样的恋爱，也足以将这个女性从社会中驱逐出去。③ 从上述论述可以看出，道德维度一直是女性成长书写和批评的思考之重，也是女性成长需要面对的现实困境之一。它影响的不局限于女性角色的塑造，而同样作用于成长的精神走向和文本风格。

20 世纪女性受教育和就业等社会环境的改变使得她们拥有过去男性才能享受的权利，女性成长小说在回应概念的框架性范畴这一基础之上，寻求自我位置和形式的创新。20 世纪下半期，尤其是 1980 年代以来，女性主义与成长小说迸发出新的火花，女

---

① Wilhelm Dilthey, *Das Erlebnis und die Dichtung*: *Lessing*, *Goethe*, *Novanis*, Leipzig: Teubner, 1906.

② Jerome Hamilton Buckley, *Season of Youth*: *The Bildungsroman from Dickens to Golding*, Cambridge: Harvard University Press, 1974, p. 17.

③ Elizabeth Abel, Marianne Hirsch and Langland Elizabeth, eds., *The Voyage In*: *Fictions of Female Development*, Hanover: University Press of New England, 1983, p. 8.

性成长小说在理论批评和文本创作两方面都跨入了一个新阶段。

女性主义成长小说批评试图建立起自己的认识论和方法论，将性别的不公平作为批评的起点，性别的特殊性作为其建构的中心。从性别来讨论权力结构是女性成长小说批评的重要维度。女性主义成长小说批评可以看成文学批评外在研究的重要组成部分。这也是说，女性成长小说批评的方法论更多采取的是社会文化视角，而较少向内的修辞文法之类的研究。

尽管至今关于女性成长小说的论述已成相当规模，但其自身依旧面临着很多无法澄清之处，围绕它的讨论依旧众说纷纭。女性成长小说是作为男性成长小说的反面，还是对后者的补充而出现的？其中最关键的一个问题是，是否真的存在与男性经验不一样的女性成长经验？在质疑本质主义的理论语境中，这些问题变得尤为复杂。

1983 年，阿贝尔（Elizabeth Abel）等人针对伍尔芙的小说《出航》，编写了一本以女性成长和发展为主题的理论研究著作《入航》（*The Voyage In*）。在这本经典的女性成长小说理论文本中，编者指出，到当时为止，性别依旧没有被成长小说吸纳为一个适当的类型。那么究竟什么是女性成长小说？针对这个问题，她们首先提出了关于女性成长小说的几个核心问题："哪些心理和现实因素阻碍了女性的成长成熟？""女性成长小说有哪些普遍情节？""性别是如何限定成长的文学再现的？"对以上问题的探索，她们指出了社会生活对女性成长和发展的限制，使得经典成长小说理论中那种以男性成长为中心的界定变得对女性成长而言并不合适，并根据当时的心理学研究，认为特殊的女性的"我"，指向的是一个"特定的价值系统"（a distinctive value system）和"非正统的成长目标"（unorthodox developmental goals）。这两者与其说是由"所达到的目标"（achievement）和"自治"（autonomy），不如说是由"社团"（community）和"移情"（empathy）

来决定的，在这种条件下，女性成长小说“反映的是以男性规范的文类假定与女性实际价值之间的紧张感”，女性成长小说有两个“叙述结构”：学徒模式的编年体结构（chronological）和觉醒模式（the awakening），前者与男性成长小说类似，而后者则更多是非传统（unconventional）的，也即女性成长通常不是遵循从一个阶段跨越到另一个阶段的渐变式过程。①

可以说，觉醒模式已经成为女性成长小说的主流模式。在这个模式中，精神上和心理的成长占据了主要笔墨，内省而非漫游构成了情节的主要推动力，觉醒主要以顿悟形式出现，而且大部分女主人公的未成年期出现延宕。

人物设置倾向于将女性置于边缘或受害者的位置，突出“失败的”女性成长故事。在文本中，女性主人公的成长路径，并没有按照当下社会对女性的要求而发展成为合格的妻子、母亲、社会成员，相反，更多出现的是她们主动或被动地在婚姻之外徘徊，亦没有获得社会认可的身份地位。女性成长面对的是重重的限制：

> 好男儿志在四方，可以成家、立业、卫国、行走天下；女孩儿却只能以贤妻良母为 Bild，即便反抗，也只有出轨、出家、出世这几条路可走。所谓的“女性成长”（female Bildung），与其是意气风发的 growing up，还不说是陷入桎梏的 growing down……②

可以说，对“失败”模式的挖掘是女性主义成长小说批评甚至是女性主义的主要贡献，同时也是她们的困境。诚如克里斯蒂

---

① Elizabeth Abel, Marianna Hirsch, and Elizabeth Langland, eds., *The Voyage In: Fictions of Female Development*, Hanover: University Press of New England, 1983, pp. 4 - 11.

② 倪湛舸：《夏与西伯利亚》，上海文艺出版社 2018 年版，第 82—83 页。

娃所说："女性主义的实践只能是否定的，同已经存在的事物不相妥协。我们可以说：'这个不是'和'那个也不是'。"①

"失败"的女性成长遵循着这条否定的路径，宣告了性别是如何进入文本内部，并对文本结构产生影响的。在拉博薇茨看来，女性成长小说和男性成长小说的不同在于，前者与"生活经验"而不是先验的应被习得的课程密切相关，前者更注重争取的与其说是社会平等，不如说是性别平等。② 弗瑞曼（Susan Fraiman）则认为，女性成长小说的可能性不仅仅受制于教育等现实因素，同时，女性成长小说的主人公对自我与社会的关系与男性成长小说中提供的有所不同。在女性成长小说这里，女性主人公更能深刻地体会到自我与社会处于一种深嵌的辩证关系中，个人的命运与历史事件、社会结构和其他人紧密联系在一起。因而男性成长小说容易出现一个理想化的个人主义目标，一个依赖于意志存在的自我养成，而女性成长小说的主人公则更能体会到社会对她的影响。③

从这种社会文化批评的角度，否定性的立场意义深远。正如巴特勒强调，"疏远"和"逃离"，也就是与社会规范保持一定的距离，在最大程度上减弱对它的需要，以"争取生活的更大适应性"。④

在这个比较视域中来看中国女性成长小说，会发现中国文本与世界文本的共性都在于它们展现了性别的意义，指出了不同的

---

① ［法］埃莱娜·西苏：《美杜莎的笑声》，见张京媛主编《当代女性主义文学批评》，北京大学出版社 1992 年版，第 197 页。

② E. K. Labovitz, *The Myth of the Heroine: The Female Bildungsroman in the Twentieth Century, Dorothy Richardson, Simone de Beauvoir, Doris Lessing, Christa Wolf*, New York: Peter Lang, 1986, pp. 246, 251.

③ Susan Fraiman, *Unbecoming Women: British Women Writers and the Novel of Development*, New York: Columbia University Press, 1993, pp. 6, 10.

④ ［美］朱迪斯·巴特勒：《消解性别》，郭劼译，上海三联书店 2009 年版，第 10 页。

性别体验导向不同的成长塑形形态，强调成长书写需要纳入性别视角：

> “女性成长小说”之所以被鲜明地提出，其原因就在于文本所表现的独异性特征溢出了“成长小说”原有的、具有普泛性的理论界定，而这些特征正是来源于“女性成长小说”的关键词——“女性”，这一性别前提决定了以性别视角切入问题的必要性。①

中国女性成长叙事是一个现代性事件。从现代性个人诞生开始，女性个体发展的可能性在现实生活中逐渐展开，而女性成长叙事文本也在这个环境下发展起来。中国女性成长叙事文本自20世纪初就已开始。在《倪焕之》发表后一年，苏雪林的《棘心》（1929）出版，它的主人公是一个个体意识开始觉醒的女性。《棘心》的主人公杜醒秋出生在一个传统的士绅家庭，她由于天资聪颖而获得了受现代教育的机会，留学法国，在她求学的过程中，她接受了西方文化尤其是宗教的洗礼。与此同时，她也受传统的道德观念的影响，尤其是对其母亲的孝道。两种力量的拉锯体现在她的个人感情生活上：她有自由恋爱的对象，同时，还面对着一个包办婚姻的未婚夫，尽管后者也是一个接受现代西方教育的人，但是他的理性式的冷漠却让她无法获得情感上的支持和满足，犹豫再三之后，她顺从了传统的孝道与未婚夫结婚，过上了与其他人一样的生活。由于其自传性因素，这部小说加入了很多个人因素，如对母亲的爱和宗教精神，总的来说，它还是在讲一个娜拉出走后的故事。不过在这个框架下，主人公的性格特征和故事情节却留下了诸多值得商榷之处。一方面我们看到女主人公

① 翟永明：《文学的还原》，辽宁师范大学出版社2012年版，第28页。

以母亲一生的经历为反省对象，认识到女性在社会生活中的狭隘处境，因而在那个男女受教育仍不均衡的年代，力图借助新式教育的力量，来寻求不一样的自我实现。面对包办婚姻，她从个人情感接受的温度来衡量对方对她的感情，也从追求平等爱情的理性角度对其进行评判，在这个过程中她也在试图反抗旧社会加诸女性身上的种种束缚。另一方面却是在母爱的牵绊下女主人公不断地向包办婚姻妥协。有论者将主人公的性格特质概括为“神经质”“性格是脆弱的”“行动是‘浪漫不羁’的”“虽说具有‘慷慨悲歌的气质’，‘含有野蛮时代男人的血液’，但……终于不免是一个‘多愁善感’的女性”。[①] 这无疑是一个非常准确的观察，女主人公性格上的丰富和“弱点”，恰恰说明了在转折阶段女性成长形塑所经历的多方力量的拉扯。而另一条更激进的观点却一直占据着主流——阿英认为苏雪林“只是刚从封建社会里解放下来，才获得资产阶级的意识，封建势力依然相当的占有着她的伤感主义的女性的姿态”。[②] 直到今天，这一批评的声音依旧被延续下来：

> 最初醒秋之去国离家，完全符合“娜拉”的出走模式；最终的妥协回归，却宣告了她的新思想在旧伦理面前的全线溃败。这是与五四时代知识女性所效仿的“娜拉”式截然不同形态的“逃离”。我们不无遗憾地看到，以反对旧道德、提倡新道德为旗帜的五四新思想的龙种，在苏雪林那里只收获了跳蚤。她清楚地知道时代赋予的使命，却无法承受背离旧道德框定的轨道所要支付的代价——名誉。醒秋以一种女儿心态爱母亲、爱自然、爱神，正因为她对他们有所依赖，她需要向之乞援并将感情寄寓其中，以求得精神解脱。她躲

① 黄英主编：《当代中国女作家论》，上海光华书局1933年版，第137页。
② 阿英：《绿漪》，《阿英全集》第二卷，安徽教育出版社2003年版，第361页。

进母爱的翅膀、走向神的天国、渴望归隐自然，换言之，即逃避社会、逃避现实。殊不知在激进的五四，如果没有走向新的阵营，其最终结局就只能由保守而退回到传统。①

很显然，在阿英及其后继者的批评中，“女儿心态”的女性经验和伤感主义、封建传统紧密联系在一起，而与五四精神对立，在其理想框架下，女性书写应该服从和服务于五四开创的现代性。

中华人民共和国成立后，个人形塑从五四启蒙的文化意义角度上升到意识形态的高度，国家开始参与、审查和引导文学包括成长小说的书写，试图从文学角度为新中国的青年形塑提供一个正确的典范。杨沫的《青春之歌》（1958 年初版，1960 年修改版）就顺应了这个潮流。故事追溯了主人公林道静的成长过程。首先她为了反抗包办婚姻从旧社会家庭逃出来，然后与自由知识分子余永泽相爱，随后意识到余身上的狭隘，转而爱上共产党人卢嘉川，最后在卢嘉川牺牲后，最终投入另一个共产党人江华的怀抱，成长为一个无产阶级女战士。

成为无产阶级战士的林道静们，在共和国接下来的路程中，将走得更远。在 20 世纪中期的“类成长小说”中，性别实际上是缺席的，文本描写的女性正是以放弃女性身份为特征的，也就是超越性别。她们接受高强度的革命建设工作，在感情生活方面乏善可陈，文本中几乎没有提到她们的爱情。从女性主义的角度看，她们成为像男人一样的人。去女性身份，而成为一个无性别的人，并且这种消除性别的努力越彻底，她身上的革命精神就越成功，她被社会接纳和认同的程度就越高。

从文本表现来说，线性叙事、主角形象和故事结构都逐步成

① 苏琼：《悖离・逃离・回归——苏雪林 20 年代作品论》，《南京大学学报》（哲学・人文科学・社会科学版）2003 年第 1 期。

形，形式规范、叙事技巧和语言模式，都服务于革命框架下的女性成长需求，从而获得了简单划一的故事效果。文本带有比较明显的训谕色彩，德性培养占到比较重要的位置，相对地，个人传记性逐渐被削弱。

与《棘心》这类启蒙式的女性成长叙事不同，从《青春之歌》开始到20世纪中期的“类成长小说”的女性成长书写以“成功”为标签，对女性成长的方向进行了限定。这种“成功”的女性形象建构，是被理性化的女性成长教育观，它遵循的是社会化和实用主义的价值判断。同时，它也是被纳入到革命框架中的美学教育，在这些文本中，性别与美学完美结合，来去除个人身上的小资产阶级情调和属性。女性成长的美学倾向是走向“崇高”，这种“崇高”一方面讲的是融入集体，而非坚守个人，另一方面则是讲习得男性气质，而非女性气质。感伤的、痛苦的情绪体验被最大程度地削弱了，但这并不意味着文本完全去除了情感要素；恰恰相反，情感要素被转化为革命激情，而且是巨大的革命激情。性别、身体、欲望和情感，都要摆脱“生为女性”的限制，而成为革命需求的一部分，适应革命的机制。实际上在这个过程中，个体的情感和追求真正地融入了革命的激情之中，而非外在于后者。这是一种外在力量逐渐内化到个体内部的教育，确切地说，也是典型的女性自我教育，即个体自觉地将外部规则合理化，并按照其原则进行自我调适、自我发展。从这个角度来说，女性成长在此阶段逐渐接受、加强和完成了制度化过程。到此我们会发现，从1920年代到1970年代末这一长的历史时期，女性形塑走的道路，是越来越得心应手的社会入会仪式。她们的结局通常是走进了婚姻，在社会上找到了自我的位置，被社会接纳，甚至成为典范，并且这种倾向越往后走越明显。

而从1988年开始，女性的成长走上了一条完全不同的道路，女性成长叙事文本在数量和质量上有了突破，更为重要的是，主人公形塑的内外形式出现了很多新的要素。代表性文本就有陈染的《私人生活》（1996）、林白的《一个人的战争》（1996）、虹影的《饥饿的女儿》（1997）和张悦然的《水仙已乘鲤鱼去》（2005）等。

第二节　女性成长的创伤体验

一　走向“失败”

1988 年之后的女性成长叙事文本的一个最突出特点，就是它提供了一个女性成长的失败形态，并且这种失败是以对社会的出离为表现方式的。这种转变呈现出作者们对女性成长制度化的反思。这种将“失败”解读为再生过程的路径，也即作为一种修正的现代性方案，为我们理解成长小说的危机提供了一个新的视角。

这一时期的女性书写所呈现的女性成长，只有很少的文本提供了一种乐观或者成功的成长形态，如迟子建的《树下》，而创伤和失败则是这一时期女性成长形态的关键词。从本章所列的四本女性成长叙事文本来看，女性主人公无一不是成长失败的典型，对社会保持着出离姿态。

就像它的标题显示的那样，《饥饿的女儿》讲的是一个身陷匮乏中的女性。出生于大饥荒年代，生活在赤贫之中，兄弟姐妹们对其排挤，父母感情不和……这一系列背景构成了女主人公六六的成长环境。她感到孤立无援，却又不明缘由，直到十八岁生日那天得知自己的身世——原来她是个私生女。而在其身世背后却是母亲、养父和生父之间长达几十年的情感瓜葛和由此带来的三方的痛苦——母亲面对和承担着生活的贫乏、养父沉默的悲苦和生父求而不得的苦涩。为了逃避这种家庭环境带来的孤独和屈辱感，她又爱上了自己的历史老师，而在这场不伦恋中，这个年长她二十岁的已婚中年人带给她的是更多的痛苦——他害怕历史清算而选择了自杀。最后六六离开家乡，她沉迷于舞会、恋爱和烟酒，在疯狂中横冲直撞，最终却孑然一身。

而在《私人生活》中，陈染以其先锋的笔触刻画了主人公倪拗拗艰难的成长过程。倪拗拗出生在一个知识分子家庭，其父母关系冷漠，她的父亲专横自私，而在学校中，倪拗拗与学校环境格格不入，更重要的是，她的中学老师 T 先生一直给她带去各种困扰，不断地对其进行人格上的打击，更在她高考完后半强迫半引诱地夺走了她的童贞。唯一给她暖意的是她的女邻居禾寡妇。后者在倪拗拗大学期间又不幸死于一场大火。不久，倪拗拗的母亲也因病去世。她在大学期间爱上的尹楠，也因为一场历史事件而离开。最后，倪拗拗在孤独中走向了幽闭症。

与《私人生活》经常放在一起被人讨论的是《一个人的战争》。在这部小说中，女主人公林多米三岁丧父，由母亲抚养长大，但与母亲关系冷淡。她渴望成名，以摆脱在农村插队的处境，为了这个目的，她抄袭了他人的作品，给人生留下了最大的一个污点。但最终她还是通过高考顺利地离开小镇而进入城市。她在一次独自旅行的过程中，稀里糊涂地被一个船员夺走了贞操。她疯狂地爱上过一个不知名导演，为其堕胎，又被其抛弃。她流落到北京，为了一个北京的身份嫁给了一个老头。

在《水仙已乘鲤鱼去》中，女主人公璟出生在一个没有温情的家庭，父亲死后，跟着改嫁的母亲来到继父家，她一直遭遇着母亲对她的冷漠和敌意，随后又相继爱上继父和他的儿子，在经历了这两位男性的相继去世之后，璟怀着孩子，开始一个人生活。

以上所列举的这四部小说，故事背景时代不一致，作者的年龄也相差悬殊，虹影、陈染和林白都是 1950 年代晚期至 1960 年代早期生人，而张悦然则是“80 后”，但文本都提供了类似的模式：紧张冷漠的家庭关系、学习和事业追求过程中的曲折、无力绝望的恋爱，最后女主人公都在成年时，依旧保持着孤独的状态。女主人公的成长，从社会形态来看，是失败的，她们在私生活领域没有找到幸福，而在社会生活中，她们也并非功成名就。

在成长小说中，婚姻作为衡量成长是否成功的标准，它既是成人仪式的一部分，意味着个人社会身份的转变，同时也是个人精神成长的重要契机，因而婚姻和爱情和家庭这些因素一起，构成了成长小说的“私人”空间，成为成长小说的考量之一。尤其对于女性来说，婚姻的象征更为意味深长。

在当代中国女性成长叙事中，这种婚姻的理想被解构掉了。在这四部文本中，只有《一个人的战争》中的女主人公林多米一人走进了婚姻，而这场婚姻的实质却更接近于一场买卖。六六在成年以后说：“爱情在我眼里已变得非常虚幻，结婚和生养孩子更是笑话。”① 倪拗拗将自己锁在了以浴缸为象征的空间中，走向了断绝男性的空间。璟在经历了三个男人的死亡后，孤身一人怀着孩子，走向了未来。因而从婚姻这个角度来看，这种女性成长是一则失败的成长，或者更确切地说，是关于失败的成长。

从文本揭示的社会角色实现来说，这些女性主人公们大多缺乏明确的职业和人生目标，更遑论成为社会的“有用的”组成分子，即使在性别层面，她们也只是呈现了自己的感受和经验。多“思”而少行动，这种消极的人物形象背离了父权制主导下以进取为核心的价值观。

从整体上来说，文本呈现的是悲剧人物的成长，它不是胜利者的欢呼，它是受伤者的呢喃。她们的痛苦不仅仅展现在个人领域，而且还蕴含着更深刻的社会指向。

人物成长进程被打断，她们出现了早衰现象，陈染笔下的倪

① 虹影：《饥饿的女儿》，四川文艺出版社2000年版，第298页。

拗拗患了“早衰症”，她“失去了畅想未来的热情，除了观察，只剩下回忆占据着我的头脑”。[①] 林白的多米“提前进入了老年期”。[②] 成长的线性进步观被解构，这是世界范围内当代成长小说的一个重要现象，也是中国当代成长小说的特征，但是与苏童这些男性笔下的成长主人公不一样的是，陈染她们的女性主人公成长的结局通常是早衰，而男性成长则更多以晚熟结尾。早衰意味着枯萎和衰竭，它表明了完结已成定论，已无其他可能性；而晚熟则是延宕、是开放式的。

二　创伤的根源

女性成长对“失败”的诉说，有着明确的叙事用意，即揭示父权制对成长的限制，挖掘其价值观的一元化局面及其带来的后果。

《饥饿的女儿》以“饥饿”为入脚点，点出了女主人公六六全方位的饥饿和匮乏。作为私生女这个起点，显示了她的存在本身缺乏社会合理性。艰难困苦的家庭环境使得家庭的每一个人都处境艰难，在生存线上挣扎。而六六母亲与其亲生父亲感情纠葛带来的这个后果无疑给这个家庭带来了额外的负担，从而我们也不难理解六六在这个家庭里无法得到足够的爱。六六与母亲关系很隔阂，爱她的养父却沉默寡言，不善表达自己的情感，六六的兄弟姐妹也因为种种世俗利益，对这个家里最小的孩子心生敌意。而得知自己身世的六六也无法再接受生父，后者最终在落寞艰苦中死去。私生女带来的匮乏这个意象，不是强调它的道德表征，我们看到文本中主人公六六并没有受到道德上的责难。可以说，虹影是通过私生子这个意象，反映了一种从原初的不足。而这种一出生就带着的罪恶，追究其根本原因，却是特定历史时期

① 陈染：《私人生活》，作家出版社1996年版，第240页。
② 林白：《一个人的战争》，江苏文艺出版社1997年版，第89页。

的结果。在追溯她的出生时，六六逐步了解到这个故事——大饥荒年代，母亲作为一个女性挣扎在饿死的边缘，而她对六六生父产生爱情是因为食物。在展现这个故事的过程中，虹影实际上展开了一种从性别出发的社会批判。虹影用了另一个意象加强了具备历史深度的叩问——六六爱上了其历史老师。这个爱情故事交代了历史老师的身世背景，并以历史老师的自杀而完结。历史这个对象被具体化了，它不但强有力地引诱着女学生，而且也在不断地阉割男性——历史老师自杀了。但同样耐人寻味的是，这种社会和历史批判在曲折的故事背后，成为的是一个渐渐失色的背景，虹影的批判并不直接，她的着力之处在于将故事的外衣描绘得更加惊心动魄。

也正是由于私生女的身份，主人公六六缺乏安全感，而她对安全感的追求则体现在她对三位男性的希冀上。她对养父、生父和历史老师的感情，有着女性寻求强有力保护的本能因素。但最终她发现，三个男人都让她失望了——她的情感和性被历史老师所启蒙，后者又在毫不为她考虑的情况下，自私地选择了自杀；她爱她的养父，可是后者没有力量去保护她；她的生父只在暗地里尽到一个做父亲的责任。六六最终意识到，原来对“父亲”的渴望是错误的，而对“父亲”的渴求正是她不幸生活的来源。通过六六的成长，虹影层层推进了她对父权制的反思。

不同于虹影的《饥饿的女儿》采用了性别和社会历史双重视觉的成长书写模式，陈染的《私人生活》一出现就拥有了鲜明的女性书写标签。从文风到结构，《私人生活》对父权制的批判来得更加鲜明和直接。女主人公倪拗拗开篇揭示了她父亲的负面形象——一个冷漠自私的大男子主义形象。倪拗拗从性别意识展开了对这个男性的“凝视”。他不再是被依赖和崇拜的对象，而是一个不会照顾妻儿的自私自利者。倪拗拗很早就认识到这个男人是她的敌人，她剪破了他的裤子，她告诉自己，以后千万不要长成像她父亲那样的人。随后她又遇到了她的老师T。T老师对倪拗拗进行孤立、打压，有时也出现侮辱性的行为，比如当倪拗拗班上出现色情图片时，T老师将倪拗拗叫到办公室，对她进行性骚扰。父亲和T老师在倪拗拗的童年和青少年时期留下了不可磨灭的精神创伤。而在她高中毕业后，T更是声称自己已爱上了她，夺走了她的初夜。这为她的成人仪式留下了身体上的创伤体验。可以说，倪拗拗的成长过程，是一部与男性对抗的历史。

在《一个人的战争》中，主人公多米面临的最大问题是如何实现自我。多米成长的问题首先在于，怎样成功并获得想要的东西。她成长的第一次重要转折发生在她少女时期：为了走出闭塞的环境，多米试图借助写作来寻求出路。她写了一组组诗，但为了“凑够十首诗”，最后抄袭了一首诗歌。事发后，多米的生活遭到了第一次重创，即将到手的功成名就很快成了丑闻。在这次事件的打击下，她参加了高考，顺利考上大学从而走向了城市。随后多米经历了几次不可思议的冒险事件，这些事件主要有三个：上大学期间差点被人强暴；一个人旅游；在旅游途中将自己的第一次交给了一个船员——后者后被指涉为拐骗诱奸。在这些事件后，多米遭遇了一次刻骨铭心的爱情，将自己全身心地交给了一个导演，而最终被抛弃。多米最后嫁给了一个老头，以换取北京户口。多米的成长过程，展现了女性想要在社会上获得一定成就和追求幸福生活所面临的重重困难。与陈染的不同在于，林白没有去刻画一个与自我对立的男性群体图景，而是从自我实现所遭遇的个人经历这个角度来诉说她的创伤。

与《一个人的战争》相似，张悦然的《水仙已乘鲤鱼去》也是从女性本身的角度来讨论的。后者具备言情小说和青春小说的多种要素，不像林白那样对女性成长做一个名利、欲望和爱情这样全方位的呈现，而是把笔力集中在母女矛盾上，并从这一点来探索女性的社会身份和生理身份与自我之间的矛盾。在小说中，主人公璟的母亲曼是一个自我意识非常强烈的女性，因而她把生育看成是对自己的毁灭。在这种背景下，璟的出生从一开始就被她母亲设置在阴影中，并且璟正是在这个阴影中展开了自己的成长。璟随后经历的恋爱事件，包括她对继父的爱、对继父的儿子的爱以及与另外一个男性沉和的爱，实际上都与这个阴影密切相关。璟在这三个男性都去世后，发现自己怀了孩子。她准备去医院将孩子打掉。正在这时，璟惊讶地发现她的母亲也因怀孕在医院。但后者不是她想的那样，也是去打胎，而是准备将孩子生下来。面对人到中年、已经开始落寞的母亲的这个决定，璟深受触动。她与她母亲积年的恩怨在这一瞬间烟消云散了，璟最后觉得："此刻，她又光滑而平整地上路了。"① 《水仙已乘鲤鱼去》的这对母女矛盾，实际上是对女性自我形塑和身份的拷问。它涉及的问题有：女性应该怎样看待生育问题；应该怎样处理与男性的关系；应该怎样获得独立；经济独立对女性成长的重要性。

从虹影到陈染，再到林白，直至张悦然，我们看到女性成长叙事提供了多方位的描述和思考，这些女性作者们对女性之为女性，以及女性成就自我、达成自我和维护自我需要面临的矛盾，进行了不同角度的探索，揭示出女性成长创伤所面对的整体性的结构网络。这其中既有社会历史根源，也有性别本身的权力结构问题，既有欲望的生理层面，也有文化符号的既定模式。

以伤痛之姿态迎面碰向铜墙铁壁式的社会，女性的主体在碰撞之中，瓦解了过去主流意识形态对女性所做的内涵确定的限定，而走向了多结构、多层次的自我追寻和界定。

三　主体性之维

1988 年及其后的女性成长叙事文本主要是呈现"失败的"成

① 张悦然：《水仙已乘鲤鱼去》，作家出版社 2005 年版，第 271 页。

长形态，并通过对这一形态的展现，来揭示女性成长的困难和可能性。换言之，故事中的“失败”主要是作为一种写作策略。她们从“失败”的角度，反思了过去社会文化中对女性的定义，并探索新的主体形塑形式和可能性。小说文本作为一种新的话语力量，用语言构建起一个个被听到的诉说主体，参与了当代女性性别议题的讨论。主体被建构，意味着它处于不断变化的过程中，会出现断裂，具备多元性，被各种不同的社会实践活动甚至是互相矛盾的力量所塑造。女性成长文本对主体的呈现，让我们看到的更多是多元的，甚至彼此间有冲突的主体形象。

（一）成为“我”

我们讨论女性主体时，其中一个非常重要的衡量标准，是女性个体是否具备独立判断和思考的能动力量。当代女性成长叙事中提供的女性，是否具备一种独立的主体性呢？对这个问题的回答，可能要通过两个比较视域来看。

首先历时地来看。在1988年之前的女性成长小说中，女性主人公大约呈现两种状态：一是《棘心》提供的范本；一是《青春之歌》提供的范本。《棘心》的女主人公是一个在五四精神启迪下，试图追求新的独立精神的新女性形象。女主人公在这里发出了自己作为女性的声音，她追求人格的独立，摆脱了传统文学中贤妻良母、贞洁烈女的形象。但她始终也在追求外部世界对其的承认，尤其以传统的孝道和宗教依赖为特点，在她的自我判断中，始终存在着模棱两可的状态。而《青春之歌》则一开始就以穿着洁白衣服的少女为象征，将这个女性刻画成一个将被诸多力量角逐的小白羊。林道静与余永泽同居，发出了不怕他人道德评判的话，但随着故事发展，林道静越来越依赖于导师式的男性，越来越被意识形态所驯服。从20世纪初期开始到1970年代这个时间段里，成为一个独立的女性这一命题并没有彻底地被实现。

其次共时地来看。1980年代以来，新的女性形象刻画已经是一个大的趋向，在这里，女性很少是以传统，乃至先前时代的经典形象出现的。从成长小说的角度来看，在男性作者的成长小说文本中，女性形象主要有以下几种情况。第一类是母亲。她温柔美丽，但是她会在“父亲”被隔离审查后，马上与一个有权势的人通奸。在这里，我们可能会与小主人公们一起惊讶地发现，“母亲”的舍身救“夫”这一动机如此可疑，她实际上是享受着与人通奸的乐趣的。第二类是少女。在这里，少女一般作为男性爱慕的对象，被描绘成神秘的、美丽的、丰满的、妖娆的、不顾廉耻的、放荡的。如在《人面桃花》中，女主人公被刻画为男人心目中的欲望对象，她被男人渴慕，她美丽而妖娆，是欲念难平之下的“好妹妹”，她也是男人理想的实际执行者。但她自身的女性心理、经验和逻辑并没有从女性主义的角度来完整刻画，作者对这些的交代隐藏在美学和语言等构成的迷宫之下。

总的来说，这些成长小说并未提供足够的女性成长空间，故事中的女性角色们作为纯洁的羔羊或者美丽的欲望载体，都或多或少承载着男性对女性的想象和规定。

而当代女性成长叙事则提供了更具有性别意识和独立精神的女性形象。这种形象的处理也颇具特色：一方面，女性被置为弱者，同时也是社会的边缘者；另一方面，这个“弱者”具备自身的力量——她具有怀疑精神和反抗精神，并提供新的话语模式将女性欲望合理化。

回到“弱者”身份，这不是过去那种男性对女性的规制，而是从女性自身的视角去正视被社会文化所定义的性别身份所带来的种种束缚，去挖掘和呈现承载着历史和创伤的性别现实。

面对比自己强大的男性，陈染的主人公意识到：

> 我……还做出了一个肯定：即使我长大了，也不会和他一样高大健壮；即使我长大了，也永远打不过他。我是从我

> 的母亲身上发现这一残酷的无可改变的事实的——他是一个男人！[①]
>
> 父亲的粗暴、专制与绝对的权势，正是母亲、奶奶和幼年的我，自动赋予他的，我们用软弱与服从恭手给予了他压制我们的力量，我们越是对他容忍、服从，他对我们就越是粗暴专横。[②]

从这个角度出发，她们首先对女性的依附性发出了疑问。六六的成长贯穿着一个主题：渴望"父亲"。六六在自己的身份认同上，始终与男性对她的认同纠缠在一起。但在长大成人的过程中，六六逐渐认识到，三个"父亲"都令她失望了。而林白在《一个人的战争》中，刻画了一个追求独立却又难以摆脱作为女性对男性的依附性的女主人公形象，并通过这种矛盾，将女性主体性实现的困境呈现在读者眼前。

她们进而摆出了对世俗约束进行抗拒的姿态。在《私人生活》中，女主人公的身体被她自己称呼为"是小姐"和"不小姐"，最后，终于突破了世俗的看法，将自己发展为一个拒绝姿态的"零小姐"。虹影笔下的六六很勇敢地爱上了比她大很多的男老师，成年后在追求自由和自我的路上跌跌撞撞，尝试着先锋前卫的生活。

她们更是大张旗鼓地重写了女性欲望叙述。回归身体是当代女性书写的一大特点，尤其是陈染和林白的这两本女性成长故事更是被看成"身体写作"的代表作。"身体写作"这个由埃莱娜·西苏最早提出的概念，提出了"身体"与女性书写的重要关系：

---

① 陈染：《私人生活》，作家出版社 1996 年版，第 13 页。

② 陈染：《私人生活》，作家出版社 1996 年版，第 23 页。

妇女必须通过她们的身体来写作，她们必须创造无法攻破的语言，这语言将摧毁隔阂、等级、花言巧语和清规戒律。①

从身体出发，通过自己，妇女将返回到自己的身体，用自己的肉体表达自己的思想，用肉体讲真话。②

西苏的“身体写作”强调的是身体从被禁锢的状态解放出来。这种禁锢是男权社会压制和压迫的产物，它使得女性身体处于残缺或被歪曲的处境，而身体写作就是要去反抗身体的禁锢，反抗在女性身体上的文化符号。

实际上身体美学在中国现代文学传统中一直占有一席之地。革命身体美学的确立就是一个显见的现象，其中女性身体书写带着浓厚的男权制印记，女性身体趋向于像男性一样健康、阳刚和有力，而这正是身体美学被政治符码化的结果。

陈染她们的“身体写作”显然与上述身体美学背道而驰，她们将女性身体从政治符码回归到文化符码，用身体美学去反映文化症候。她们所采取的具体策略就是将身体和欲望祛魅。她们不将其作为难堪的隐私来看，相反而是大方、直接地去谈论这些所谓的禁忌话题。林白的《一个人的战争》则以小女孩对自己的抚摸开篇，多次描写性的冲动和隐私行为；《私人生活》很高调地写了倪拗拗与禾寡妇的同性之爱和性幻想细节；《水仙已乘鲤鱼去》则细腻地刻画了主人公对继父的感情。

在瓦解性神秘的过程中，性的性别维度也被重新阐释了。在《饥饿的女儿》中，六六的性启蒙呈现出性别角色的反转。有一

① ［法］埃莱娜·西苏：《美杜莎的笑声》，见张京媛主编《当代女性主义文学批评》，北京大学出版社 1992 年版，第 201 页。

② ［法］埃莱娜·西苏：《美杜莎的笑声》，见张京媛主编《当代女性主义文学批评》，北京大学出版社 1992 年版，第 237 页。

天六六收到历史老师给她的一本书——《人体解剖学》，这本书实际上是医学院的教程，是讲解男女生理结构的，并配有插图。六六拿着书，一边受到了诱惑，一边认为自己的老师是“流氓”，她打算质问他“居心何在”。[①] 但是正是由于这种性质的性启蒙，六六继而开始怀疑并反抗自己所受的这种压迫。因而在还书的过程中，六六采取了主动，很坦然地告诉历史老师：“书我看了，也看懂了”，面对历史老师的慌乱，她感到自己“第一次在精神上占了优势”，并随之涌起了难以抑制的欲望。[②] 我们看到，在随之而来的情节中，主要是六六与历史老师发生关系的整个过程，六六一反过去被动地位，主动而热情，并在事后认为，“比想象的还美好”。[③]

与此同时，她们也试图瓦解男权制所赋予的性的道德内涵。在《一个人的战争》和《水仙已乘鲤鱼去》中，性的角色发生了一个根本性的转变：这两个文本甚至放弃了《饥饿的女儿》和《私人生活》所采取的压迫和被压迫这一设置，而是将性本身的重要性淡化了。如果说性，尤其是女性的初次性经验是如此的重要，女性对此采取认同，并拼命去维护自己的“纯洁性”的话，那么这实际上是对男性权威的认同，因为女性身体的重要性，以性和纯洁为指标，首先就是男权社会的一个产物。而林白和张悦然就是对这一点有着认识，才让她们的女主人公们不再执着于此，“纯洁”对她们来说不再是个问题。多米轻易地顺从了一个试图强奸她的人，并在后者放弃了强暴她时，跟这个人成为好朋友。同样，多米轻易地将自己的第一次委身于一个旅途中结识的英俊船员，并在事后对大家都认为她“受骗失身”了，觉得不以为然。张悦然则将女主人公爱上的三个男性，都刻画成不自觉受

① 虹影：《饥饿的女儿》，四川文艺出版社2000年版，第149、153页。

② 虹影：《饥饿的女儿》，四川文艺出版社2000年版，第204页。

③ 虹影：《饥饿的女儿》，四川文艺出版社2000年版，第222页。

到女主人公吸引，并在很大程度上对她和这份感情感到无能为力。林白和张悦然通过将性淡化，对性进行重新阐述。

“身体写作”的叙述策略恰恰就是借助书写和语言来实现的，通过语言的操作和运用才能重新回到女性经验身体。这不仅仅是作者创作层面西苏式的女性、身体和写作的诉求，也是文本中话语结构的有机构成。面对男性医生祁骆开出的理性科学式的病例诊断，倪拗拗用一篇情感充沛但行文清晰的信“证明”自己已经“痊愈”。正常与非正常的判断，成为书写的争夺对象和结果，女性书写对符号和文化编码进行了再创作。

总的来说，这个新的女性，走的是一条个性化的道路，她敢于发出自己的声音并聆听自己的声音。她反抗世俗约束，大胆而机智，从质疑自己身为女人的依附性开始，争取独立。从这个意义上来说，当代女性成长叙事推进了成长小说的自我教育环节。

（二）作为他者的男性

重新去理解和呈现女性主体性，文本不但对女性形象进行了重写，而且也对男性形象进行了重新建构。

在她们笔下，男性形象呈现出矛盾的两面性：一方面是他们的权威、自私和大男子主义；另一方面则是男性力量被阉割和弱化之后的无力形象。而这种矛盾恰恰构成了男性负面形象的整体面貌。在陈染笔下，父亲的形象完全与父爱背道而驰：

> 父亲是指望不上的，这一点我非常清楚。他是一个傲慢且专横的不很得志的官员。多年来他一直受着抑制和排挤，这更加加剧了他的狂妄、烦躁与神经质。①

同样的矛盾性也表现在虹影的《饥饿的女儿》中。历史老师

① 陈染：《私人生活》，作家出版社 1996 年版，第 15 页。

一面用其成年人的经验来诱引女主人公六六，并成为她的性启蒙者，另一方面他也被刻画成弱者，在历史的阴影中以自杀终结。

而在林白的笔下，女主人公爱上的男导演虽然有着大男子主义的强硬做派，却被刻画成一个在事业上失败的男性。他没有真正的才华，所导演的电影也以失败告终。

一面是暴君，一面又是失败者，这展现了男性在男权制下权力斗争框架中的多面孔。他们不仅仅是男权制的参与者，同时也在某种层面上是受压迫者。

而她们对这些男性的态度，也表现出两面性。她们憎恨、厌恶其暴君的一面，但她们的反抗却是隐性的。在《私人生活》中，倪拗拗对“父亲”和T老师的反抗多半都是在暗地里或想象中完成的。在“父亲”出门后，倪拗拗悄悄地剪破了他的裤子。T老师将倪拗拗叫到办公室，然后指责她在班上散布黄色图片，倪拗拗感到委屈极了，她天真地问老师，什么才是私处？T老师“把那一摞人体图片像扑克牌似的丢到我眼前，一张一张地在我眼前晃动。‘私部，难道你真的不知道？’他停了一下，然后再一次抬起他的手，‘私部，就是这儿，’他在我的胸口处摸了一下，‘私部就是这儿！’他又在我的大腿间摸了一下”。[①] 随后倪拗拗“在一种混杂着愤怒、激愤与反抗的矛盾情绪中”，想象自己“忽然举起我的手，在他身体上相应的部位也重复一遍，说‘私部，就是这儿。私部就是那儿！’”，但实际上倪拗拗的反应是“拔腿就跑了”。[②] 这种被压迫的感觉时刻威胁着倪拗拗，她随后又多次在想象中完成对T老师的“回敬”。[③]

她们对其的失败怀有一定的同情，但对其的溃败也抱着超然甚至是幸灾乐祸的态度。面对历史老师的自杀，虹影的主人公六

① 陈染：《私人生活》，作家出版社1996年版，第32页。
② 陈染：《私人生活》，作家出版社1996年版，第33页。
③ 陈染：《私人生活》，作家出版社1996年版，第109页。

六认为是“不负责任”的行为，开始是愤怒和伤心，并最终认识到，“是因为他清楚：他对我并不重要，我对他也并不重要”。[1]

因此，在这些复杂的态度中，她们显示出“弱者”的反抗策略。她们的反抗方式是消极的、沉默的、非暴力的、非直接的。她们的目的更多是争取自我保护和消极的自由。

除了通过故事中的性别对比来突出女性主体的形成过程，实际上，文本中的男性角色还作为叙述的功能单位来发生作用。就像在经典成长小说定义中所强调的女性对男性主人公成长所起的促进作用，男性角色在陈染她们的笔下也承担了同样的功能。在这些故事中，我们看见出现了一个功能性的男性角色来对主人公的成长发生关键作用。他不仅仅是一个爱人，也是一名“导师”。他在性和爱两方面都对女主人公起着关键作用，他也较为年长、有着更丰富的社会经验，主导着两性关系的方向。六六的历史老师和倪拗拗的T老师都是典型，多米爱上的导演也应在此列。但故事中女主人公与他们关系的“失败”，恰恰揭示了他们作为爱人和“导师”是不合格的，他们留给了女主人公们身体和精神上的创伤。通过揭示这些关系，作者们从爱情和精神导师两方面解构了男性的神圣权威形象，通过其扮演的“坏人”角色，推动女主人公的觉醒。

与此同时，作者们还使用了另一种叙事策略。陈染在对“父亲”下判断时，并没有去完整地追究和呈现“父亲”性格和行为产生的根源，也没有用更多笔墨去展示“父亲”的这些负面特质是怎样在日常生活中表现的，没有更细致地呈现“父亲”压迫和压制她们的“证据”，而是简略直接地确定了他的个人图像，这种写作策略带着明显的女性书写印记。作者通过暗示，表明了“父亲”作为男性所面临的困难，比如这里所说的“多年来他一

① 虹影：《饥饿的女儿》，四川文艺出版社2000年版，第275页。

直受着抑制和排挤”，作者并没有进一步指出到底是在哪里、受了谁的或者说受了怎样的抑制和排挤。在给了这个定位之后，作者进一步勾勒出受到排挤的“父亲”将这种负面影响转嫁到了家庭女性成员身上。

陈染笔下的其他男性也处于一个类似的形象设计话语中。T老师那种奇奇怪怪的心态和行为似乎无须解释，自然而然就存在了，甚至是对于倪拗拗爱过的对象——年轻的尹楠，陈染对他的性格特征也更多是一笔带过。文本只简略地提到了尹楠准备学习“投机”和“厚脸皮”，对迫使尹楠离开的历史事件也按下不提。

因而我们得以理解男性角色更多是作为一种性别符码所存在。他们的具体个性被抹杀，甚至被典型化和脸谱化，文本中他们的存在只为了促进女性主人公的成长而起辅助作用。

（三）性别认同：女性困境还是后现代表征？

女性成长书写虽然更多是私人性的叙述，也就是以个体经验为叙述中心的写作，但是它对女性主体性的审视有着更为广阔的群体视野。在讨论女性之为女性的过程中，个人的失败和困难总是跟女性这个群体的处境紧密联系在一起。1988年之后的女性成长叙事文本，对女性经验给予了高度重视。

陈染将个体“我”的成长与整体文化中的女性归属联系在一起，从性别的整体高度来说明女性自我寻找需要寻找到她的源头：

> 时间是一个画家，我是一张拓片图画，是山峦的形状，岩洞的轮廓。在我来到人世之前，这幅图画已经被画出。我沿着这条时间的水渠慢慢行走，发现了我与这幅图画的关系，我看见了这幅拓画本身就是一部历史，全部女人的生活都绘在这里。①

① 陈染：《私人生活》，作家出版社1996年版，第55页。

陈染在这里强调了性别的生理存在实际上被社会存在和规范所限定。陈染的这种意识，是女性成长叙事作者都较为共同的一种认识。在追寻女性的主体性这一过程中，中国当代女性成长书写需要回答的不仅仅是如何成为“我自己”，而“我”正好是个女性，而且还有“她们”是谁、怎么看待“她们”这些问题。

我们有时会看到“我”和“她们”处于同一状态。作者们通过同性爱打开了对她们的赞美。在《私人生活》中，陈染将女主人公对禾寡妇的爱描写得更刻骨铭心、委婉动人。林白的《一个人的战争》讲述了女主人公多米在同性之爱与异性之爱之间徘徊。多米一面探视着自己喜欢女人的情感倾向，一面询问自己：“这里隐藏着什么呢？我到底是什么样的人呢？我是否天生就与人不同呢？”① 陈染们通过描写特殊的女性经验和女性欲望，发出了女性自己的声音。

我们也看到，以作者和主人公为代表的女性个体对女性这个“她们”群体也疑虑重重，“她”与“她们”有时是同一的，有时又是超越后者的。这主要表现在以下两个方面。

第一，对女性本质的怀疑。这点主要表现在母女关系和对待生育这两个问题上，并且两者是密不可分地联系在一起的。《水仙已乘鲤鱼去》在这一点表现得特别明显。主人公成长创伤的起点，就在她母亲对待她的态度上。璟的母亲曼是一个美丽妩媚的女人，但生育璟让她一度失去了自己的美好身材，曼为此痛恨璟，而璟就是在这个阴影下，开始了她的成长。在这部小说中，我们可以看到璟对身为女人而罔顾母亲身份的曼的痛恨，这种情感几乎贯穿小说始终。在《饥饿的女儿》中，六六无法将母亲作为女人和作为母亲这两个身份联系在一起，她完全无法想象自己年老丑陋的母亲在年轻时竟然是一个需要男人的美丽女人，并认

---

① 林白：《一个人的战争》，江苏文艺出版社 1997 年版，第 29 页。

为母亲与生父、养父陷入三角恋完全不可思议，令人无法理解。在《一个人的战争》中，林白至少交代了母女关系的淡漠。对母亲的不认同，以及对生育的排斥，说明了女性对回归女性这条道路的怀疑心态。

第二，对女性群体的排斥。在当代大部分女性成长叙事中，女主人公对同性同样抱着几乎是敌意的态度，她孤寂冷僻，永远无法融入团体中去，即使是女性团体。六六是同学们的“众矢之的”,[①] 她没有女性朋友；倪拗拗看着女同学们，觉得自己是“陌生人”“局外人”,[②] 她学生时代的唯一朋友伊秋也是被排斥的边缘人，后者正是因为两人都无法融入集体才将倪拗拗当朋友看的；多米说自己“从不交朋友”，而对那些主动撞上来要做她朋友的女性们，也怀着一种几乎是敌意的排斥心理，这一点从她对几位同性好友或者情敌的描述中显见；而璟在大学时代也从来是独来独往。作者跟她们的女主人公们都难以掩饰对其他女性的不屑，后者通常被描绘成喜欢走小团体主体、庸俗狭隘的形象。

实际上我们看到她们无法解决成为“我自己”和我是“她们”之间的矛盾。她们自我寻求的道路似乎必须以独身、未婚、未育来完结，也就是成为“我”自己，仅仅意味着成为“我”一个人。林白的一大篇自我概述返回到这个问题：“一个人的战争意味着一个巴掌自己拍自己，一面墙自己挡住自己，一朵花自己毁灭自己。一个人的战争意味着一个女人自己嫁给自己。”[③]

从林白等为代表的当代女性成长文本来看，我们看到女性的成长道路似乎越走越狭窄，返回自身与女性认同成了一组矛盾体。当林白的女主人公多米经历了种种挣扎之后，她发现自己并

---

① 虹影：《饥饿的女儿》，四川文艺出版社 2000 年版，第 120 页。

② 陈染：《私人生活》，作家出版社 1996 年版，第 57 页。

③ 林白：《一个人的战争》，江苏文艺出版社 1997 年版，第 1、225 页。

不像她早先自认为的具备“男性气质”,[①] 相反而是“顺从”“柔弱”，而她的自我寻求道路也一样充满着悖论——“一碰到麻烦就逃避，一逃避却总是逃到男人那里”。[②] 也许读者也和多米一样对这个评价所蕴含的意义只能不置可否。对多米她们来说，怎样才算是真正的自我呢，是越来越像一个女人，还是越来越不像一个女人？这可能是她们无法回答的问题，因为她们所走的道路是要离开过去意义上的女性，也就是被男权制所赋形的女性。

然而她们对男权制的反抗也并不彻底。林白的女主人公摇摆在同性爱和异性恋之间，她唯一大张旗鼓的爱情——与男导演的爱——恰恰表现出非常传统的特征，也就是一个弃妇式的求爱模式，她甚至意识到自己需要对外部和男性的服从。而在陈染的故事中，这种不彻底也隐藏在张扬的独立宣言之下。倪拗拗高中毕业后，T老师再次来到她家，夺走了她的童贞。陈染对这一情节的设置颇具玩味，她详细地描写了整个过程，尤其是倪拗拗怎样一步步放弃了自己的反抗，顺从了欲望的激情。陈染在这里用了一个意味深长的叙事技巧：她用“女学生”代替了全篇中的“我”。这里出现的第三人称，描写的不是男女敌对角色中的女主人公，而是去顺从男性和自身欲望的女主人公。第三人称将叙述拉开距离，用去陌生化的效果去呈现在少女身上发生的决定性的蜕变，这个策略是否也意味着陈染叙述中女性的自我分裂呢？

第三节　幽闭空间

如上所述，1988年之后的女性成长叙事文本主要是通过呈现“失败”的成长形态，来探索女性主体性的抵达之路。这条道路是一条由外向内的道路，女性主人公在这个过程中，不是积累社

---

① 林白：《一个人的战争》，江苏文艺出版社1997年版，第27页。
② 林白：《一个人的战争》，江苏文艺出版社1997年版，第164页。

会经验，而是去社会规范，不是进入社会，而是对社会的出离。

而在此之前，从20世纪初期直到1970年代，女性成长的道路都是朝外的。女性的成长就是要跨出家庭这个私人的范围，进入广阔的社会生活公共领域。小家庭的幸福越来越微不足道，而成为“事功”的一部分越来越占据重要地位。从《棘心》开始，以五四精神为感召的女主人公，第一次对小家庭幸福采取了怀疑的态度，但是争取的自由人格精神依然只是在有限的范围内有效。从小说中我们看到，尽管女主人公争取到接受新式教育的权利，但是新式教育并未能从根本上改变个人命运，也没有改变宗族大家庭的观念和状态，更不用提进入社会，以工作和事业为基石，发挥自身的价值。到了《青春之歌》这里，女主人公就将走出家庭推进了一步，女主人公林道静的成长过程和归宿紧紧地与革命这一大潮联系在一起，进入了社会理想和未来的范畴。

1980年代后期以来的女性成长叙述打破了娜拉出走的模式，女性成长走上了向内转的道路。《玫瑰门》将叙述的笔触放到了小家庭内部斗争、人物心理变化等“家庭琐事”范畴之内。当然对于这一时期的女性成长叙事文本而言，它的特殊性，不仅仅是将日常生活絮语化，更是将日常生活异化。一方面，日常生活呈现出娓娓动人的革命性力量，它将私人范围的生活的意义提到了一个新的高度，女主人公们将目光转向了她们屋子内的一面镜子、一面墙，或者院子里的一棵树，从此她目光所及之处，都带上了苏醒的光芒；另一方面，她们将这种已经细致的，乃至断裂、模糊的感受，进一步陌生化了，从而与日常性拉开了距离，从而呈现了社会规范与新视野之间的鸿沟。在倪拗拗眼里，手和脚开始变成“不小姐”和“是小姐”，“不小姐”与世界闹着别扭，“是小姐”对世界说“是”。从细致的描绘中，我们看到私人世界与公共世界、私人世界内部呈现出分裂。实际上在此之前，我们就已经看到这种分裂的萌芽。在《青春之歌》中，林道静投入江华的怀抱前经过了挣扎：

> 夜深了，江华还没有走的意思，道静挨在他的身边说："还不走呀？都一点钟了，明天再来。"
>
> 江华盯着她，幸福使他的脸孔发着烧。他突然又抱住她，用颤抖的低声在她耳边说："为什么赶我走？我不走了……"
>
> 道静站起来走到屋外去。听到江华的要求，她霎地感到这样惶乱、这样不安，甚至有些痛苦。……她的眼泪流下来了。在扑面的风雪中，她的胸中交织着复杂的矛盾的情绪。站了一会儿，竭力想用清冷的空气驱赶这些杂乱的思绪，但是还没等奏效，她又跑回屋里来——她不忍扔下江华一个人长久地等待她。
>
> 一到屋里，她站在他身边，激动地看着他，然后慢慢地低声说："真的？你——你不走啦？……那、那就不用走啦！……"她突然害羞地伏在他宽厚的肩膀上，并且用力抱住了他的颈脖。①

林道静在江华这里体验到的矛盾心情，就是她本身作为一个被争夺物，在自身与社会力量之间存在着一个矛盾。一个是私人感情，一个是正确道路。林道静最后将分裂的自我变成了一个完整的自我，她投入江华的怀抱之后，就再也没有犹豫地投身进了轰轰烈烈的群众运动中，并安心地想，从此自己也是大众的一员了。但是她的这种将自我从分裂到整合的过程，并不是真正地找到了自己的完整性，而是在某种程度上以大我压抑自我。

1980 年代后期，女性成长更少受到外部社会的强硬规约，而走向了一个较为宽广的自由空间。教育的普及、职业对女性的开

---

① 杨沫：《青春之歌》，作家出版社 1958 年版，第 486 页。

放，都在很大程度上保证了女性成长独立和自由的可能性。在这个相对自由的空间，文化因素，也就是约定俗成的社会规范对女性成长起到更决定性的作用。而在这个语境中，女性的成长过程就变成了对生活而非政治的一系列反应和选择过程。比如她接受何种程度的教育、是否结婚、是否生孩子、结交什么样的朋友、选择什么职业和生活方式等生活中的事件，就变得举足轻重。当女性作家再次写自我成长时，她面对的是不同的素材和对象。

从此像林道静面临的问题，那种外部矛盾变成了内部的、自身的矛盾。倪拗拗看见的分裂，已经不再是卢嘉川们对她进行引导，她们现在考虑，是否应该“剪了父亲的裤子”。正是这样，矛盾已不可回避，但解决方案又尚未找到。在被自身的分裂拉锯的过程中，她们进入了一个幽闭空间。

《私人生活》一开头就是医生祈洛对主人公倪拗拗阐明：“你的‘幽闭症’已经不可救药了。”[①] 倪拗拗的幽闭症是一个象征，大部分的女性成长主人公都具备某种程度的幽闭症。她们基本都与世隔绝，与父母关系冷漠、与同龄人少有往来、备受爱情的冷落，最后无法建立起家庭。那么这个幽闭症到底有何所指？

按倪拗拗的说法是，她认为自己根本没病，但大家都认为她有病。幽闭症首先是一个病症，它将个体分为正常人和不正常的人。但是怎么又叫正常的人，怎么才是不正常的人呢？陈染采取了福柯的方法，将疾病与权力机制联系在一起。倪拗拗在班上觉得自己成了局外人，大家都对她采取了退避三舍的态度，但是她发现自己之所以成为“带菌者”，是因为T老师在全班发起了一场孤立她的运动。在这个过程中，倪拗拗陷入了“无声”的状态，进入“不正常的人”的行列。这个层面对成长小说是核心式的。成长小说就是关于社会规约与怎样进入正常人范围的典型文

① 陈染：《私人生活》，作家出版社1996年版，第3页。

本。莫雷蒂（Franco Moretti，*The Way of the World*）等人就着重探讨了成长小说中成长为正常的健康人的权力机制问题。倪拗拗对这种权力机制是了然于心的：医生判断她有病并且越来越严重，她对此嗤之以鼻，因为“我知道，文明的意义之一，就是给我们千奇百怪的人与事物命名”。[①] 面对男性医生开出的这份病例，其中列举的症状包括记忆不完整、妄想、幻听、自言自语、发呆等，女病人给对方回了一封逻辑清晰、表达完整的信，声明自己已经痊愈。女病人的信对正常的、男性的、健康的逻辑进行了戏拟，以此呈现语言的权力机制和反权力机制。

更进一步，倪拗拗将自己的处境直接与时代和文化挂钩。她将自己称为“一个残缺的时代里的残缺的人”。[②] 倪拗拗清醒地意识到，外部世界就像污泥。从这里，倪拗拗就通过自己的成长，主要是病理性特征，直接指向了当下的文化批判。

正是因为对社会权力机制和当下文化抱持着一种清醒的见解，倪拗拗情愿保持自身的疾病状态、分裂状态，而投向内在的世界。倪拗拗认为，分裂是在所难免的，“如果一个人要得到启蒙、开悟，这种自我分离是必需的经历”。[③] 与此同时，她将这种分裂的自我，看成是对社会说“不”的中坚力量。在倪拗拗成长的结尾处，她变成了“零女士”。她对这一身份有着这样的定位：“一个人凭良心行事的能力，取决于她在多大程度上超越了她自己社会的局限，而成为一个世界公民……最重要的素质就是要有勇气说一个‘不’字，有勇气拒不服从强权的命令，拒不服从公共舆论的命令……”[④] 陈染转述的这段弗洛伊德的话，可以看见康德在回到“何为启蒙”时的观点的影子。康德对启蒙的界定，

---

① 陈染：《私人生活》，作家出版社 1996 年版，第 4 页。
② 陈染：《私人生活》，作家出版社 1996 年版，第 8 页。
③ 陈染：《私人生活》，作家出版社 1996 年版，第 6 页。
④ 陈染：《私人生活》，作家出版社 1996 年版，第 209 页。

就是独立判断，并且更重要的维度是，个体要“有勇气”去拒绝权威而坚持自己的判断。陈染在这里作为代表，将女性之投入幽闭空间这个意象看成女性获得主体性的途径，因而这个幽闭空间就通过疾病而走向了“异托邦”维度。同样还是福柯的角度，“异托邦”指的主要是现存空间、时间中的一个封闭或半封闭空间存在，在这里一种新的个人形态诞生了。在世俗依旧具备压制女性成长的权威力量的时候，女性个体试图在这个“异托邦”里面求得主体性。但是，这种努力能在何种程度上有效呢？

成长小说作为一个处理个体自由和社会规约之间的矛盾的典型文本，对个体如何进入社会和何种程度上进入社会给予了最大的关注。女性因其限定的社会存在形态，对处于这一矛盾中的分裂和两难状态更深有体会。《入航》的编者阿贝尔（Elizabeth Abel）等人针对伍尔芙（Virginia Woolf）在《出航》（*The Voyage Out*）中提供的向内转情节，将坐标定在了一个相反的方向，以此来呼吁女性走出家庭，走进社会的公共空间。她们更是言明，历史地来看，男性成长小说在走一条从外到内的道路，那么女性成长叙事文本则相反，在走一个由内向外的道路。阿贝尔等人的这个判断，适用西方成长小说，我们的确看到，男性成长小说从《威廉·麦斯特》到《魔山》《一个青年艺术家的画像》，开始由外向内转，而女性成长叙事文本则从18、19世纪的“内倾”转向了20世纪的“外向”。但是在中国女性成长叙事文本走的道路，与西方男性成长小说是一样的，也是从外向内的一个过程。实际上，不仅是女性成长叙事文本，男性成长小说同样也如此。20世纪初期我们看到《倪焕之》对社会的参与，而在叶兆言、苏童、余华等人的笔下，这个新的主人公背向世界，转身朝向了自身。对男性成长小说而言，这种向内转的姿态可以作为（知识分子）个体在社会领域中处于边缘地位的表征而看，而对于女性而言，这个表征方式就不准确了。正如西苏说的，男性身体是对政治的一种回应，而女性身体则是她们对本真的开放。也就是说，不同的身体反应，原因是不同的。女性的向内转就显得更为积极，其中也蕴含更大的自主性。但是女性向内转的积极性或曰有效性能在多大程度上成立？换句话说，经由向内转，就真的能抵达自由和独立吗？

《私人生活》一开始，倪拗拗就作为一个习惯了幽闭生活的人，生活在她母亲遗留的小房间里，她觉得，“现在，我孑然一身，这很好，我已经不再需要交谈……”，“独自的生活，并没有给我带来更多的不安”。[①] 陈染将这种痛苦的状态赋予了一种新的意义，她的方式是，为这种几乎陷入僵局的状态赋予了一种悲剧的美感和意义。小说的中间部分插入了一个西西弗斯神话故事。这个故事讲的是西西弗斯受众神惩罚，每天要不停地将一块巨石推到山顶上去，可是每当他要完成任务的时候，巨石由于引力滚滚而下，于是他又不得不重新推起巨石。这是一种永无止境的重复，任务在接近完成的顶点又落回到起点，它看起来漫长而无意义。但是陈染认为，转折就在这里。有一天，西西弗斯又将巨石推到了山顶，巨石照样又滚了下来。可是这一次，西西弗斯看见巨石滚落，在这种磅礴的运动中，他看到了一种动态的美感。从此，推巨石的任务变得有趣了。当众神看到惩罚的痛苦变成了一种新的幸福时，他们就不再让他推巨石了。陈染将事件的性质转变了，将它从一个否定性事件变成了一个肯定性的。这正是女性进入幽闭空间所能提供的异托邦色彩。与此同时，这种肯定性质的获得，也是一种生存的需要。陈染在小说中安排了另一个有意思的故事。有一天小女孩倪拗拗捡到了一只小麻雀，她将它带回家，喂养它照顾它。倪拗拗的母亲告诉她，这样是不行的，她必须将它放回到自然中去，因为它会因为不吃倪拗拗提供的食物而

---

① 陈染：《私人生活》，作家出版社 1996 年版，第 2 页。

饿死。倪拗拗当然不相信母亲的话，她也拒绝将小麻雀放回自然。可是过几天她悲伤地发现，小麻雀果然因为拒绝进食而饿死了。这件事给倪拗拗很大的触动，她对着自己的食指说："筷子小姐，我们要学会不生气，否则你会被气死。"① 为了不死去，为了生存，就不能生气。从这个角度，陈染将面对苦难的方式再次换了个样儿。从这两个维度，幽闭的女性自我世界，不再与外部世界构成尖锐的矛盾，从而威胁到女性生存本身，而开放了一个新的空间。从文本之外，写作的角度来看，陈染再次强调了这种私人性的意义。她将个体存在的两种方式作对比，表明更倾向作为私人的个体，因为只有这个个体才是更完整的，才是真正具有普遍人性的：

> 我记得有位哲学家曾说，每一个个人都代表着全人类。
>
> ……
>
> 在一些传统的文化观念中，认为每一个个性化的个人是残缺的，非普遍意义的，习惯于接受和认定被"社会过滤器"完全浸透、淹没过的共性的"完整的人"，她们只是在张三李四的表象特征上有所不同，而在其生命内部的深处，却是如出一辙。她说的话，即是社会的话语。其实，我以为，在人性的层面上，恰恰是这种公共的人，才是被抑制了个人特性的人，因而她才是残缺的、不完整的、局限性的。纪德也曾经提到过"体现尽可能多的人性"。我想，应该说，恰恰是最个人的才是最为人类的。②

因而女性跨入幽闭空间，走进一个激化的自我，在以陈染为

① 陈染：《私人生活》，作家出版社 1996 年版，第 11 页。

② 陈染、萧钢：《另一扇开启的门》，见陈染《私人生活》，作家出版社 1996 年版，第 249—250 页。

代表的女性作家看来，是走向完整个体的适当途径。如果说成长小说就是对“完整的个人”孜孜以求，并期望通过这个个体，看到人类的乌托邦前景，那么陈染她们所提供的形态，不正是对这种诉求的回应？

即便如此，我们仍不能不客观地看到这种成长走向激化自我的局限。她们所体现的是否定性的立场。这就像巴特勒所强调的“疏远”和“逃离”，也就是与社会规范保持一定的距离，在最大程度上减弱对它的需要，以“争取生活的更大适应性”。[①] 也是克里斯蒂娃所说的：“女性主义的实践只能是否定的，同已经存在的事物不相妥协。我们可以说：‘这个不是’和‘那个也不是’。”[②] 陈染对此也了然于心。在《私人生活》的开头，作者在肯定倪拗拗的独立性的同时，却同样让女主人公开口说到，时间在她这里已经停顿下来，她已提前进入老年。暮年的意象就将陈染先前肯定的成长有效性打上了第一个问号。成长的目的，不是要变成一个老人，而更确切地说，是一个成熟的成年人。而在《私人生活》的结尾，陈染设置了一个象征：倪拗拗将自己的床搬进了浴缸，在这个最小的空间里，她感到了空前的满足和温暖，可是她看着自己阳台上的植物却忧心忡忡：

> 有一天，我看到自己阳台上那些橡皮树、龟背竹和多年生的绿色植物，已经高大蓬勃得阳台装不下了。我忽然想，是不是应该把它们移植到楼下的花池里去。我从它们不断探头从阳台的窗口向下眺望的姿势看，它们和我一样，也在思考这个问题，犹疑不定。如果移到楼下的花池里去，它们虽

① ［美］朱迪斯·巴特勒：《消解性别》，郭劼译，上海三联书店 2009 年版，第 10 页。

② ［法］埃莱娜·西苏：《美杜莎的笑声》，见张京媛主编《当代女性主义文学批评》，北京大学出版社 1992 年版，第 197 页。

> 然能够汲取更宽更深的土壤里边的营养，但是，它们必须每时每刻与众多的花草植物进行残酷的你争我夺，而且必须承受大自然的风吹日晒；而在我的阳台上，它们虽然可以摆脱炎凉冷暖等恶劣自然环境的摧残，但它们又无法获得更深厚的土壤来喂养自己。①

小说带着这样的疑问结束了，答案被悬置。在《私人生活》的全篇，我们甚至都不难发现陈染两难处境中的矛盾之处。而在同一篇访谈中，陈染在对私人性个体的完整性做出肯定之后，随即又谈道："人容易以两种极端的方式体验世界，而这两种极端，都具有残缺性。一是按外部世界所呈现出来的表象去认识它们……二是完全生活在她内心世界里，她活在一种内在的现实中。……我以为此两种都不完美。"② 理性看待女性因创伤而走进的幽闭空间，这种空间的局限性更加明显。

在谈到这一点时，邓晓芒将以《私人生活》和《一个人的战争》为代表的当代女性文学看成"误置"的文本，他指出这两部文本由于缺乏独立人格和人道主义的背景，而落入传统樊篱之中。在他看来，问题的关键在于：

> 在中国，极其"女性化"的写作从本质上看都是立足于男性的眼光和趣味来进行的。换言之，西方女权主义要求摆脱由男性文化塑造起来的女人身上的"第二性"特征，来强调女性自身的独立不倚；而中国的女性主义却恰好是鼓吹和美化这种"第二性"的狂热分子。③

---

① 陈染：《私人生活》，作家出版社 1996 年版，第 245—246 页。

② 陈染、萧钢：《另一扇开启的门》，见陈染《私人生活》，作家出版社 1996 年版，第 251 页。

③ 邓晓芒：《当代女性文学的误置：〈一个人的战争〉和〈私人生活〉评析》，《开放时代》1999 年第 3 期。

并进一步举例，“西方女人不要孩子是为了能像男子一样追求社会活动和精神的创造及享乐，中国女人不要孩子通常却是为了男人的趣味、男人的方便”。[①] 邓晓芒的这种论断有片面之嫌，从本书所讨论的女性成长叙事文本来看，女主人公在婚姻、生育、社会关系方面产生犹疑，主要还是从自身的处境和要求出发的，而非服务于取悦男性。但是邓晓芒也提出了这类女性写作中存在的问题，比如将女性创伤和苦难悲剧化、审美化。这条路径早已是最传统不过的路数，它走向极端就是王宝钏式的人物，甚至在当下的小说中，这个形象也并不少见，如李佩甫的《城的灯》中的女性就用自己的青春和生命，将男性成长的救赎推向了一个乌托邦的高度。而通过女性作家对传统桥段的引用这一情节设置，我们看到的，是以女性作者为代表的女性对自己身份的犹疑。这在《一个人的战争》中表现得特别明显。在这部小说中，女主人公的形象开始出现时，一是具备了普遍性的高度，她开篇就说：“一个人的战争意味着一个巴掌自己拍给自己，一面墙自己挡住自己，一朵花自己毁灭自己”[②]；二是对女性特殊存在方式有清醒而肯定的感知，她毫不扭捏地描写了多米自我抚摸的细节。但是随着故事的深入，多米越来越认识到其实自己身上具备她以前所否认的作为女性的依附性，也就是越来越接近邓晓芒批判的范畴。这种表现的高潮就在她最后的一个爱情故事上，这段爱情被林白描述成最刻骨铭心的恋爱。同样是一个老的桥段，一个单纯的姑娘，爱上一个实际上并不值得他托付终身的男性，但她被自己的纯洁和激情蒙蔽了眼睛，最后这个男性始乱终弃，姑娘以悲剧收尾结束。在这里，多米的视线与作者林白是混淆在一起的。林白的叙述从来没有跨出多米的迷惑之处。林白一面将这

---

① 邓晓芒：《当代女性文学的误置：〈一个人的战争〉和〈私人生活〉评析》，《开放时代》1999 年第 3 期。

② 林白：《一个人的战争》，江苏文艺出版社 1997 年版，第 1 页。

种爱情的虚妄呈现出来，并让她的主人公随着这一失望，来了个醍醐灌顶，随之以利益交换为前提，将自己嫁给了一个北京老头；另一面，林白与她的主人公一样，陷入对男性渴慕和失望的交叉情感中，难以自拔。小说在开头让我们相信，多米是一个独立、与众不同的女孩子，她敢于追求自己认定的东西，包括她的自我抚摸与同性爱倾向，也是这种独立人格的表现形式之一。她认为自己从小养成了"一种男性气质"，"是一个真正受过锻炼的人，千锤百炼，麻木而坚强"。[①] 但是随着小说的深入，我们看到了一个"非常纯粹的女性"，她有着"天生的柔弱，弱到了骨子里，一切训练都无济于事"。[②] 这里就出现了疑问：多米如何从早期那种狂野的女性转变到了弱到骨子里的女性的？又或者，像男性一样"狂野"，才意味着女性的独立和成功？相较于陈染的纯粹，林白表现了更多的犹疑，她的主人公在经历了诸多痛苦的历练后，突然放弃了原来抗争的路，转而投入了男性的怀抱。林白在小说中交代得很清楚，不是她"不明白"，而是"不由自主"。多米的这种转变，表明了对以女性为单一立脚点的空间的崩溃。

以陈染和林白为代表的女性成长书写并未能给女性成长提供一个明确的方向，并且所谓的女性成长的唯一正确的方向也是不可能且无必要的。她们的重要性更在于将女性成长的特殊经验和处境呈现出来，在一定程度上，提出问题远比提供答案重要得多。但现在留给我们的疑问依旧没有排除：女性成长的出路（空间）在哪里？陈染她们提供的这种成长形态有多大的现实代表性？相较于更多现实中平常的女性成长经验，这种对特殊女性成长经验的书写，意义何在？

---

① 林白：《一个人的战争》，江苏文艺出版社 1997 年版，第 27 页。

② 林白：《一个人的战争》，江苏文艺出版社 1997 年版，第 164 页。

小　结

女性成长叙事作为1988年之后中国成长小说的重要类型之一，通过文本中“失败的”成长形态，将女性寻求主体性之路的主要矛盾——进入社会还是出离社会——表现了出来。它与这一时期的其他成长小说一起，将失败的成长推向了新的高度，集中表现了从1980年代后期开始的这一新的文化形态所面临的核心问题。

同样是以“失败”为主题，西方20世纪以降的成长小说从现代主义到后现代主义对“失败的”成长的书写和解说，几乎都在回应现代性的框架下展开。也就是从“失败”的当今状态来反思和抵抗19世纪以来日趋理性化和工具化的性格培养，从“失败”的匮乏中挖掘新的主体形式，中国当代女性成长叙事从性别的经验历史回应了这个议题。

当代女性成长叙事的独特之处在于，它的批判和抗争对象有一个特指，即男权。文本通过表现男性与女性的矛盾，主要是男性对女性成长的压迫性影响，展示了一种女性个体的反抗美学。这种反抗美学并非简单的男女性别上的二元对立，而是将男权制的压迫性用文化元语言的形式去阐释，也就是去剥开特定社会文化语境所赋予的女性符号及其意义，去反思中国现代化对女性的要求，其中最核心的是实用主义的性格培养和社会总体性的性别规范。

女性成长叙事有着鲜明的结构和模式，它通过供述多种矛盾，包括男性与女性的、女性与其他女性的、个体内部的，来呈现一个桀骜不驯的女“病人”形象。她不受控制，在与他人和自我的冲突中横冲直撞，所得的不过是将自己变成拒绝一切的零需求者。可以说，她们较为彻底地贯彻了无用原则，去对抗那些事功的部分，而这正是她们着力去反抗庸俗的动力。何为庸俗？庸俗在她们的笔下是一种集体无意识的从众行为，她们继承着惯常思想和行为习惯的合法性，而这种合法性不仅在男性身上，在女性身上同样得见。正是从这个角度，我们才能理解，为什么女性成长叙事文本中，只对少数几个与众不同的女性另眼相看，而其他人，尤其是女人，则显得俗不可耐、狭隘自私且毫无个性，甚至这种庸俗的力量也介入了这个独特的女性个体内部。林白剖析了多米不可救药的软弱性，并将文本命名为“一个人”的战争。“女病人”的主体意象强化了她的反抗意义，她用特有的精神洁癖来杜绝被同化，也拒绝被救赎，拒绝被正常化。通过这种方式，她们表达了她们所理解的女性困境，并直面没有出路的状态。在她们笔下，这些具有“洁癖”倾向的女主人公们大多结局悲惨，她们不被世俗所容纳，或做了单身母亲，或流落异乡孑然一身，或进了精神病院，或踏入了一段交换性质的婚姻。独立的追求导致了精神疾病，而后者又变成了一种道德缺憾——这就是陈染笔下“不道德”的人，因为用她的话来说，孤独的人是无耻的。

从形式上来说，她的对抗性更表现在回归到感受、情绪、非理性，回到叙述和美学，并将这些作为她的皈依所在。这也是女性成长书写非常鲜明的特点，即讲述故事的独特风格不断被确认和强化。陈染她们的女性成长书写在风格上很难与男性成长书写混淆，前者在语言和情感逻辑上进行了创新，使得她们的书写具备鲜明的文类特征。

尤其是陈染和林白私语式的女性成长呈现，体现了创伤书写在表达和无法表达之间的困境。一方面，创伤书写需要交流与沟通的听众/读者；另一方面却是语言的无力之处，相对其他成长小说文本的创伤表达，甚至是铁凝的女性成长叙事中的创伤表达，陈染和林白的私语式文本更强调对创伤沟通的无效性。私语对创伤不是进行细节式的再现，而是一种悄悄话式的表达。它不直接启动读者对创伤的恐惧感、现实感，而是调动读者的窥视欲。在这个意义上，创伤是难以交流、只能体验的。

从接受领域来说，当代女性成长叙事还具备一种特殊性：它是先锋的精英话语，却可以构成现象级别，引起女性的共鸣，而这两种性质能同时作用于一身，说明了女性符号在进一步多元化。这也就是后现代女性主义视野中的女性文本图景：文本的生成作为一种话语，是权力操作的结果，而这种权力是多样的、分散的，也就是属于不同的团体的。[①]

邓晓芒认为，以《私人生活》和《一个人的战争》为代表的这类女性书写缺少了普遍性的东西，如果女性作家的作品无法同样引起男性读者的共鸣，那么它们就“无法达到人道主义层次”。[②] 这也是亚历山大·斯特维克（Aleksandar Stevic）对西方女性成长小说的批评着力点。在他看来，成长的失败应该从更宽泛的框架中去理解自我和外部的冲突，而不仅仅局限在女性经验上。[③] 邓晓芒和斯特维克提出的是中西女性成长小说共同面对的问题。何为女性成长小说的特殊性？何为具备普遍性？我们讨论女性成长书写的局限，其焦点不应该回到女性成长书写的对错优劣，而是去讨论哪些作品为什么看起来更像一部女性主义作品。比如，陈染的《私人生活》和铁凝的《玫瑰门》都是女性成长书写的典范，女主人公的人物形象设置有很多类似点，但前者看起来更具女性主义的气质，更容易被贴上女性书写的标签。陈染对自我写作的定位是从女性的角度出发，以一个女性个体的特殊性

---

① 参见李银河在《女性主义》中对后现代女性主义的介绍部分，见李银河《女性主义》，山东人民出版社2005年版，第67页。

② 邓晓芒：《当代女性文学的误置：〈一个人的战争〉和〈私人生活〉评析》，《开放时代》1999年第3期。

③ Aleksandar Stevic, *Falling Short*: *The Bildungsroman and the Crisis of Self－Fashioning*, Charlottesville and London: University of Virginia Press, 2020, pp. 78－80.

来回应普遍性：

> ……人类共通（包括男人和女人）的思考之外，仅从我们女性的边缘的文化角度，如何在主流文化的框架结构中，发出我们特别的声音，使之成为主体文化的大“合唱”里的一声强有力的“独唱”，这样的“独唱”正在全世界此起彼伏，作为“边缘”的一种而存在着，这将是一个最人文主义的、最全人类的问题。①

而铁凝的看法则不同：

> 我本人在面对女性题材时，一直力求摆脱纯粹女性的目光。我渴望获得一种双向视角，或者叫做“第三性”视角，这样的视角有助于我更准确地把握女性真实的生存境况。在中国，并非大多数女性都有解放自己的明确概念，真正奴役和压抑女性心灵的往往也不是男性，恰是女性自身。当你落笔女性，只有跳出性别赋予的天然的自赏心态，女性的本相和光彩才会更加可靠。进而你也才有可能对人性、人的欲望和人的本质展开深层的挖掘。②

作者的不同态度决定了文本的最终呈现。女性成长书写的独特性，更受形式的影响。可以说语言和风格强化了“女性主义”文本特质。相对而言，则是社会历史语境被弱化、抽离的不同程度，从反面规定了女性成长书写的不同面貌。比如在陈染和林白

---

① 陈染、萧钢：《另一扇开启的门》，见陈染《私人生活》，作家出版社 1996 年版，第 277 页。

② 铁凝：《写在卷首》，《铁凝文集 4 · 玫瑰门》，江苏文艺出版社 1996 年版，第 1—2 页。

的叙述中，作者最大限度抽离了故事背后的语境，使得故事的发生读起来更像是当下刚刚发生过的，而弱化了经历流弹、公社插队这类旧事的“历史语境”，它们看起来更具都市感，而非历史感。而铁凝的作品如《玫瑰门》则对历史背景进行了直接且全面的呈现，尽管她的视角也是从一个女性出发。所以我们认为，女性成长书写的定位不是要去定义何为女性的，相反而是去理解它在促进丰富和多元的文学，乃至文化版图中所做的工作。

我们相信当代女性成长叙事具备的价值，一方面是它在风格和形式上的尝试；另一方面则在主体维度突破原有的框架，提供了新的主体形塑可能性。李银河在介绍西方后现代女性主义时说：“所谓‘通过理性获得解放的神化’深受质疑。”[①] 我们可以借她的话，来期待女性成长叙事进一步的开拓。

---

① 李银河：《女性主义》，山东人民出版社 2005 年版，第 62 页。

第六章　中国成长小说的当代青年拟像

虽然成长小说的青春书写由来已久，但新世纪的中国成长小说青春叙事可以看作一个新的成长小说子文类。本章讨论的中国成长小说青春叙事文本，聚焦于 1980 年代和更晚生作者创作的、以年轻人为主人公和主要受众的文本。它与西方范式下的“青少年小说”（Young Adult Fiction）比较类似，即都是针对较为低龄和年轻的读者所出现的一种类型小说，比如读者年龄区间大概被设定在 8—22 岁。新世纪中国成长小说青春叙事文本作为一种类型小说，与青年亚文化和大众文化有着复杂的辩证关系。

本书所称的“新世纪成长小说青春叙事文本”是一个描述性的集合概念，它内部包含着多样性，既有以传统形式书写的成长小说也有新范式文本，既有纸媒的也有新媒体的，而且人物类型与文类范式也在不断地更新变化。但与此同时，成长小说作为一个有着明确文类形式的长篇小说类型，又是小众的，它与青春话语文本、成长主题类变体文还是不同的概念，它的具体性也提醒我们不能将它与大众文化产业和青年亚文化直接等同视之，而需要辨析这些关系的复杂性。

本章主要讨论新世纪成长小说在时空体、主体、情感结构和身份建构等方面所呈现的新特征，并在此基础上，理解当代青年对自我成长史书写所做的尝试，并讨论新时代青年文化身份建构的多样形态。

成长小说作为一种现实主义，在面对网络文学带来的虚拟现实时，既展现出新的可能性，又面临一些新的危机。在中国新世纪成长小说青春叙事文本范畴内，我们大体可以将它分为前后两个阶段，虽然很难划出一条具体的时间分界线，但它无论在哪个阶段，都表现出被其他小说类型裹挟、挤压的现象，或者是其他小说被误认为是“成长小说”。早期的成长小说面对的青春小说的泛滥，而晚近的成长书写则见证着各种成长主题变体文如重生、穿越、无限流等类型的兴盛，且后者的体量和流行程度极大地挤压了成长小说的市场空间。一个比较明显的现象是，排名靠前的年轻人文学读本、网络小说很少是成长小说，如果说早期中国各大网络文学网站还经常将“成长”列为一个大类，现在它则让出了位置，而被归类在更宽泛的类型标签下，如云起书院则是在“青春”类别下将“青春”“成长”“校园”“疼痛”并置，或已不再被单列为一个类别，如起点中文网和创世中文网就采用了“现实”类别下列“青年”故事。真正的成长小说需要在这些主题下按图索骥，进行甄别和区分。这个现象不由得我们不去追问，为什么在青春自我想象和书写兴盛的语境中，作为现实主义的成长小说会有此困境。尤其是晚近阶段出现的“虚构现实”对现实的挤压，让这个问题变得更发人深省。我们也注意到新媒体时代物理现实与虚拟现实的高度交互性，也在年轻一代的成长书写中看到媒介的日新月异所带来的自我感知和世界认知的变化。相对于局限于现实，想象以压倒性的优势，对个体的身份进行了新的书写，并发展出一种新的世界主义观念、一种新形式的青年成长“异托邦”。这些看似异质的书写，作为一种集体化的想象和虚拟还是揭示出青年一代面对现实的复杂心理和精神状态，以及他们参与重构所做的选择。

对社会结构和青年未来之路两者关系的讨论，20 世纪中期迄今涌现出了海量的西方理论为我们解读当下的文本提供支持性和对比性的资源。从意识形态和商业化两种形式的收编，到亚文化的反抗性质和被“贴标签”现象，再到符号、表演和风格等新的解读，理论的更新迭变都在试图为看似不那么常规的青年形象寻找理解的入口，并由此重新阐释我们过去曾视为理所当然的“正常化”图式。与此同时，各种社会学的新理论发见也先后出现，为我们提供多重的资源来理解当前社会的结构性特征。我们批判性地借鉴这些理论，并对“差异”保持敏感，来阐释中国当代青少年和青年成长的书写范式变迁及其文化症候。

第一节　作为大众文化产物和青年亚文化表征的成长小说

文学作品作为一种商品，可以在“生产关系”“生产者”这个维度被解读，本雅明的理论已经为这一视角做了开拓性的奠基。商品化与意识形态的收编等量齐观地改变着文学的存在形式和功用，这一点在青年教育和成长塑形领域表现得尤为突出。在新媒体已经成为主导力量之一的背景下，青年尝试着在多重秩序的缝隙中寻找位置，操控与反抗或服从、个性与公众性、先锋还是媚俗，这一系列问题都意味着中国当代青年的自我认知和个性化书写有着复杂的价值指向。作为一个小众的文类，中国成长小说青春叙事文本面对的是更大的压力和挑战，在文类的竞争、裹挟或混杂中，它也在探索特殊性与共性的道路上曲折发展着。在形式、主体感知结构和自我想象性建构等方面，中国成长小说青春叙事文本有着一些新旧掺杂的特征，现实与“新现实”并置、物理世界与虚拟世界交互、个体既是叛逆英雄又是普通人，这些都显示出文本同时作为大众文化产物和青年亚文化文学表征所呈现出的紧张关系及新媒体时代亚文化和商业化合流过程所展现的张力结构。

一　文学文本再造

中国当代成长小说青春叙事文本的出现与青年亚文化的崛起紧密相关，随着新媒体的迅猛发展，它也被纳入了大众文化生产和消费的环节，青年成长、文学文本、新媒体、青年亚文化和商业化互相渗透，使得成长书写呈现出诸多杂糅特质。与历史创伤、女性等其他成长小说子文类不同的是，中国当代成长小说青春叙事文本带有更强的集体性质。这类成长书写呈现了当前社会，也就是以“控制社会”（the societies of control）、“算法社会”（the algorithmic society）、“网络社会”（the network society）、“加速度社会”（social acceleration）和“风险社会”（the risk society）等一系列标签来命名的社会语境对文本的再造，也反映了当代青年在自我身份建构上所做的不同尝试。

我们借用这些概念，意在阐明新媒体时代已经不同于福柯概念里的“规训社会”。在成长小说领域来说，“规训”是国家之于公民、集体之于个体、父辈之于子辈的权力赋形，相应地，就出现了反抗形式的“反规训”。而在“控制社会”或曰“算法社会”的语境中，“个体”（individual）成为在不同空间中流动的“分体”（dividuel）或者“虚体”，此时的治理术就变成了“调节”（modulation），而不是“规训”。在“加速度社会”和“风险社会”的语境中，个体更是承担着被迫的积极性。“网络社会”的语境中则强调文化策略的选择和建构。

成长小说对自我成长史的书写，从文本形式、故事结构、情感风格和读者接受方式等方面，都呈现出一些新的特征。以追求速度为目标，以信息技术为整合手段，成长小说改写了过去长篇小说架构在日常生活细致刻画上的进步形式，而以风格和情绪为主导，成为追求感官体验的瞬时性移情的产物。

从风格性质上来说，新世纪前十几年的成长小说青春叙事文本是“文青向”与娱乐化的结合，成长故事往往呈现出“爽”和“虐”的结合，或以“虐”为主，来重新建构、书写和呈现青春期少年成长过程中的烦恼和阵痛。值得推敲的是，文本中的故事情节并不总是符合现实生活中青少年所真实面对的环境，尤其是在早期文本中，经常出现的是成长日常的奇观化。直到近几年，强烈的“爽”“虐”结合风格才在成长小说中弱化，但“文青向”还是以温和的形式得以保留。

成长小说青春叙事文本的鲜明风格特性可以瞬间带给读者阅读体验，让读者对故事中主人公的经验快速“代入”，但这种情感却只留下比较浅的共鸣痕迹，而不像传统的成长小说那样需要读者花费漫长的时间去与主人公建立起深层的共鸣。

以“感觉结构”为建构原则的成长小说对现实进行了重构，现实生活依旧是观照成长的主要依据，成长小说也依旧是现实主义文本，但文本对现实做了改动，瓦解了小说与现实的反映论那种对应关系，文本不是追求经验而是体验的有效性。体验与经验不同，经验更注重过去真实发生过的事件现实，而体验既可以由实在发生所带动，又可以由阅读等活动得到的非真实发生的要素来带动，它是一种感觉轨迹。

成长小说文本成为一个情景性的中介，在它的作用下，主体的身份建构也变成了情景化的身份。如果用“分体”概念来解释，这就意味着身份被分化成多重的，分别进入到不同的界面，而被嵌入想象或者网络共同体的那个身份，则可以称之为“虚体”。“分体”的多重身份体验包括“虚体”的共同体体验，都指向了人对世界参与的流动性。当年轻个体的现实身份只是作为他/她身份体验的一环，而其“虚体”身份和体验也同样重要，那么一个农村或者边远城市出来的作者，和一个在大城市中的作者，就在自我身份感知、建构和体验上，可以有部分类似，这类似的部分，就是被新媒体赋予的共同体身份。因而这些不同背景的作者所产出的文本，也相应地非常类似。这就呈现了一个本雅明意义上的“非语境化”（decontextualized）现象。可以说，文本不注重由现实具体性出发的差异性，它所依赖的是一种以体验为原则的新型社会关系和群族概念所建立的共同体圈层。

那么一些新的问题就出现了：文本所提供的现实与超现实的关系是怎样的？作为一种亚文化文学文本，成长小说的青春书写下沉到并不具备传统意义上话语权的青年群体，他们对自我成长史的书写究竟在多大程度上拥有自主性？面对现实压力，他们用自我书写进行了怎样的突围？无论当下社会以怎样的形式去命名，高速发展的社会导致了自我、群体、阶层、情感这一系列词汇范畴的变迁。当下青少年和青年成长面对的不仅仅是现实，他们还用想象和文本构建起“新现实”。中国当代成长小说青春叙事文本就是这两种力量角逐和转化的文学表征。中国当代青年的拟像在真实自我和仿真自我之间交叉并行，从鲍德里亚到德勒兹的转向，文学艺术品的再生产也颠倒了真实与仿真之间的等级秩序，在这个框架下来看成长小说的再造，就会发现它成了一种新的文学景观。

二　成长时空体的多重尝试

新媒体的出现，不仅仅是改变了文学呈现的方式，而且深度影响了人们对日常生活的感觉结构和重塑方式。2005 年，库兹韦尔（Ray Kurzweil）的《奇点临近》（*The Singularity Is Near*）就对人工智能与人的发展做出了惊人的判断，我们当前身处的环境和文本世界也许还没有如此超前，但我们的确见证着人工智能对人的自我认知所带来的挑战和拓展。就成长这一领域而言，异时空也早已经成为青年拓展自我的可能性道路，穿越、重生、无限流等成长主题变体文对成长时空体做了颠覆式的重构。相对而言，作为成长小说的青春叙事文本对成长的想象和呈现还没有那么超现实。甚至在这个文类家族中也不乏传统时空体的出现。但新的时空体范式则更能代表这类文本所做的探索性尝试。

成长小说的时空体传统范式更依赖于时间维度，文本沿着时间线划分出从天真到成熟的变化阶梯，其空间性如主人公离开家庭去大城市接受教育或漫游的环节还是从属于时间性。但新范式则显现出空间性大于时间性这一特征，成长的时间流程变得现时化，过去、现代和未来这条因果链不再像时空体传统范式中那样有机地结合在一起，而是被碎片化地聚合在一起，随意性增强，大量趋同的细节被散漫地铺陈。因此，成长的时间叙事接近自然主义的手法，多是描写的，而非叙述的。卢卡契曾对描写和叙述进行过区分：

> 真正的叙事作品艺术的悬念永远在于人的命运。描写把一切摆在眼前。叙述的对象是往事。描写的对象是眼前见到的一切，而空间的现场性把人和事变得具有时间的现场性。但是，这是一种虚假的现场性，不是戏剧中的直接行动的现场性。现代的伟大的叙事作品正是通过所有事件在过去的前后一贯的变化，把这个戏剧因素引入了小说的形式。然而，旁观的从事描写的作家的现场性恰恰是这种戏剧性的反面。他们描写状态、静止的东西、呆滞的东西、人的心灵状态或者事物的消极存在，情绪或者静物。①

卢卡契这一有争议的区分，强调了叙述的时间性与描写的空间性，也就是，叙述是叙事者有动机的对事件进行选取和建构，而描写则是无差别的静物模拟，结果就导致了“细节的独立化”

---

① ［匈］卢卡契：《叙述与描写》，选自《卢卡契文学论文集》（1），中国社会科学出版社 1980 年版，第 59 页。

对叙事有机整体的破坏和解构。借用卢卡契的观点并不是要试图去为小说的整体性找回权威，而是去理解小说叙事模式的改变。成长的进步观被改写成了詹姆逊意义上的“重复性当下（perpetual present）”——“那种从过去通向未来的连续性的感觉已经崩溃了，新的时间体验只集中在现时上，除了现时以外，什么也没有”。① 这是“时间性终结”的一个表现。曼纽尔·卡斯特（Manuel Castells）用“无时间的时间”（timeless time）来表述过这种时间的新表征，也就是他在解释“网络社会”中的“流动空间”（space of flows）时所解释的，“流动空间”会带来“无时间的时间”，也就是时间的过去、现在和将来的“序列秩序”（sequential order）被“系统性扰乱”（systemic perturbation），而变成了“随机不连续体”（a random discontinuity）、被“压缩的”（a compress [ed]）“瞬间”（instantaneity）。② 赫尔曼·吕贝（Hermann Lübbe）提出“当下时态的萎缩”（Gegenwartsschrumpfung, the contraction of the present），这一提法被罗萨（Hartmut Rosa）引用和阐释，来说明时间感知的短暂性和紧张感。③

时间是转瞬即逝的——当下时间的悖论带来了人们时间感知的矛盾情境，时间同时具备急迫感和贫乏感。这种时间的加速感也反映在成长小说中，即文本中的日常生活还来不及转化为个体如读者的深层心理接受。如果说成长小说时空体传统范式主要借鉴心理刻画来带来缓慢的、深度的成长效果，而这种新的时间感知则用转瞬即逝的情绪取代了心理描写的位置。心理描写需要在

---

① ［美］杰姆逊：《后现代主义与文化理论》，唐小兵译，北京大学出版社 2005 年版，第 182 页。

② Manuel Castells, *The Rise of the Network Society*, Chichester: Wiley - Blackwell, 2010, p. 494.

③ Hartmut Rosa and William E. Scheierman, eds., *High - Speed Society: Social Acceleration, Power and Modernity*, University Park: Penn State University Press, 2009, pp. 159 - 178.

一定的时间长度展开，它要求细致的刻画，来给主人公的内在变化提供合法性；而情绪主导下的时间向度不追溯心理和性格变化的因果律，它主要是当下的、体验式的，分散且没有方向性，它甚至不必与客观的、外部世界的变化或事件联系在一起，情绪与行动脱节，没有化为促使内在性格发生转变的动力，而停留在主观的感知上。

在小说形式上，由于上述时间叙述结构的出现，很多成长小说青春叙事的体例越来越接近章回小说的短篇故事集缀。这种形式无疑消解了成长小说的长篇小说这个叙事形式的“总体性”，对描写的采用和再建构，都意味着叙事指向的去中心和不确定性。日更模式既可以随时停止也可以没有限制地长期持续下去。虽然成长小说在形式上还是长篇，但它是断裂的、随机的。成长叙述结构的改变对作者和读者都提出了新的要求，文本节奏的变化也意味着小说功能的改变，成长小说拥有的教育功能让位于娱乐和体验功能。

以体验为主导的新世纪成长小说青春叙事文本也破除了空间的具体性，而加入了想象、虚拟、抽象和游戏性的空间内容。这类空间有一个鲜明的特征，即空间的“世界性”而非“地方性”。在成长小说的时空体传统范式中，成长的空间是具象化的、有区别的、具有一定的历史感和时代性质的，一个地方有其独特的意义指称。地点的变化是必要的，地点与地点之间的区别也很明显，一个地方以其“新”来召唤着个体的参与，而且地点也经常呈现为一种二元对立，比如家乡/异乡、乡村/城市，空间具有一定的等级差别，空间的跨越意味着进步的可能，地方也具备各自的文化特征，这些“地方性知识”（local knowledge）的意义在于让主人公在差异中获得对自我和世界新的认知。但新时空体范式的空间呈现出“去中心”“去历史化”和无差别感的特征。

从现实到网络、从小镇到大都市、从内地到香港……个体不是只能二选一，而是同时和几个空间结合在一起，在不同的空间都部分地交付部分的自我，空间对个体来说像游牧性质的。

尽管很多文本还是写一个农村青少年进入到城市去接受教育、找到工作、经历恋爱，但地域差异几乎不见了，过去所谓的现代都市带来的震撼体验消弭了，个体像是进入了无差别社会。文本中主人公跨越的空间更加多样、也更迅速，但现实地域的差别在网络中和青年的感知中被抹平了，尽管新媒体舆论中"小镇做题家"这一类标签此起彼伏地发酵、热门，但在年轻一代的成长小说文本中，其成长却是另一种风貌，空间不是以差异而是趋同的形式呈现的，这也意味着某些空间尤其是落后的地区变成了沉默的空间。

空间被去历史化。在时空体传统范式中，空间具有一定的历史感，空间的呈现都带有特定的历史意义，比如乡村可能被刻画为落后的、城市中的某个空间如1990年代迪斯科会象征着现代性，南京等城市会有一定的历史记忆，香港会与殖民和现代性挂钩……这些空间的历史性，都与该地的具体性和独特性联系在一起。一个空间与其他的空间不同，彼此代表着不同的文化符号。但在新时空体范式中，空间的历史感被最大程度上消除了，地方的历史要素从主人公的体验中消失了，空间以现时形式存在，而不是历史深度模式。

空间的"世界性"意味着"空间"对"地方"的置换。成长小说领域发生的这一空间转折，在吉登斯和卡斯特等众多理论家对后现代社会或曰网络社会的空间表征的讨论中都可以找到丰富的阐释。吉登斯将"地方"（place，locale）和"空间"（space）分别对应为"在场"和"缺席"，前者指交往的近距离和实体性，后者指空间可以被远距离的要素建构。① 空间的现实指涉消失了，

① Anthony Giddens, *The Consequences of Modernity*, Stanford: Stanford University Press, 1990, p. 18.

而变成了“漂浮的能指”，空间的符号意义不是建立在现实指涉对象上，而是建立在符号本身上。空间具有消费特征，它的阶层意义是被选择的、安置的。而媒介“用一种隐蔽但有力的暗示来定义现实世界”。[①] 媒介、语言和符号打造出新的空间性，“现实”与“超现实”、“真实”与“仿真”交叉重叠，为成长个体打造出新的空间体验。正如卡斯特所认为的那样，社会的结构性转型必然会带来空间形式的改变，他将网络社会的空间称为“流动空间”（space of flows），并指出“流动空间”取得了对“地方空间”（space of places）压倒性的支配，在这一状况下，历史、地理、地域等本身并没有消失，而是它们的结构性意义没有了，因为这个结构性意义被纳入到了“元网络”（meta - network）“看不见的逻辑”（unseen logic）中，在这里，价值是被产生的，文化代码是被创造的，权力是被决定的。[②]

空间的“世界性”在对无差异的强调中，尝试去建构一种去权力的、去中心的空间意识，来对应、消解和忽视现实空间的等级性也就是不平等的存在。但它也包含着一个问题：其“无差别”的设定真的带给人们一种新的乌托邦吗？

想象对现实的重构给我们带来更多的疑问而非答案。更为明显的例子是升级文、“游戏现实主义”这一类概念所提供的想象对现实的拓展以及重构。大部分成长小说青春叙事文本没有走得这么极端，但它们的逻辑起点都是一致的。想象的世界和虚拟的世界，对现实进行重新编码，从而让参与其中的年轻人获得一种对自我和世界的可控感。

从某种意义上来说，网络带来了一种新的“想象的共同体”

---

① ［美］尼尔·波兹曼：《娱乐至死》，章艳译，广西师范大学出版社 2004 年版，第 16 页。

② Manuel Castells, *The Rise of the Network Society*, Chichester: Wiley - Blackwell, 2010, p. 508.

范式。如果说传统意义上的空间与客观性相连，那么很多成长小说青春叙事文本则在现实之外，加入了想象的一环。空间的想象在某种程度上也在改写着人们感知现实空间的方式。想象的空间形式可以与现实空间呈现出一致性，也可以创造出一个与现实空间有差异的范式，或者说两者之间有交叉的部分，这里就涉及想象空间作为审美乌托邦的价值取向及其意义论争。空间如何被描述、被表征、被想象或再想象，反映了个体在寻找位置时的种种尝试。

成长小说青春叙事文本采取将现实和虚构混合的方式，构建属于它们的共同体。网络、资本、写手和读者共同参与了这个新的小说共同体重建，大众还是小众的，这一问题变得尤为复杂，成长小说青春叙事文本的青少年和青年形象呈现以及他们所代表的亚文化的功能定位作为有争议的话题，提供了巨大的讨论空间。

三　青年符号设定

书写和呈现青年一直是成长小说特定的命题，但青年作为“亚文化”代表并在成长小说中得以体现，还是 20 世纪中期以后的现象。从芝加哥学派到伯明翰学派再到后伯明翰学派，从亚文化到后亚文化，从阶层冲突到仪式性抵抗再到身份建构进而到亚文化资本等向度，从青少年犯罪者这类异端青年到朋克等时髦青年，再到二次元等“新部落”青年，西方相关理论对青年形象的关注点和解读方式也在更新换代。

对 21 世纪中国成长小说青春叙事而言，其青年符号则与西方现象既有共性也有区别。因而我们的重要任务就是要借鉴和对比西方资源，来讨论中国成长小说中青年形象设置的本土化特征及其意义。

21 世纪成长小说青春叙事的青年符号不仅仅是指文本内的青

年呈现，它还包括写作者自身的身份设定和展示。而这些，都随着“70后”“80后”“90后”“00后”甚至更年轻一代人的登场，呈现出鲜明的代际更迭，无论是以世代还是以某一具体的时间节点来说，我们都可以看到前后期呈现出比较明显的差别。

前一个阶段的青年符号通常以先锋姿态出现。无论是作者还是文本中的青年/青少年形象都突出其叛逆和个性。从形式上看，这类青年符号与“反成长小说”的“反英雄”形象有类似之处，即都显得“另类”。目前作为世界通行的“反成长小说”，它的“反英雄”通常具有鲜明的独异特性，以“反叛的青年”来挑战成年社会的“庸俗”与“成功”，其成长的目的不是投入社会，而是“去社会”。“反成长小说”中的“反英雄”通常具有强烈的批判性。用卡斯尔的话来说，19世纪末以降出现的“反成长小说”应该被理解为一种“批判性胜利”，它抵抗的是在19世纪被“合理化”“官僚化”和“制度化”的“社会化实用主义成长”（socially pragmatic *Bildung*），“反成长”以“失败”来挑战制度化对个人的规训，尝试着来恢复自我发展过程中的美学教育和个人自由的价值。①“反成长”的范式不仅是西方的文学现象，实际上已经发展到全世界，包括中国。本书前几章已经讨论了这个话题。对中国21世纪成长小说青春叙事而言，它的“反成长”无论是跟西方“反成长”还是我们前几章讨论的子文类相比，都有自己的独特之处。中国21世纪前十余年的成长小说青春叙事呈现的“反成长”式“反英雄”，显示出强烈的个性诉求，但其批判性这一点还值得商榷。它缺少上述宏大的对抗性，也就是并不对制度做反思和反抗。它的“反英雄”在获取世俗意义的成功这一点上态度显得模棱两可。比如《坏蛋是怎样炼成的》的简介宣称：

① Gregory Castle, *Reading the Modernist Bildungsroman*, Gainesville: University of Florida Press, 2006, p. I.

> 男主角谢文东的所谓“成长经历”是由原本文弱、本分、听话、成绩优秀但被人欺负的学生“成长”为杀人不眨眼的黑社会老大。当然，这部小说是现实的一个折射：今天的社会是一个弱肉强食的社会，保护自己的惟一办法只有一个，那就是变成坏蛋。①

在这段论述中，我们看不到20世纪中期西方“无赖青年”和“帮派”常被解读的反抗权力意识，而看到一个不采纳阶层概念而只用强/弱对比的成功学框架。在这一框架下，它所描写的“反英雄”个体，其目的不是强调个体出离社会，它的个体的个性绝不是在幽闭、孤芳自赏中实现的，而是获得另一种社会性的成功。在西方“反成长小说”和我们此前分析的几类当代成长小说中，主人公是通过成为“局外人”的立场来获得的，这些作品中的主人公，如苏童的库文轩、格非的陆秀米、陈染的倪拗拗等都与文本中的大部分人，包括其同龄人，保持着一种尖锐的对立姿态。而青春话语文本则不同：这里有代际矛盾，但是个体能在同龄人之中找到听众、朋友。也就是说，这里非但没有磨灭群体意识，而是建立了一种新的群体意识，一种新的“从众”模式。一方面以文本中主人公为代表的个体追求独异的个性，这种个性主要表现在主人公在学习、生活方面的叛逆气质，他们通过性、爱情游戏、音乐、服装、甚至暴力等非常规活动所带来的独特体验，表现出自己不同凡响之处；另一方面这个个体所追求的个性又是被多数青少年读者所认同的，也就是说这个个体所追求的个性，不是以与群体对立，而是对群体精神的参与这种形式表现的。

这种独异的“反英雄”被文化产业吸纳和改造后，就成为

① https：//www. huaidanall. com/hd1/.

“标签化”生产和消费的一部分，变成了被符号包装的表演“自我”，一种主要基于想象和设定的审美存在。就像贝克对“自我”所进行的解读那样，个人化伴随着一个“自我文化”（self - culture）现象，而这种“自我文化”的特征之一就是“自我表演”（staging of the self），这对年轻人（18—35 岁）来说尤其重要，即将自己的生活打造成一种审美的形式成为一种主流。①

这种在美学上成立的青年自我，虽然也像“反成长小说”那样着力于呈现诸多“反成长”因素，但它们在性质上具有很大的区别。可以说，这类成长小说青春叙事文本在个人形塑上更接近“类成长小说”，也就是外因作为其决定因素决定了成长的呈现，外因占据了文本塑形的决定位置，使得文本变成一个纯客体，有着自身的逻辑和运行规则，架构起自己的结构。只不过 20 世纪中期的“类成长小说”受制于意识形态，而成长小说青春叙事文本则受制于文化产业。如果说在“类成长小说”这里，外在力量主要是政治因素塑造了文本，并架空了成长，使之成为徒具形式的“类成长小说”，那么成长小说青春叙事文本的外部主导因素则是商业和高度发展的信息社会。其结果都是人物形象呈现脸谱化和类型化。

从上述分析可以看到，这类成长小说青春叙事文本对以往的成长小说书写经验进行了吸纳、改编和重写，并结合新的语境和需求，发展出它自身的叙事逻辑、方法和特色。

近些年成长小说青春叙事进入了一个新阶段，它的青年呈现又出现了变化，即倾向于呈现“躺平”的“普通人”。这是一种新的“人设”概念。这个“普通人”不是前一个阶段文本中那种“反英雄”，但也不是同时代其他包含成长主题的网络小说中大量呈现的那种起点“废柴”而不断变强的升级爽文主角，这个“普

---

① Ulrich Beck and Elisabeth Beck - Gernsheim, *Individualization: Institutionalized Individualism and Its Social and Political Consequences*, London: SAGE, p. 43.

通人”对世俗意义上的成功通常保持一种顺其自然的态度。

无论是对比前一个阶段的成长小说青春叙事文本，还是同期热门的成长主题变体文所展现的青年符号，当下的成长小说青春叙事的青年/青少年设定显得朴实，对应的是在现实中面对考试、就业等压力的普通年轻人，它不提供叛逆，也不期待绝境逆转和反杀，主人公的成长经历没有被奇观化而是对日常生活的平实刻画，主人公并不突出其个性，在情感上也显得较为平和，而不像前一个阶段的青年形象那样具有强烈的个人风格和较高的情感强度。

对比前一个阶段而言，这一青年设定还有一个突出特点，即自我匿名化。虽然成长故事经常以个人日记和回忆录等方式对个人的日常生活进行记录，但落在了微小而琐碎的生活细节上，而甚少从这种细节描写中去深度呈现主人公的心理和个性，文字与个人的关联度不高，这也意味着两者的替换性都很高，一个成长故事与另一个成长故事类似，一个主人公与另一个主人公也可以置换，这种自我书写取消了自我暴露的倾向，主人公不是要去证明自己的独一无二，“第一人”视角并没有突出的主角光环，没有被“典型化”地放在与众不同的位置。甚至连作者都喜爱声称自己和文本中被叙述的“我”都只是一个普通人。

与此同时，这个自我书写的个体也淡化了公共参与的向度，他/她不是“偶像”，也甚少“粉丝”，很多时候，他/她的成长书写都无法完更，这个“普通人”退回到私人领域，所以他/她的抵抗性和批判性都极大地弱化了。但在个人情感、自我认同和价值赋值上，他/她又并没有呈现出目前很多批评中为他们所赋权的“丧文化”特征。

成长小说对这一处于中庸状态的“佛系”青年的书写，反映了当下青年的精神表征，但从文类的受众范畴来看，描写“普通人”的成长小说正在逐渐失去市场。而同期成长主题变体文所展现的在异时空里成功的青少年/青年人设无疑更受欢迎。后者的个体成长书写，往往刻画一个普通人，凭借“运气”的加持，而在各种异时空获得了成功。这两种对比的形象可以说呈现了“加速度社会”青年应对现实压力的一体两面：一面是现实原则下的无力感；另一面则是欲望主体对成功的追赶——成功不再是日积月累地进步，而是受到外力加持的快速变强。但值得注意的是，成长小说中的“佛系”青年却并不对教育体制等制度性原则和社会问题进行批判，他们对自我和社会有着清醒的认知，只是去“做自己”，这样也就消解了“丧文化”所隐含的对阶层固化的反抗性质。但意味深长的是，这类“普通青年”遇到时代带来的另一个困境。

纵观成长小说的历史，它作为史诗在现代世界的代替角色，就是从帝王英雄的角色回到了普通人身上。这个普通的个体，又必须具有代表性。大体来说，过去这个作为“普通人”的青年大概有两种形象——要么作为典范，要么作为挑战制度化的“反英雄”。这两种范式都有一个二元对立的框架，他们对挑战旧秩序，都有着先锋意义，尽管这种先锋性在不同时期表现得不一样——作为资产阶级新人的典范，其先锋性是挑战旧世界来引导新兴崛起的资本主义社会价值和公民性格塑造；而作为“反英雄”，则是对资本主义启蒙式教育制度化的反思和质疑。

相比而言，中国当下阶段的成长小说青春叙事中的“普通人”则既不将自我塑造成典范，也没有将自我看成是革命性的解构力量，这个普通个体是上一个阶段“表演”型个体落潮后的遗留物，一个在社会性格塑形场中的现实自我、“无力”自我、一个将想要变强的欲望分裂出去的自我。

青年符号的分化和代际嬗变及其成长小说的具体性和在网络文学、亚文化和成长主题变体文中等视域中呈现的青年群像之间的差异，从一个侧面说明了青年身份的具体性和多样性。这就提醒我们去辨别差异，而不是用宏观的概念去简单化地给出单一的青年形象定位。

第二节　创伤：作为一种“后情感”形态

本节试图从一个新的角度——后情感主义（Post - emotionalism）角度，来看成长小说青春叙事文本中的情感形态。这里基于一个文本事实，即中国新世纪成长小说青春叙事文本呈现出鲜明的情感特征，而这种文本现象正好印证了目前西方热门的情感现代性大讨论。中国成长小说青春叙事文本呈现出新的自我感知和情感体验方式，进而来对“自我”身份进行重构，但值得注意的是，在这种表面看起来泛滥的情感洪流，恰恰不是野蛮生长的，而是被大众文化制造的、规约的和理性化了的情感共同体建构。

一　后情感主义理论：对情感的重构

情感与理性自17世纪以来一般被看成两个对立的概念，而现代性的过程，简单地概括，可以看成一个崇尚理性而打压情感的过程。而自19、20世纪之交开始，对情感与理性的这种二元对立，尤其是打压前者和彰显后者的现象，在西方社会文化领域引起了反思。这些反思的声音可以列出一条很长的清单：弗洛伊德、尼采、福柯、德里达、罗蒂、海德格尔、马尔库塞、哈贝马斯……

在这一语境下，西方社会学领域的情感主义作为一个系统的理论范式自1970年代末开始走向了历史的前台，从宏观和微观角度对情感的心理层面、文化层面以及情感的可操作性进行了系统地分析。情感主义主要有以下几个观点。首先，情感对个体的塑形。这里情感被当成一个“符号”，个体用这个符号参与社会交往。同时，个人如何对自我的情感进行控制和梳理也是情感主义研究的主要议题之一。其次，情感对群体意识的建构。情感被认为具有社会建构力量，通过一些共同的情感，可以让一个群体获得一种共同的身份认同。最后，情感的生产与权力机制。情感在这里不被看成一个自发的感性冲动，而是进入社会结构中，成为社会结构的一部分。总的来说，情感主义将情感作为个人和社会建构的一种积极性参与力量来看，从而为情感研究开辟了一个新空间。但是情感主义面临着一个最严重的问题，即情感主义将情感看成一个本身的概念，也就是说它建立在一个假设之上：情感的真实性。

后情感主义可以说是对上述现象的一个回应。它对西方现代性议题中所定位的情感做了一番后现代的解构。实际上，后情感主义与“后现代”有着较为复杂的关系，梅斯特罗维奇（Stjepan G. Meštrovic）在他编选的著作《情感之后的种族灭绝》（*Genocide After Emotion*：*The Post - Emotional Balkan War*，1996）中称：“后情感主义应该被看成一个在一定程度上与‘后现代主义’相关的概念”，[①] 而在他的后情感主义理论奠基作《后情感社会》（*Postemotional Society*，1997）中强调，后情感主义是补充后现代的缺憾与不足。[②]

后情感主义首先对情感和理性的二元对立关系进行了解构。它既不是强调理性压制带来的情感缺失，也不是一种唯情感主义，更不是指情感处于无序状态。它所强调的情感，恰恰是与理性主义联系在一起的，更确切地说，它讨论的是情感如何被理性化操作，进入自我、自我与他人关系、集体意识的建构层面。这种情感的理性化，将“权力”与“身份”两个维度的思考都纳入

① Stjepan G. Meštrović，*Genocide After Emotion*：*The Post - Emotional Balkan War*，Hove：Psychology Press，1996，p. 11.

② Stjepan G. Meštrović，*Postemotional Society*，London：SAGE，1997.

其中。“后情感”是一种新的被智识化（intellectualized）、机械化（mechanical）、大众媒体生产（mass - produced）的情感。[①]

后情感理论主要强调的还是情感的操作性，更确切地说，是针对大众文化生产过程中的情感机械化生产。我们可以将这一点看成是梅斯特罗维奇对本雅明所批判的机械复制时代的艺术形式所做的回响。如同艺术的遭遇一样，情感经由文化产业操纵，就变异成了“后情感”。

更细致地理解后情感主义，可以从以下几个方面来看。第一，“后情感”破除了情感与真实性的必然联系。情感在这里不再被看成本真的、真实的，而是虚假的、可被制造的。确切地说，情感是否真实已经不重要，重要的是表达情感的态度和技巧需要呈现出“诚挚性”，“后情感”是一种“不真诚的真诚”。第二，“后情感”是一种“他人导向型”情感，它带着“虚假的开放性”，它求同、快速转换，实际上是一种已经被标准化、可复制的情感。第三，“后情感”的表达媒介，表现出对语言的绝对重视，语言的目的不再是去传达真实的、理性的语义，而是去传达特定的情感。第四，“后情感”的风格特征，就是情感弱化和快适化。梅斯特罗维奇强调：“后情感主义……指情感被自我和他者操纵成为柔和的、机械性的、大量生产的然而又是压抑性的快适伦理（ethic of niceness）。”第五，从“后情感”的结果来看，“后情感”导致了情感与行动的分离。

在梅斯特罗维奇的批判视域中，“后情感”并不是放任自由，而恰恰是一种新的规约形式。[②] 梅斯特罗维奇指出，“当下西方社会正进入一个新的阶段，在这个阶段，合成的和想象的情感被当成是自我、他人、整体文化产业的建构基础”，[③] 而这会导向一种

① Stjepan G. Meštrović, *Postemotional Society*, London: SAGE, 1997, pp. 25 - 26.

② Stjepan G. Meštrović, *Postemotional Society*, London: SAGE, 1997, p. x.

③ Stjepan G. Meštrović, *Postemotional Society*, London: SAGE, 1997, p. xi.

“新的约束形式，也即走向一种精心制作的情感”。①

> 后情感主义是这样一个系统：它意在避免情感失序，阻止在情感交流过程中流于松散，而试图将情感生活中的“野性”部分文明化；总之，它是要规范情感以使社会平稳良好地运行。无论花多大代价都要实现马尔库塞所说的“快乐意识”。心理病人被灌“药”来压制情感的失衡；政治家要保证社会交流过程中不会出现意外的情感反应。……每 个人也需要为自己的情感系上一个安全带。②

也就是说，“后情感”意味着情感被管理并进一步被驯化、规范化。其最终结果将导致“个人会不加思考地去遵从、毫不迟疑地就加入、不反抗就成为社会的一部分”。③

将后情感理论引入中国文本实践分析是基于这样一个事实，也即“后情感”形态在当前中国文化尤其是青年文化中已成一个主要的脉络。王一川曾对此分析道：“当前我国社会状况与西方社会并不相同，是否进入‘后情感社会’有待考察，但是，我国文艺和文化中已经形成后情感与后情感主义潮流，从而呈现出一种后情感文化现象，却应是不争的事实。”④

二　后情感主义视域下的创伤操作

从上述对后情感主义的论述中可以看出，后情感主义，如果主要从梅斯特罗维奇的角度来看，与文化生产一样，主要是针对快适文化而言的。实际上，除了梅斯特罗维奇概念中的后情感主

---

① Stjepan G. Meštrović, *Postemotional Society*, London: SAGE, 1997, p. xi.
② Stjepan G. Meštrović, *Postemotional Society*, London: SAGE, 1997, p. 150.
③ Stjepan G. Meštrović, *Postemotional Society*, London: SAGE, 1997, p. 51.
④ 王一川：《从情感主义到后情感主义》，《文艺争鸣》2004 年第 1 期。

义，包括此前的情感主义，还有对其他否定性情感的讨论（Barrington Moore，*Injustice*：*The Social Bases of Obedience and Revolt*，1978；J. M. Barbalet，*Emotion*，*Social Theory*，*and Social Structure* – *A Macrosociological Approach*，1998；J. M. Jasper，“The Emotions of Protest：Affective Emotions In and Around Social Movements”，1998；R. Collins，*Interaction Ritual Chains*，2004）。从后情感主义的角度来看成长小说青春叙事文本中的创伤形态，我们的要义就是去追问当前为什么会出现“伤”的集体性书写，从历时和共时的角度来比较的话，最新的成长之“伤”书写又意蕴何指？

与20世纪上半期成长小说中作为家国同构象征形式出现的创伤体验不同，当代成长小说青春叙事文本没有这种同构性质。与当代其他子文本类型相比，苏童、格非、陈染等笔下的成长之伤有着明确的社会文化所指，而成长小说青春叙事文本的创伤则更加超现实语境。将成长小说青春叙事文本的创伤纳入“后情感”的范畴，主要可以从情感的操作性来理解。

操作性是理解“后情感”创伤的入口。如果我们回顾中国文学史，会发现自清末开始，对创伤的文学叙述一直以不同的方式存在和呈现，创伤构成了个体写作的动力，创伤心理既是一种集体无意识，也是个体作者自我问题的呈现。但是只有在21世纪的成长小说青春叙事文本中，才出现了作为文化生产的创伤叙述。在这里，青春之“伤”是一种被放大了的体验。个体的心理体验和情感生活主要以集体图景的模式呈现并不断被强化。“成长”和“伤”被紧密地联系在一起，成为一个典型的文类现象。不仅很多小说作者直接用“伤痛”“残酷”等此类词语为自己的小说冠名，更重要的是，整个文化产业的生产环节也参与其中，将创伤作为一个标签，为文本定位。比如百度或谷歌搜索成长小说青春叙事文本这个关键词，就会弹出很多被冠以“残酷青春”或“中国版的麦田里的守望者”这样的小说条目。各大门户网站或亚马逊、当当这类书籍网购网站都提供大量被标为残酷青春的小说文本。书店和出版社也将残酷青春式的小说作为自己的重头戏。一个关于青春小说的调查讲道：

> 绕着武汉光谷图书城青春小说柜台走一圈，《抹不去的悲伤》《青春疼痛系列》《那些迷惘的爱》《悲伤逆流成河》《爱与痛的边缘》等书名，不断映入记者眼帘。
>
> ……
>
> 武汉光谷图书城的管理人员许先生介绍说，市场上的青春小说，分为“青春疼痛文字”“青春狂爱”“青春影像”等类型，以“青春疼痛文字”为最多。这些青春小说，大多描写哀伤的爱情故事，或者惨痛的生活经历，结局大都是不圆满的。
>
> ……
>
> 武汉文艺理论研究所所长李鲁平认为：“青春小说大都以悲伤为主题，这里面有商业因素的影响。比如，读者的期待。由于大多数的读者都是学生和青年人，写作者或多或少有一些投其所好的商业动机。对出版商来说，也是如此。出版商的商业追求会引导写作者朝既定的风格创作。①

从文类的角度来说，青春之“伤”被泛化，其体现之一就是成长小说文类概念被不断地扩大，及至与青春话语的其他文本混淆。从文本范式来看，大部分网络上，乃至纸质媒体上标明的“青春成长小说”都不是真正的成长小说，而是以“青春”“成长”为主题的小说。被标榜成青春文学的领军人物韩寒、郭敬明等人，也并没有创作出真正的成长小说，他们标志性的作品《三重门》和《梦里花落知多少》不是成长小说，而是关于青春和成

① 王一方、史昀婷：《青春小说　何以悲伤“成瘾”》，《阳泉晚报》2008 年 9 月 5 日。

长的小说。可以说，他们的关注点，不在一个个体漫长的成长过程，而在对与青春、成长有关的某些特殊问题的集中关注。

而作为成长小说的青春叙事文本就是在这样一个泛化的残酷青春的集体书写浪潮语境下诞生的。刚开始出现的代表性的成长小说青春叙事文本如曾尹郁的《青春不解疯情》、唐颂的《我们都是害虫》、李傻傻的《红×》、张悦然的《樱桃之远》《水仙已乘鲤鱼去》，大多直接以“残酷”“叛逆”或“伤感”等标签来为自身定位，并吸引读者。

我们看到，在成长小说青春叙事文本中，忧伤成为一种集体性症候。青春不再是如歌的青春，而是“残酷的”、痛苦的青春。成长小说青春叙事文本对创伤的青睐，不是个体非理性的情感冲动，而是整个文化产业有意识地操作与引导，这就是“后情感”作为一种理性介入的情感的典型写照。

那么现在一个新的问题是，当前的文化产业是如何对成长小说青春叙事文本中的创伤进行操作的，这就是这里要讨论的第二个问题：对情感的分层处理。梅斯特罗维奇在阐释何为“后情感”时指出，“后情感”是一种对情感新的认知评估，而这种评估包括情感的质量（quality）、强度（intensity）和正确性（correctness）。无独有偶，特纳在他的《人类情感》（*Human Emotions*）中将一些较为常见的情感进行了强度分类，其中他对伤痛性情感进行的程度划分可见表6－1[①]：

表6－1　**伤痛性情感分类**

失望—伤心	不被鼓励的	灰心丧气	沉痛
	忧愁	沮丧懊恼	揪心裂肺
	不畅	惆怅	绝望

① Jonathan H. Turner, *Human Emotions: A Sociological Theory*, New York: Routledge, 2007, p. 7.

续表

失望—伤心		隐忍	极度痛苦
		阴郁	苦闷无望
		悲惨	
		痛苦	
		悲伤	

特纳的表格中伤痛性情感的划分，从左至右强度在加强。当下文化产业正是从这个角度对成长小说青春叙事文本中的创伤因素进行操作的。我们看到大部分成长小说青春叙事文本对痛苦的描述停留在第一或第二强度，只有非常少数才会涉及第三强度。这里一方面涉及文本内容的处理，即对成长创伤做浅层的描写，而不提倡深度性的、反思性的尤其是反抗性的挖掘；另一方面则涉及对语言和风格的选择、调控与掌握，要么倾向于忧伤却美丽的，要么是叛逆却不乏风趣的，在语言上对伤痛经验进行美化。而文本所呈现的这些倾向，与文化产业单位对这些倾向的认同是紧密联系在一起的。比如传媒对一本成长小说青春叙事文本做了如下的介绍：

> 小说以幽默的文笔，快节奏的叙述，塑造了一个经典的人物形象，草鱼身上带着一种讨人喜欢的坏。他的身上，凝聚了80后一代叛逆、自我的特征，以及青春期少年独有的青涩，懵懂，迷茫和自以为是。①

这里我们就可以看到，尽管总体上来说，文化产业领域将伤痛性青春当作一个炙手可热的标签用以吸引读者以及引导文本生

① 吴波：《80后成长的疼痛与迷惘》，http://culture.ifeng.com/gundong/detail_2011_04/16/5780008_0.shtml，2022年12月2日。

产，但它们对这一情感进行了程度上的控制，主要是张扬更为温和的感伤式情感，如迷惘、惆怅等，而避免更具批判性和社会破坏力的情感，如绝望、愤怒之类。正是通过这种情感操作，一方面文化产业部门包括文本生产者赢得了市场，迎合了读者对青春期感伤抒发的需求；另一方面实际上却是回避了真正重要的社会问题。比如同样是讨论教育体制这一困扰着大部分青少年的问题，《少年张冲六章》就将主人公的情感放在了特纳表格中的第三个强度，而成长小说青春叙事文本则更温和，将情感限制在个体体验的私人范畴之内。梅斯特罗维奇认为，后情感主义就是要避免"情感骚乱"（emotional disorder），防止情感交流过程中出现"未被束缚的结果"（loose ends），将情感生活的"野化"（wild）部分"文明化"，并从整体上控制情感以便社会能"像一台维护良好的机器一样顺利运行"。[①] 因而从这个角度来看，"后情感"不是要用理智去压制情感，而是在挑选中完成对某类情感的打压和张扬。

对情感进行分类、梳理和控制的同时，文化产业还对情感的表达方式进行了整合。从语言表达到文风，情感的特定范式逐渐被建立起来，并成功地被类型化。中国当代成长小说的青春感伤叙事实际上依照特定的情感标签进行规定性书写。其表现形式之一就是故事的多样性让位给语言的狂欢，高度同质化的语言复制与重复强化了形式上的青春感伤，文本展现出较为单一的情感气质和语言风格，情感的接收和触动仅限于阅读的过程而消解了深层的、持久的情感感召。

对创伤进行操作的结果就是它仅仅只代表了一种转瞬即逝的情绪体验，而不会由情感体验导向行动。梅斯特罗维奇从阿多诺对文化工业的论述出发，认为当代后情感社会中随着文化工业力

---

① Stjepan G. Meštrović, *Postemotional Society*, London: SAGE, 1997, p. 150.

量的加强，人们能够独立思考的空间越来越小，普通人在日常生活中不经意地就开始遵从文化工业的引导力量，接受大量陈列的“后情感”。这种泛滥的“后情感”已经去掉了导致行动的必要性。[①] 如果说在情感的本真性基础上，可以推出情感导致行动（包括消极的非行动性抵抗）这样一个逻辑关系，那么后情感主义的“后情感”概念主要讲的是一种“类情感”（quasi - emotion）。这里“类情感”和本真情感的区分，一是非本质主义与本质主义的区分，不过最重要的，在梅斯特罗维奇看来，是他将对情感研究的重点转移到了情感的再现（representation）上来。作为一个具备表演性质的“类情感”，“后情感”本身就是一种行动，普通人接受了这种“后情感”的影响，逐渐丧失了行动的必要性。其结果就是“惰性不思考”（indolent mindlessness）和对严肃事件的媚俗情感反应（kitsch emotional reactions）。[②] 这里要注意的是，后情感主义与文化生产理论一样，都注重“快乐意识”对个体的腐蚀性作用，比如阿多诺就认为快乐是一种逃避，[③] 梅斯特罗维奇更是将“后情感”因其“多样性”而提供给人的快感和满足看成是蕴含了一种新的控制形式。[④] 他们的这种论述角度主要是从所处社会的总体现实语境出发的。但是借鉴这个角度来看伤痛性情感依旧是可行的。

伤痛性因素自中国现代文学诞生以来，就带有一种悲壮的使命感和革命性力量，这种情感因素是可以导致行动的。在这个框架中，伤痛性情感被看成一种真实的、自发的情感，从而具备了合法性，也具备导致行动的潜力，但当代成长小说青春叙事文本

---

① Stjepan G. Meštrović，*Postemotional Society*，London：SAGE，1997，p. 26.

② Simon J. Williams，“Modernity and the Emotions：Corporeal Reflections on the（IR）Rational”，*Sociology*，Vol. 32，No. 4，November 1998，p. 755.

③ ［德］西奥多·阿道尔诺、马克斯·霍克海默：《启蒙辩证法：哲学断片》，渠敬东、曹卫东译，上海人民出版社 2006 年版，第 130 页。

④ Stjepan G. Meštrović，*Postemotional Society*，London：SAGE，1997，p. 66.

与之截然不同。成长小说青春叙事文本中的伤痛性情感体验，作为一种“事先包装好”的“类情感”，将它可能引起的社会效应早已考虑在内。文化工业和读者都接受这种“类情感”，接受它提供的一定程度的“净化”作用。比如有的读者就表示，阅读这类伤感的小说，“可以让悲伤在泪水中淡却”。[①] 这种心理应该是较为普遍的。也就是说，成长小说青春叙事文本中的伤痛性体验作为一种“后情感”，通过对否定性情感的疏导、管理，在一定程度上可以起到稳定社会的作用，而不是相反。阅读这类文本的读者，不是被激励去行动来对抗严肃的社会问题，而是在这种蔓延的情感氛围中消解反抗的力量。如果说“快乐”是一种逃避，那么作为“后情感”的“悲伤”也包含着类似的净化作用。

总的来说，我们看到的这种创伤是一种新的情感结构的生成，主体情感和社会事件出现了分离，它的创伤叙事并非是出于反映社会现实，它所遵循的是一些新的原则和机制，发挥的是新的社会功能。

三 “后情感”创伤叙述与身份建构

以上对创伤作为“后情感”形态的操作性进行了阐述，这里接着要论述成长小说青春叙事文本中的创伤作为一种“后情感”，具备塑造身份的功能。这一推论建立在一系列理论讨论上，包括创伤本身的身份建构功能以及话语在这个过程中起到的作用、创伤的个人性和集体性性质如文化创伤的形成等。在此基础上，通过对比来理解“后情感”创伤叙述的特征和身份建构的逻辑。

创伤不仅仅是事件和情感状态，它还是一个过程，可以导向身份的认同和建构。创伤不仅仅是经验事实，而且是由社会建构的，这种社会建构将创伤从经验的事实上升到自觉的反思和建构

① 王一方、史昀婷：《青春小说 何以悲伤“成瘾”》，《阳泉晚报》2008 年 9 月 5 日。

层面。在这一过程中，叙述和言语就起到了重要作用。创伤经过叙述而获得了新的意义，也就是说叙述对创伤的经验进行意义重建。换言之，创伤不经过叙述就难以从自然的状态被自觉地留存。创伤叙述帮助人们认识自我和重建自我。叙述创伤是在现时的角度对过去、现在和未来的自我意义进行重新认识和重塑，所以叙述具备一定的净化功能，并在言语表达的过程中，重建自我，这一点不仅从文学功能来讲可以成立，而且也被现代临床医学所证实。创伤、叙述与主体的关系一直是创伤理论研究的重镇。甚至在福柯、利科等人的理论中，主体本身就不是先在的，而是被语言建构的存在，自我叙事是自我建构的基本途径之一。创伤经过叙述而建立起主体，也符合同样的理论逻辑。当创伤事件被看成是社会危机、文化危机，并且这种痛苦的体验被群体所感知，创伤就从个人性转到集体性，成为文化创伤。文化创伤作为一种“集体记忆”，可以建构集体身份，也就是共同体身份。而且文化创伤作为苦难历史，更容易增强民族共同体的体验和身份认同。

但对文化创伤来说，它并不需要每一位成员都直接经历创伤，而是强调对创伤体验的共同性感受，而这一点则可以通过操演尤其是语言的叙述来获得。操演具有一定的示范性、仪式性和表演性等特征。它通过将创伤事件具象化（embodied），使得公众可以对其重访（revisited）和再体验（relived），保证对创伤的代入性体验能够被更广泛的人群所感知。创伤、情感与身份处于互相转化的过程中，不仅仅是群体去塑造创伤事件，而且创伤事件也通过情感体验来塑造身份。

而成长小说青春叙事文本关联的创伤有着类似的性质。它具有很明显的文化建构特征。只不过跟一般的文化创伤相比，它作为一种“后情感”，其想象性、仪式性和表演性的属性更强。想象参与建构的“后情感”创伤，就是与创伤作为实在经历相对的概念，它不强调真实性和亲历性，而重在“感觉结构”。

想象性的体验也是人们讨论文化创伤的重要理论向度之一，创伤的符码化（codified）有时甚至会导向创伤形式大于创伤内容的倾向，但间接经历者的创伤想象和体验与亲历者的经验同样重要，想象性的创伤体验也可以建构文化身份，这在文化创伤理论中也早有讨论，只不过这些讨论的重点主要放在创伤的代际传递上，而较少关注到创伤的共时性想象和体验。而成长小说青春叙事文本的“后情感”创伤就侧重于后者——想象与共情的发生更多是空间性质的，而不是历史性质的，因此它就破除了历史深度模式，而显现出以年龄为阶层界限的弱关系。

“后情感”创伤是对当代青年成长情感的建构，它不是历史创伤或民族创伤，而是一种新形式的群体情感塑造。媒体热衷于将成长小说青春叙事文本打造成“残酷青春”，但在现实中究竟有多少个年轻人在真正地经历“残酷青春”这个概率问题并不是需要甄别的对象，它所传达的青春感伤主要是一种符号呈现。符号的产生、延续和发展，将源自现实的社会关系和个体状态，进行了重新书写。语言和符号性质也被快适化，破除了创伤的深厚浓重，情感被控制在一定的合理范围内，指向特定的情感效果和风格偏好——中庸。

创伤叙事经常出现“叙事与反叙事之间的张力”（the narrative/anti - narrative tension），也就是“叙事的可能性”和“不可能性”的紧张关系。[①] 沉默、片段、空白等语言上的症候，恰恰表明创伤的深度以及这一情感状态带来的后果——主体的分裂和语言的缺位——这是很多以“事实”为依据的创伤书写所共有的特征。创伤叙述在形式上看起来是后现代主义式的，但它在性质上则偏向于崇高。但“后情感”创伤叙事则很少呈现出这些难以

① Roger Luckhurst, *The Trauma Question*, New York: Routledge, 2008, p. 80.

言说的症候，恰恰相反，它强化了创伤叙述的诗意表达，美学与符号高度关联，叙述通常平缓、顺畅而连续，语言叙述不会因为“太过痛苦”而出现表征困难，因为“后情感”本身就不具备那样的深度。它的叙述遵循的是文化产业的要求，倾向于将否定性情感限制在可控的范围内。斯特恩斯（P. N. Stearns）讲到西方后工业社会的情感状态时说道，当代情感文化总体上对强烈的情感和热情都持怀疑态度，而倾心于一种酷的、超然的“适宜”（niceness）。[①] 这正是福柯在说到现代“自我”时讲到的“情感自控的自我”（an emotional controlled self）。[②] 而这种情感倾向——快适性和可控性，就对否定性情感的处理提出了特殊要求，斯特恩斯认为在这种语境下，愤怒是一种需要被控制的情感。这个担心是非常核心的，愤怒这个情感就成为一个“隐藏的魔鬼”（a hidden demon）。[③]

“后情感”创伤叙事会呈现出一种既真又假的文本效果。它的“真”，在于对“创伤”的模拟，它也需要“看起来”真实，而这也需要一系列符码的建构、重复操演和强化，才能完成这一情感建构，而它的操演性，与其说是对创伤事件的操演，不如说是对创伤症状的操演。文本生产者、平台、读者，通过对文本的连接和分享这一类互动性动作而获得共同情感体验，而非建立在创伤事件上。

但因其参与感和体验感的“真实”，“后情感”创伤和叙述也

---

① P. N. Stearns, *American Cool*: *Constructing a Twentieth - Century Emotional Style*, New York: New York University Press, 1994. 持同样观念还有巴巴莱特，参考 J. M. Barbalet, *Emotion*, *Social Theory*, *and Social Structure - A Macrosociological Approach*, Cambridge: Cambridge University Press, 1998。

② M. Foucault, *The History of Sexuality*, trans. Robert Hurley, New York: Vintage, 1980; M. Foucault, *Discipline and Punish*: *The Birth of the Prison*, trans. Alan Sheridan, New York: Random House, 1995.

③ P. N. Stearns, *American Cool*: *Constructing a Twentieth - Century Emotional Style*, New York: New York University Press, 1994.

像其他创伤和叙述一样，在情感上具备凝聚力，并进而提供塑造身份的可行性。作为一种被包装的后情感式的青春感伤，在青少年读者中迅速传播和接受，文学文本变成了情感符码载体，并对特定的情感进行书写和传递，塑造了一大批拥有共同身份的读者。以这样的情感体验为纽带，以文化趣味为认同基础，就形成了一种新的圈层概念，取代过去原子化的存在，而完成新的整合。只不过由于“后情感”创伤体验具有很强的瞬时性，群体内部成员之间的情感黏度不高。圈层界限也不明显，可以说它的阶层感知，也是一种流动的概念，这并不是说权力的机制不存在了，而是支配性力量和被支配的都更流动、分散和去中心化。从空间上来说，权力的运行和身份的划分依赖于没有清晰边界的流动空间而非地方空间。在这种新的社会关系塑造形式中，个体从地域化的情境中被提取出来，弱化了以地方为依托的空间认同的现实关联性，而在多个圈层的场域中，建构起更具虚拟性和建构性而非稳定性和实有性的身份。

身份的社会学意义也随之变更了。创伤经验可以促进某一群体的凝聚力，成为集体情感体验和身份建构的动力，这一点已经被众多理论家讨论过。无论中外，都出现过一个国家和民族的挫败经验被转化为集体情感并继而锻造出共同体身份这一现象。除了国家民族共同体概念，青少年/青年的身份体察对“伤”也同样敏感，在他们形成自我认同的发展阶段，感伤一直是青春期特有的情感特征之一。青年群体将自身看成是成人社会的对立面，用“青春之伤”为自己作为边缘者的身份寻找合法性支持，从而产生了集体身份认同。卡斯特曾将身份建构分成三种模式：合法性建构认同（legitimizing identity）、抗拒性建构认同（resistance identity）和规划性建构认同（project identity）。合法性建构认同和抗拒性建构认同是一对相对的概念，分别指支配性力量和被支配群体尤其是被贬低或污名化的行动者所做的身份认同建设，而规划性建构认同则指行动者基于被选择过的文化材料来寻求身份。[①]如果借用卡斯特的概念，那么可以说过去青年群体的身份认同倾向于采取抗拒性建构认同这一策略，以青少年和青年的“差异性”来与“成人”世界进行区分和抵抗；而中国新世纪成长小说青春叙事文本所关联的青年群体身份建构则更倾向于规划性建构认同。

文化材料包括情感、叙述、文本等都经过了选择，从而打造出一种新的身份。无论是这些文化材料还是最终呈现的社会身份，都共享一些特征，即流动性、交叉性和弱关系。“后情感”创伤的内容、风格和效果，都经过了操演、选择和甄别。叙述是考虑了优先原则、处理策略和体裁适配而呈现的文本效果。由“后情感”创伤情感体验和叙述聚合而来的群体对自我身份进行了选择。

被选择和重组的身份并不是单一的，而是混合的、交叉的、多元的，甚至身份尤其是作为弱势群体身份的对抗属性也很大程度地减弱了，无论是圈层内部、圈层与圈层之间，还是与主导文化之间，都出现了不断地打破、重组和协商的情况。这就类似于罗萨说的“弹性式自我认同”——“弹性的情境式自我认同可以接受的所有的自我理解与自我认同的参数，都是暂时的”。[②]因此身份认同不仅是被符号化了的身份，而且符号的能指也更复杂，不是一对一的固化关系，而呈现出多重性和交叠性甚至是不一致。

个体对自我的感知不像传统农业社会和工业社会那样有着较为完整地稳定自我，而是在多重圈层中，面临着身份感知的杂糅、分化甚至是分裂，所以个体的身份呈现出一对多的多重文化身份现象，比如一个个体同时具备好几种身份感知，有时这些身

---

① Manuel Castells, *The Power of Identity*, Oxford: Blackwell, 1997, pp. 7 - 8.

② ［德］哈特穆特·罗萨：《新异化的诞生：社会加速批判理论大纲》，郑作彧译，上海人民出版社2018年版。

份之间还是矛盾冲突的。

中国新世纪成长小说青春叙事书写的前十几年，个体面临着先锋和媚俗之间身份悖论。先锋，这里主要指的是成长小说青春叙事文本的作者和接受者倾向采用的身份定位。这种姿态就是一种标志，也就是青年以完全不同于传统的形态，立足于国内外舞台。但是这种先锋的有效性从何而来？本书前几章中讨论的成长小说大多具有鲜明的先锋性，形式上的探索、历史观的重建和人物形象的颠覆，都显示出革命性和打破传统的一面，走的是向内看的个人主义叙述路线，从而颠覆外界现实的整体幻想。相较于这些作家的先锋性，成长小说青春叙事文本的先锋性质则不同。当叛逆变成一种时尚，它就变成了一种符号性的标签，而服务于大众美学。这就是卡林内斯库所说的先锋与媚俗的互相转化——“(1) 先锋派出于颠覆的和反讽的目的对媚俗艺术感兴趣，(2) 媚俗艺术可运用先锋派的技法（这些技法非常容易被转化为俗套）来为其美学上的从众主义服务。”①

成长小说青春叙事文本在权力、市场和文化的共同作用下，由先锋逐渐发展为中庸的形态。这也是伯明翰学派代表人物之一迪克·赫伯迪格早就注意到的，即亚文化在被收编的过程中，会失去战斗锋芒而变成折中的东西。② 这种中庸的形态可以说是全方位的：它既是一种文化立场，也是个体性格的定位；既有特定的美学倾向，也呈现为特定的情感模式。

从个体层面来说，它表征为“个性”的仿像化。文本的主人公都热衷于追求个性、展现自我。个人主义不是作为集体主义的反面出现的，而是“景观社会”的自我呈现。个体仿佛是在大众

① ［美］马泰·卡林内斯库：《现代性的五副面孔：现代主义、先锋派、颓废、媚俗艺术、后现代主义》，顾爱彬、李瑞华译，商务印书馆2002年版，第274页。

② Dick Hebdige, *Subculture: The Meaning of Style*, London: Routledge Press, 1979, p. 94.

这面镜子里认识自我、塑造自我形象并呈现自我。这是一种符号化的、审美化了的个性追求。

而近十年的青年个体则面临着向上生长和向下走的矛盾体验。在生产和阅读同期的成长小说时，个体移情于文本中的“普通人”，成长是往感官的、微小的方向发展，经常带有感伤和颓废（decadence）的情调。颓废，正如布尔热（Paul Bourget）所说，是非常个人性的。[①] 只有当一个时代允许非常个人性情绪和品位的表达，颓废才有可能。颓废的一种表现，就是对细节的玩味。[②] 在这个语境中，个体回到小我和细微之处，作为“草根”而“躺平”。与此同时，个体又被成长主题变体文中的“升级”式主角所吸引，个体在想象的异时空变成功和强大，一个普通人穿越到古代、或者进入到现实与游戏交叉的时空、又或者是在武侠、科幻、神话或灵异的世界，凭借运气和“金手指”，收获到现实世界所无法取得的成功，变成一个“非凡英雄”。

“现实主体”正视身份危机，正如卡林内斯库（Leone de Castris，1959）所阐述的，颓废与从现实中衍生出来的对自我的危机意识紧密联系在一起；[③] 而“欲望主体”则在想象中逆袭。残酷青春和青春理想构成当代青年自我书写的一体两面。

詹姆逊等人将后现代社会的主体症状归为“精神分裂”，但在这里我们也看到，中国当代青年的情感体验和身份形塑，并不是文化产业下单纯的、被动的被塑造者，而是做了文化策略的应对、参与和自我赋值。在这个选择的过程中，青年与主导文化之间有着复杂的妥协、共谋、合作和竞争关系。但同时我们也不能

---

① Paul Bourget, Essays in Contemporary Psychology, 1883. Quoted from Naomi Schor, *Reading in Detail: Aesthetics and the Feminine*, New York: Routledge, 2007, p. 43.

② Paul Bourget, Essays in Contemporary Psychology, 1883. Quoted from Naomi Schor, *Reading in Detail: Aesthetics and the Feminine*, New York: Routledge, 2007, p. 43.

③ ［美］马泰·卡林内斯库：《现代性的五副面孔：现代主义、先锋派、颓废、媚俗艺术、后现代主义》，顾爱彬、李瑞华译，商务印书馆2002年版，第239页。

对这一青年范式的主动性给予过高的期望。与苏童、叶兆言和陈染等人的成长书写对比，当代青年的身份塑造少了前者的理性要素。苏童、叶兆言和陈染等人的成长小说同样赋予了文本强烈的情感色彩和高度的风格特质，但作者也同样力证了叙述者的理性反思对文本的建构作用。相对来说，成长小说青春叙事文本则以情感和风格为主导，更依赖直觉情感和瞬间的参与感，呈现出为文化而文化的文化策略和文化实践。

文化策略和文化实践面对社会语境的变化而不断地做出应对和调整，情感的呼应、回应和移情在流动，身份的“在场”和“缺席”随着“场域”的变化也在变更，共同体以弱关系形式聚合。

身份不再具备连贯性和统一性，而是在叙述中对身份进行重建，回应商业、现实和权力对个体的裹挟，身份的功能性再塑体现了当代青年对自我的调适。我们讨论成长小说青春叙事文本所关联的情感和身份的“虚拟性”和“后情感”性质，并不是将“虚拟”和“非真实”当作否定性词汇来看的，而是强调它与传统建立在生理、社会现实上的身份和情感的不同，我们的重点不是去评判它的价值，而是强调想象/“虚拟性”与现实真实产生了一个张力。中国当代成长小说青春叙事文本作为当代青年身份认同的载体之一，本身就包含着多样性的符号赋值。对中国新世纪成长小说青春叙事进行历时的梳理，我们会发现它也在不断地更迭，而且这种代际更迭的时间范畴大大地缩短了。1950 年代曼海姆（Mannheim）以 30 年来划分代际，后来我们习惯以 10 年为界，现在则发现这个时间已经缩短到了 5 年为一区分。成长小说青春叙事所关联的青年文化身份也在不断地变化。成长小说青春叙事文本提供的情感体验和身份建构带着新时代所赋予的新特征，在现实与想象的多重交互中，对某些要素进行了选择、强化或弱化、并重组，而呈现出复杂、多样的面貌。

第三节　青年与“再嵌入”

成长小说青春叙事文本用叙述建构了新的青年个体形象，通过语言和文字，进行自我认知和自我塑造，在与权力和消费角逐的场域中找寻其社会性格，形成由共同的兴趣和品位而非阶层、地域划分建立起来的新阶层，并建构起多样的文化身份。

文化身份是一种“自我的叙述”（narratives of the self）——霍尔（Stuart Hall）的视角提醒人们身份通过词汇及其被赋予的意义而变得真实。从某种意义上来说，身份是一种话语的产物，它在具体的话语中不断地被言说和叙述，并在一系列的话语实践中被接受和强化。

这种文化身份重置了个人与群体的关系图景，也就是个人主动接受、参与和配合外在力量对其的形塑。这一框架下，青年关于自我的追问——“我是谁”就变成了被表征的对象，即以外界权力所制定的“你将是谁”这一框架所建构。外在力量的权力性质和支配框架往往以更为隐性的形式进入到个体身份形塑的微观层面，它并不直接、强制性地要求个体接受其塑造，而更为微妙地使得多数主义的逻辑成为共识。

过去理论多从收编和反抗的角度来理解青年共同体文化身份及其意义。收编是权力的结构性选择和配置，从文字符号、风格属性、价值配适等多层角度对青年进行教育和引导。收编不仅意味着正面的引导和建构，还需要包括对“不良”要素的调整和纠正。早在涂尔干（Émile Durkheim）的“失范”（anomie）概念中，他就谈到了外部社会规范的缺失而使得个体面对自我困境甚至会导致个体的“异化”。“失范”本意指的是“混乱”（derangement），强调的是社会分化过程过快而出现的集体意识的削弱现象。[1] 这为我们提供了一个入口去思考个体出现社会边缘行为，是否一定与社会快速发展所产生的真空地带，也就是社会整合状态在功能上的不足紧密相连？芝加哥学派（Chicago School of Sociology）的“越轨亚文化”研究主要对游离于社会的青年个体，尤其是对边缘和越轨青少年做了大量的研究工作，认为社会环境的影响造成了青年的反社会行为，因而是主流文化对其的排斥和对抗导致了这种边缘行为的出现，而青年亚文化则被理解为底层青年试图去解决地位挫败（status frustration）的方式，而且这一研究还深入到了青年被“贴标签”的现象。伯明翰学派（Birmingham School）逐渐跳出了经济和阶级决定论的框架，讨论青年亚文化对主流文化的抵抗机制和能动性，并将阶层冲突的视角转向了符号系统的讨论，以“风格”（style）来解释亚群体的仪式性抵抗“展现”（represent），并说明了主导意识形态和文化对其的“收编”。从“失范”到“越轨”再到“符号”，“不良”文化的风格也在不断弱化，其属性也变得越来越中立。

权力要以理性的形式作用于个体，但这种理性的有效性意义是值得反思的。乌尔里希·贝克（Ulrich Beck）主张恰恰是工具理性的胜利产生了风险，他将后现代社会称作“风险社会”，并分析了后现代的不确定性和不可预测性之下个体对集体的重新嵌入。他的“制度化个体主义”（institutionalized individualism）概念指个体从传统语境中解放（liberation）或“抽离”（“disembedding”）出来，但是与此同时，又被嵌入（“re – embedding”）新的整合形式和权力中，“个体必须重新建立自己的身份”，并“在与他人的关系中”进行这种重组。[2] 这里的核心意义是强调非线

① Stjepan Gabriel Meštrović, *Emile Durkheim and the Reformation of Sociology*, Maryland: Rowman & Littlefield Publishers, Inc., 1993, p. 60.

② Ulrich Beck and Elisabeth Beck – Gernsheim, *Individualization: Institutionalized Individualism and Its Social and Political Consequences*, London: SAGE, 2001, p. 203.

性的个体化进程，它既包含新体系的解体，也囊括了新的秩序强加给个体的要求。这种要求是以“为自己而活”的形式出现，在这里，一系列新的要求和原则出现，这个年轻个体以非常个性化的面貌出现，追求个性和自己的生活成为个人塑形的新原则。但这种个体主义中包含着深刻的二律背反，一方面蕴含着对成年人世界的抵抗这一革命性要素；另一方面则寻求一种新的共同体体验和嵌入。个性化不是放任自由的无序状态，而相反，是对另一种秩序的求同。新的社会秩序对个人做出了新的要求，个体必须保持高度的社会敏感性，必须在与他人的关系中发展自我，尝试与他人之间的相容性。①

贝克的理论提醒我们社会的结构性危机会导致个体的焦虑感和不安全感，从而又促进新的嵌入。在他那篇名为“在一个失控的世界中过属于自己的生活”的文章中，贝克提出了一系列有趣的洞见：

> 我们生活在一个民族国家、阶级、种族以及传统家庭的社会秩序正处于衰落的时代。个人自我实现和成就的道德规范是现代社会中最有力的潮流。我们这个时代的主角是渴望成为他/她自己生活的创造者和个人认同的创造者的人，是进行选择、作出决定、塑造自己的人。

> 过你自己的生活，这种冲动以及这种可能性是在一个社会高度分化的时候出现的。社会分化成了许多各不相同的功能领域，这些领域既不能相互替换也不能相互移植，因而人

---

① Ulrich Beck and Elisabeth Beck - Gernsheim, *Individualization*: *Institutionalized Individualism and Its Social and Political Consequences*, London: SAGE, 2001, p. 151; Ulrich Beck, Anthony Giddens and Scott Lash, *Reflexive Modernization*: *Politics*, *Tradition and Aesthetics in Modern Social Order*, Stanford: Stanford University Press, 1994.

们就只是以他们的某些方面整合到社会中……。由于人们经常在不同的、部分不相容的行为逻辑之间进行转换，所以他们不得不自己掌握那个有分裂危险的东西——他们自己的生活。现代社会并不是将人们作为完整的人整合到它的各个功能系统之中，而是基于这样一个事实之上：个人并没有被整合到社会中，他们只是在徘徊于不同的功能世界之间时，部分地、暂时地介入社会。

现代的指导原则实际上迫使人们自己组织自己的个人历史（biogra - phy），并给自己的个人历史选定主题。

过你自己的生活就意味着，标准的个人历史变成了选择性的个人历史、“你自己做的个人历史”（do - it - yourself biography）、有风险的个人历史、支离破碎的个人历史。

无论是自愿还是被迫，或者两者兼有，人们将他们的生活扩展到了许多各不相同的世界中……这种与不同地方结合在一起的生活方式就是经过转变的个人历史：为了自己和别人，人们必须不停地转换自己的个人历史，这样他们才能过一种中间状态的生活。①

尽管贝克是在消极的角度来看待他所讨论的这些现象，但他的理论启发我们去认识到，在当代社会，个人历史、成长经历和个人身份，都在流动的时间和空间中被重新书写。

同样，中国当代成长小说的青春叙事文本关联的青年也发现自己在书写和建构自己的成长史。无论是否是“被迫的自愿”，

---

① ［英］威尔·赫顿、安东尼·吉登斯编：《在边缘：全球资本主义生活》，达巍等译，生活·读书·新知三联书店2003年版，第226—231页。

他们对自我的觉知都已经纳入到了当代青春自我叙述的氛围中。

他们依靠同龄人之间的共同体建构，来制造新的圈层文化和情感纽带。早在 1927 年，卡尔·曼海姆（Karl Mannheim）就在他那篇著名的《世代问题》（The Problem of Generations）一文中对同龄群体（age group）的“世代单元”（generation units）和“世代风格”（generation style）做了开创性的研究，他指出共享经验才是世代身份和风格形成的必备要素。今天我们再讨论这种共享经验就要考虑到它既包含事实经验，也涵盖由语言、书写和叙述所不断建构的共同体验，以及共同体想象。

从世界成长小说的发展来看，成长的个人塑形导向出现了几次嬗变——从父辈似的导师到自我规定，再到同龄人来寻找认同范式，也呈现出代际更迭特征。大卫·理斯曼（David Riesmann）在《孤独的人群》（*The Lonely Crowd*，1950）中追溯西方社会性格发展，也概括出类似的发展轨迹，即从传统导向型的到自我导向型，再到他人导向型。在大卫·理斯曼看来，相较于传统的“传统导向型”社会性格和现代性的“自我导向型”社会性格，他人导向型社会性格是指不再以传统、内省式的自我为性格养成旨归，而是建立在他人的认同上的，是对群体文化、社团文化、社区文化的共享。① 而这里讲的“他人”，则主要是指同龄人。

在规训的结构中，青年通常是“被凝视”的对象，成长小说中经常把权力的主导者刻画为长者型的导师形象，来对青年的成长是否符合“正常”来进行判断和指导。这是福柯所指出的权力的凝视——

> 对是否正常进行裁决的法官无处不有。我们生活在一个教师—法官、医生—法官、教育家—法官、“社会工作者”—法官的社会里。规范性之无所不在的统治就是以他们

---

① ［美］大卫·理斯曼等：《孤独的人群》，王崑、朱虹译，南京大学出版社 2002 年版，第 6、9、13、19 页。

为基础的。每个人无论自觉与否都使自己的肉体、姿势、行为、态度、成就听命于它。①

而依靠同龄人的塑形则破除了权力凝视的封闭性，它是互相观看。生产者与消费者的互相致意、自我与他人的互相看见，建构了参与度非常高的认知模式。可以说这是一种新的自我与他者镜像关系。

我们也可以用尼可拉斯·艾博科隆比（Nicholas Abercrombie）和布莱恩·朗赫斯特（Brian J. Longhurst）所阐释的“奇观/表演范式”（SPP，Spectacle/Performance Paradigm）来理解。它不同于“行为范式”（BP，Behavioral Paradigm）和“收编/抵抗范式”（IRP，Incorporation/Resistance Paradigm），它的重心现在转为“身份”问题。在“奇观/表演范式”中，作为偶像的“表演者”（performers）和作为观众的“扩散受众”（diffused audiences）不能完全区别开来。②

在新媒体时代，中国在文化和社会形态也在多方面、不同程度地出现了与西方类似的现象。成长小说所关联的青年个人塑形，也被多种力量所争夺和不断创造。正如霍尔（Stuart Hall）所言：“青少年文化是货真价实的东西和粗制滥造的东西的矛盾混合体：它是青年人自我表现的场所，也是商业文化提供者水清草肥的大牧场。”③ 王一川曾对文化工业下的中国当代青年亚文化建构做了这样的阐述：

---

① M. Foucault, *Discipline and Punish: The Birth of the Prison*, trans. Alan Sheridan, New York: Random House, 1995；［法］米歇尔·福柯：《规训与惩罚》，刘北成、杨远婴译，生活·读书·新知三联书店2012年版，第349页。

② Nicholas Abercrombie and Brian J. Longhurst, *Audiences: A Sociological Theory of Performance and Imagination*, London: SAGE, 1998, p. 39.

③ ［英］霍尔：《通俗艺术》，转引自［英］迪克·赫伯迪格：《亚文化：风格的意义》，陆道夫、胡疆锋译，北京大学出版社2009年版，第519页。

> 它的内容和形式都保持着一种相对于其他文化类型，特别是传统文化类型的“亚”状态：它拒斥主流、不屑于成为主流；虽然大张旗鼓，但依然摆着孑然独行的姿态；当它的内容和形式被主流文化、大众市场非常技术地利用和整合，并被持续不断地主流化、大众化时，它就会起来排斥这些非青春化或泛青春化的东西，转而创造出新的亚文化内容和形式，以便填补漏洞、扩充自身。在这个意义上可以说，青年亚文化的一个基本主题就是反主流化、反时尚（流行）。然而，正因为如此，青年亚文化是一种主流化的运动，是一种时尚（流行）文化。这是一种以流行去反抗流行、以时尚去消解时尚的文化景观。①

因而这种形态下呈现出的青年个性就带着多重矛盾和悖论：它在既定的正常之外，又非真正的愤世嫉俗，它表达了鲜明的个性要求，却并不追求个性差异。可以说，他们的抵抗更多是一种文化姿态、符号性的。而这正是贝克所说的“制度化的个人主义”所体现的图景——自我文化实际上是理性高度发展的结果和胜利。文化产业的工作乃是将青少年叛逆的情绪和要求合理化，并化解为可操控的形式。“坏孩子”不是文化产业失控的结果，而是他们操控中的一部分，是其创造的青少年文化的有机组成部分。

中国当代“坏孩子”的成长故事有别于西方 1960 年代风起云涌的叛逆青年运动。它以想象和品位来构成的“虚拟式”文化形态，它超越了具体现实空间和时间，并不针对现实的经济或阶级差异。如果说 20 世纪中期的西方青年亚文化是以经济或阶级为基础建立起来的，个体的身份已经是确定的，比如是工人阶级

① 王一川主编：《大众文化导论》，高等教育出版社 2004 年版，第 205 页。

的或资产阶级的，是富裕家庭出身的或穷人家庭出身的，它的行为与其身份紧密相连，它的目的也许就带有一定的对抗性。成长小说青春叙事当代这种以想象建立起来的身份，则悬置了青少年个体彼此之间的差异。正是这种现实生活中具有不同身份地位的人对一种新的共同身份的追求，身份问题不是根源而是目的，因而行动与现实的身份脱离，而与虚拟的、目的性的身份联系在一起。这种行为的动机或者目的，不是要去对抗现实机制，而是追求想象中的身份和性格。从这个意义上，“想象”代替“现实”，成为这一青年亚文化的决定性因素。既然这种身份是“想象”的，而非“现实”的，它与真实现实就存在着一种张力。

小　结

中国新世纪的成长小说青春叙事文本，无论是较为传统的文本形式还是网络长篇，在文类的更新迭变中带来新的书写和传播范式。现实与想象、个体与集体、作者与读者都不再以二元对立的方式出现，而是呈现出新的交叉和综合。

中国当代成长小说的青春叙事文本在主体形塑方面也呈现出新的特征。虽然形式上还是在将个人个性化，但其身份塑造、文本书写和接受，都带有明显的集体性质。这种由情感和品位组成的身份感知，呈现出弱关系、浅度连接和流动性等特征，这也意味着当下新青年与其说是被团结在一起的，不如说是被聚合在一起的。一方面是由大众媒体和资本所运作，另一方面则是自我书写的集体性狂欢，成长和青春被召回进文学书写，在现实和虚拟结合中提供了一种新现实。

这些文本实际上逐渐形成一种新的文本实践范式。在传统亚文化视野中，青年作为弱势、边缘群体，带有鲜明的阶层使命，即在资本主义整体结构出现问题的情况下去修补漏洞。这一维度其实在今天的西方青少年成长小说维度中还在继续，所以西方以年轻读者为主体的成长小说还是具有鲜明的先锋性。到我们所讨论的文本语境中，青年的身份及其价值赋值就变得不一样了，宏大叙事进一步消失，甚至它也已经不再与启蒙挂钩，也不与革命相连。

与宏大概念的解绑、教育和信息的普及、知识获取的广度和速度等新时代的发展，都使得新世纪的年轻一代有着更清醒的自我哲学和世界认知。在这里，主人公在年龄上还是很年轻，但是心理上却丧失了天真感，面对一些现实的压力，主人公还是会有各种困惑，但他们很少是“无知的”，比起倪焕之和库东亮这些主人公们，他们都要更早熟，而且与霍尔顿这类西方反成长小说的主人公相比，他们身上少了那部分理想主义精神。从作者层面来讲，新世纪的年轻作者也没有呈现苏童、叶兆言、陈染等坚持的理性诉求。总的来说，他们持有的是现实主义原则下自我对世界的策略性应对。

青春书写和想象回到“故事”层面，现在重要的是“故事”好不好看，而不是故事背后的诗学价值，甚至有不有诗学价值也不再是个问题，“故事”与身份认同紧密相连，“故事”成就身份。个人为自我成长史负责，个人的成功与失败都被看作是个人事件，而不会归咎于社会问题，因此个人最好找到自我的位置，建构自我的身份。这是一种个人在“风险社会”或“加速社会”所被迫的积极性参与。个人需要在新型的控制、加速的时间、流动的空间和浅化的情感共筑的社会语境中尝试找到自我掌控感。

在这种新型的个人与社会的关系中，青年不再是倪焕之那种启蒙型的、不再是林道静那样革命化的、也不再是库东亮那类异化的，而以另一种方式又回到了青春自身，青年再次变成了他们自己，他们书写自我，重建自我，又任由自我分化，呈现现实和欲望交织的多样主体性，来应对社会带来的分裂感。

结语　从“失败”说开去

成长小说作为美学政治的典型文类，从一个青少年或青年形塑的角度，揭示出一个民族、一个时代的核心问题。正如它的德语词根 *Bildung* 所展示的，成长小说始终讨论的就是如何从“自我教育”（personal education）走向“公共的个人”（a public person）。罗德（David Lloyd）将 *Bildung* 的这种形态喻为“现代性的大叙事”（the master narrative of modernity）①。成长小说有着非常鲜明的美学政治性质，意识形态、身份政治和现代性三个词为这个文类框定了叙事的走向，其中个人幽暗深微的情绪、情感、理想和自我认知，都与现代性的宏旨息息相关。

历史性地去看世界成长小说的危机与重生框架下范式的更替，成长小说的主体沿着“进步”—“异化”—“差异”和“多元”这条路径在发展。从19世纪下半叶开始的“反成长”书写，以“失败”来呈现西方启蒙现代性的危机，用青春的断裂来取代过去进步的成长观，与此同时，少数群裔的身份关怀也介入了，尤其是作为少数群体的人的失败这个向度被越来越多的人看到，这种双重视角加大了身份政治的批判性。“成功”的成长神话难乎为继，也应和了从黑格尔就开始说的西方现代性危机这条

① David Lloyd, “Violence and the Constitution of the Novel”, in *Anomalous States: Irish Writing and the Post - Colonial Movement*, Durham: Duke University Press, 1993, p. 134.

理路。而“异化”的主体价值和出路何在？西方理论家对此做了长期的探索。不少理论家以成长小说为对象，尝试从“失败”来解释西方现代性的结构性缺失，“失败”就变成了一种批判性的革命要素。成长小说被看成是一种危机论述和危机书写，用“一个人的失败”来呈现制度性的问题，从社会的裂缝中查看被压迫的底层、边缘群体的挣扎与反抗。因此，我们看到，20 世纪成长小说的美学政治发生了根本性的转向。从 18 世纪到 19 世纪，西方成长小说以资本主义诉求为核心来进行“好公民”的成长塑形，走的是一条制度化的道路。20 世纪上半期这种自证性的逻辑瓦解之后，成长的身份政治越来越突出，它的美学政治变成了不是为主导阶级来辩护其正当性，相反，而是为被压迫的、被忽略的底层、边缘群体提供诗学正义。当代成长小说的美学政治将自我的私人追求变得更加透明并转化成了公共政治议题，这极大地推动了成长小说对身份政治的关注。成长故事的书写和传播，对“故事权力”（narrative power）和“故事正义”（narrative justice）的辩证框架做出了文学上的理解和尝试。个人成长史是由成功者还是失败者讲述？个人去建构一个成长史的时候，是要讲一个成功的还是失败的故事？个体塑造自己的成长故事这样一件“陈述”活动，是将故事内容重新主题化，并在话语权的争夺和较量场中，以实现故事的价值赋权并建立其合法性。因而我们追溯成长小说的结构性范式变革，是在对赋名权力的反思中，敞开其意识形态逻辑、寻找其文化症候。

在这个框架下我们分析中国成长小说的国别特征，会发现它尤其钟情于“失败”，从倪焕之开始到当代青年的佛系躺平，个人成长书写几乎可以说是一串失败与受挫的历史，对“失败的”重复体验和书写，也成为一个民族的集体感知，落后的焦虑成为中国现代性建构的关键环节，但当现代性逐渐衍生出暴力，又催生出新的失败之果——这就是 1988 年以后中国成长小说再出发的起点。

中国成长小说的发展，自1920年代后期诞生以来，至今已近一个世纪。这是一个充满了苦难和创伤的世纪，也是加速现代化的世纪，是发生了两次启蒙运动的世纪。但直到今天，我们依旧要讨论个体成长和启蒙及现代性的关系，讨论它们到底应该作为“过度”发展还是“未竟”任务来说，这不应该被简单化处理，而应该看到其中的矛盾和张力。

中国成长小说在它的绝大多数阶段都聚焦在“有问题的”个人身上，甚至这个文类自身的发展也面临着诸多问题——绝大部分时候它都处于边缘性书写的位置。可以说，中国成长小说对“少年中国”“新青年”这一类青春话语和青春想象做了另类的处理和呈现，并在很大程度上将其陌生化了。

以此来观，我们的讨论就站在了一个新的出发点上：是否可以将除了1960—1970年代的“类成长小说”以外的中国成长小说看作被压抑的现代性来解，还是说中国现代性本身就蕴含着诸多悖论，所以百年中国成长小说也是多重现代性张力的表征，或者是“另类现代性”（alternative modernities）？

有论者从“失败”来讨论中国的现代性。“对于中国现代性而言，失败感被视为现代性建构的关键”，[①]“‘失败’这一观念包含着一系列文化、政治、修辞和文学策略，藉此试图修复在巨大的动荡、斗争与不确定的年代里关于‘民族’和‘自我’的残损的感受”。[②]这些论述都深刻地指明了中国现代性的创伤内核。引申开来，中国文学也倾向于描写创伤、疾病和痛苦。安敏成概括地点出：“中国文学是一系列挫折的产物。”[③]挫折、失败、痛

① 金理：《火苗的遐想者　致我的同代人》，上海文艺出版社2019年版，第286页。

② Jing Tsu，*Failure*，*Nationalism and Literature*：*The Making of Chinese Identity*，*1895－1937*，Palo Alto：Stanford University Press，2005，p. 3. 中文翻译转引自金理《火苗的遐想者　致我的同代人》，上海文艺出版社2019年版，第286页。

③ ［美］安敏成：《现实主义的限制：革命时代的中国小说》，姜涛译，江苏人民出版社2001年版，第2页。

苦……这一系列同类型的关键词恰恰促进和强化了一种共同体体验，从而也就有效地促进了集体身份认同。这种以“失败”为核心的美学教育和情感教育，通过将自我放置到他者的位置来想象一个独异的、未被规定的自我。而且这个自我身上带着内化的、抒情的特质。在这个视域中来看，中国成长小说的现代性表征和当前仍旧在持续的这场向“反成长”而行的转向，也就有了理论之源。

实际上，正如当下批评家所热衷的那样去寻找西方成长小说诞生之初的“反成长”因素和这条或隐或明的关于“失败”的成长书写传统，中国成长小说也不乏以否定、失败和痛苦来做关键词的传统。中国成长小说自诞生起，就直接回应着现代性的创伤。有论者甚至指出从《倪焕之》开始就奠定了中国成长小说叙述模式的“失败”轨迹：

> 倪焕之的成长过程并不顺利，不论是他的教育事业、情感生活还是救国之志，都不断遭遇失望与幻灭，并最终在大革命失败的颓丧中死去。在某种意义上，倪焕之的成长之旅是由一次次的出发与归零构成的。然而，正是这一出发—幻灭—再出发—再幻灭—直至死亡的循环往复，定义了中国成长小说的叙事模型……也由此获得了它的形式：它始终是以失败为前提的奋斗故事，是站在历史幻灭之处的回望。①

对中国成长小说来说，倪焕之是一个具有启发性的原型。但1988年以来的成长小说的“失败”内涵发生了转折，是作者们对“失败”进行了主动的自我体认，正是有了倪焕之这样的“失败个人”史，他们将自我残损的意象在现代性暴力的框架下做了

---

① 康凌：《早晨八九点钟的太阳是如何升起的?》，《文学》（2016年秋冬卷），陈思和、王德威主编，上海文艺出版社2017年版，第312、313页。

批判性的重构，来呈现被现代性暴力所裹挟的个体之困境，新的叙事逻辑、美学结构和情感方式逐渐成形。

中国成长小说书写的鲜明特征是它的创伤性。这里说的创伤，是指作为整体文化症候而言的。也就是说，通过成长小说显示的种种伤痛性、否定性因素，都不是单个的个体行为，而是从文化整体上呈现出的态势。当这些否定性因素变成一种普遍反应，成长之伤就不再局限于仅对个人有效的私人性质，而是走向对整个民族文化行诸有效的范畴，揭示出一个时代的核心问题。

中国成长小说整体上提供的是一系列“失败的”成长。这里讲“失败”，同样，并不是强调成长的主人公——个体最后向社会投降了，接受了社会规约，因而放弃了自我和个性，或者个体为了保持自己的性格，从而在经济和其他方面遭受到了损失。而是讲个体经验的无效性：无论个体经历了什么，无论他的态度如何，斗争或屈服，他从青少年阶段跨入成年，只是在年龄上更进了一步，但是他的“成长”被瓦解了——个性上他几乎还保持着原来的个性，社会关系上他没有走得更远、没有获得补偿，如收获爱情、得到理解或支持等。

成长的失败不仅仅意味着个体向上生活的停顿，它更进一步指向了主体的瓦解，乃至异化。孤单的个体在历史阴影下被物化成动物（苏童《河岸》中主人公自比为鸭子），或变成精神病患者（陈染《私人生活》主人公倪拗拗），成为历史和现实创伤下的“病人”。或者像当代青年所感受到的那样，做一个并不成功的“普通人”，面临着“自愿做某些不是人们真的想做的事情”这一类“被迫的积极性”，呈现出一种新的异化。①

① 借用了罗萨和贝克的概念。见［德］哈特穆特·罗萨《新异化的诞生：社会加速批判理论大纲》，郑作彧译，上海人民出版社2018年版；Ulrich Beck and Elisabeth Beck - Gernsheim, *Individualization: Institutionalized Individualism and Its Social and Political Consequences*, London: SAGE, 2001.

这里出现了一条被简化了的主体判断，即出离群体的局外人约等于“失败者”，而“失败者”又等同于“病人”。支持这条简化概念的，不仅仅是一种统计学上的归类，也是一种病理学角度的定义。

但对主体的界定，实际上存在着两个层次：去定义和评判的强者，当被定义和评判的弱者不认同前者的逻辑，并去反向思考定义背后的权力和话语关系时，比如谁在什么情况下对个体做出怎样的界定，后者会重写它的定义。比如在陈染的女性成长叙述中，女“病人”的形象就遭到了反转，陈染着重强调个体，尤其是被异化的个体才是“正常的”。这种反转在中国当代成长小说是一个普遍特征，“病人”才是真正的清醒者、弱者才是可信的、失败才意味着个人性甚至是人性的。所以这里重要的甚至不是故事中“失败的”主人公们，而是1988年以后的作者们为什么主动选择去将自我呈现为失败者。这实际上是从知识生产和话语的权力机制来思考中国“反成长”的深层结构。

借用卡斯尔的话来说，“失败”与“反成长”这一尝试是对成长制度化的反抗，因而具有“批判性胜利”。成长小说的“反发展寓言”，将进步的话语与衰败的话语混合在一起，落伍的焦虑和先锋性的姿态都在中国成长小说中显现，探索文本新的象征意义和生产力。中国成长小说对“失败”的呈现始终带着鲜明的历史和社会语境，它回应个体对中国现代化过程中伴随的阵痛体验，反映了中国现代性的悖论以及中国启蒙的困境。不断返回历史，不断地重提创伤，中国成长小说将“有问题的”未成年阶段变成了历史的结构性环节，提供了一则本雅明式的天使图景。在历史进步风暴的推动下，“天使”背对着未来，面朝着过去并凝望着历史的废墟，在这个意象中，“天使”本身难道不也成为劫难的幸存者和承受者？他/她矗立在废墟中，带着痛楚，回望着艰难的成长历程，写了个体作为“弱者”的记录。

中国成长小说通过对“创伤”“失败”和“无效性”的集中呈现和讨论，演示了文学书写在呈现游离、怀疑的主体时所承担的阐释性功能。成长小说所叙述的历史，是对以事件为中心的历史的补充，它以想象和书写来参与建构现代性图景。这其中既包含着历史反思，也容纳了自我审视、反省和批判。成长小说的启蒙应该是在这个层面具有深刻意义。福柯对启蒙的阐释依旧有很强的借鉴意义：

> 能将我们以这种方式同“启蒙”联系起来的纽带并不是对一些教义的忠诚，而是为了永久地激活某种态度，也就是激活哲学的“气质”，这种“气质”具有对我们的历史存在作永久批判的特征；批判正是对极限的分析和对界限的反思。……批判不是以寻求具有普遍价值的形式来进行的，而是通过使我们建构我们自身并承认我们自己是我们所作、所想、所说的主体的各种事件而成为一种历史性的调查。①

我们审视成长小说的中国化历程，考察它为其“合法性”建构所做的诸多尝试，审视它对启蒙和现代性的回应，其重要性主要不在于提供答案，而在于向问题敞开，来讨论中国成长小说的别样性究竟何为。

---

① Paul Rabinow, ed., *The Foucault Reader*, New York: Pantheon Books, 1984, pp. 42, 45 - 46.

参考文献

一 文学文本

毕飞宇：《那个夏天 那个秋季》，长春出版社 1998 年版。
碧野：《没有花的春天》，建国书店 1946 年版。
曹文轩：《草房子》，江苏少年儿童出版社 1998 年版。
曹文轩：《红瓦》，北京十月文艺出版社 1997 年版。
曹文轩：《山羊不吃天堂草》，江苏少年儿童出版社 2009 年版。
曾尹郁：《青春不解疯情》，二十一世纪出版社 2004 年版。
朝曦：《三流学生是怎么炼成的》，http：//www. lcread. com/bookPage/266401/index. html，2022 年 12 月 2 日。
陈丹燕：《鱼和它的自行车》，上海文艺出版社 2002 年版。
陈染：《私人生活》，作家出版社 1996 年版。
程青：《十周岁》，北京十月文艺出版社 2005 年版。
迟子建：《树下》，北岳文艺出版社 2001 年版。
春树：《北京娃娃》，天津人民出版社 2008 年版。
邓普：《军队的女儿》，中国青年出版社 1963 年版。
笛安：《请你保佑我》，https：//book. hinpy. com/xiaoshuo/35826/，2022 年 12 月 22 日。
丁玲：《韦护》，湖南人民出版社 1983 年版。
丁玲：《莎菲女士的日记》，人民文学出版社 2004 年版。
东西：《耳光响亮》，花城出版社 2018 年版。

冯至：《冯至译文全集·卷3·威廉·麦斯特的学习时代》，上海人民出版社2020年版。
格非：《人面桃花》，春风文艺出版社2004年版。
格非：《春尽江南》，上海文艺出版社2011年版。
郭敬明：《梦里花落知多少》，春风文艺出版社2003年版。
郭敬明：《幻城》，春风文艺出版社2003年版。
郭先红：《征途》，上海人民出版社1973年版。
韩寒：《三重门》，作家出版社2000年版。
韩龙：《青春野蛮生长》，中国画报出版社2010年版。
何大草：《我的左脸：一个人的青春史》，新世界出版社2005年版。
红柯：《乌尔禾》，北京十月文艺出版社2008年版。
虹影：《饥饿的女儿》，四川文艺出版社2000年版。
洪峰：《东八时区》，延边人民出版社1994年版。
洪峰：《和平年代》，中国社会出版社1995年版。
胡奇：《绿色的远方》，中国少年儿童出版社1964年版。
黄梵：《等待青春消失》，江苏文艺出版社2009年版。
蒋光慈：《少年漂泊者》，上海书店1980年版。
金敬迈：《欧阳海之歌》，人民文学出版社2005年版。
津子围：《童年书》，中国青年出版社2011年版。
拉伯雷：《巨人传》，杨松河译，译林出版社2002年版。
老鬼：《血色黄昏》，中国社会科学出版社1997年版。
老舍：《月牙儿》，人民文学出版社1987年版。
黎汝清：《海岛女民兵》，人民文学出版社1966年版。
礼平：《晚霞消失的时候》，中国青年出版社2002年版。
李绿园：《歧路灯》，华夏出版社1995年版。
李佩甫：《城的灯》，长江文艺出版社2003年版。
李傻傻：《红×》，花城出版社2004年版。
李心田：《闪闪的红星》，人民文学出版社1972年版。

梁斌：《红旗谱》，中国青年出版社 1957 年版。
林白：《一个人的战争》，江苏文艺出版社 1997 年版。
卢群：《我们这一代》，江苏人民出版社 1976 年版。
陆俊超：《幸福的港湾》，上海文艺出版社 1964 年版。
路翎：《财主底儿女们》，人民文学出版社 1985 年版。
路内：《云中人》，《收获》2011 年第 3 期。
路遥：《路遥文集》，陕西人民出版社 1993 年版。
路遥：《人生》，《收获》1982 年第 3 期。
骆宾基：《混沌初开》，北京十月文艺出版社 1994 年版。
绵绵：《啦啦啦》，中国文联出版社 2002 年版。
绵绵：《糖》，珠海出版社 2009 年版。
庞婕蕾：《穿过岁月忧伤的女孩》，接力出版社 2005 年版。
齐同：《新生代》，文教出版社 1978 年版。
秦文君：《男生贾里全传》，少年儿童出版社 2000 年版。
秦文君：《女生贾梅全传》，少年儿童出版社 2009 年版。
饶雪漫：《离歌》，万卷出版公司 2008 年版。
石康：《晃晃悠悠》，云南人民出版社 2002 年版。
石一枫：《红旗下的果儿》，九州出版社 2009 年版。
石一枫：《节节只爱声光电》，新世界出版社 2011 年版。
石一枫：《恋恋北京》，新世界出版社 2011 年版。
苏曼殊：《曼殊小说集（1930 年版本）》，百花文艺出版社 2006 年版。
苏童：《刺青时代》，长江文艺出版社 1993 年版。
苏童：《少年血》，江苏文艺出版社 1993 年版。
苏童：《城北地带》，作家出版社 1995 年版。
苏童：《河岸》，人民文学出版社 2009 年版。
苏雪林：《棘心》，华夏出版社 2009 年版。
孙犁：《村歌》，人民出版社 1961 年版。

孙涌智：《卡瓦》，现代出版社 2011 年版。
唐颂：《我们都是害虫》，湖南文艺出版社 2005 年版。
铁凝：《没有纽扣的红衬衫》，时代文艺出版社 1992 年版。
铁凝：《铁凝文集 4 · 玫瑰门》，江苏文艺出版社 1996 年版。
铁凝：《大浴女》，春风文艺出版社 2000 年版。
吴宓：《吴宓日记》，生活 · 读书 · 新知三联书店 1998 年版。
王安忆：《启蒙时代》，人民文学出版社 2007 年版。
王彪：《成长仪式》，《收获》1997 年第 4 期。
王刚：《英格力士》，人民文学出版社 2004 年版。
王蒙：《青春万岁》，人民文学出版社 1979 年版。
王士美：《铁旋风》，人民文学出版社 1975 年版。
王朔：《动物凶猛》，《收获》1991 年第 6 期。
王朔：《看上去很美》，人民文学出版社 2006 年版。
王统照：《一叶》，商务印书馆 1922 年版。
卫慧：《蝴蝶的尖叫》，《作家》1998 年第 7 期。
魏微：《拐弯的夏天》，春风文艺出版社 2003 年版。
严歌苓：《穗子物语》（《一个女孩叫穗子》），广西师范大学出版社 2005 年版。
严文井：《一个人的烦恼》，中国文艺联合出版公司 1983 年版。
杨沫：《青春之歌》，作家出版社 1958 年版。
杨争光：《少年张冲六章》，作家出版社 2010 年版。
叶弥：《成长如蜕》，华夏出版社 2000 年版。
叶弥：《美哉少年》，《长篇小说选刊》2006 年第 4 期。
叶圣陶：《倪焕之》，人民文学出版社 2000 年版。
叶永蓁：《小小十年》，人民文学出版社 1998 年版。
叶兆言：《没有玻璃的花房》，作家出版社 2003 年版。
余华：《在细雨中呼喊》，南海出版公司 2003 年版。
郁达夫：《沉沦》，人民文学出版社 1998 年版。

郁如：《遥远的爱》，自强出版社 1944 年版。

张天翼：《齿轮》（《时代的跳动》），长江书店 1936 年版。

张闻天：《旅途》，《小说月报》1924 年第 15 卷第 5 号至第 12 号。

张学东：《人脉》，河南文艺出版社 2011 年版。

张悦然：《樱桃之远》，春风文艺出版社 2004 年版。

张悦然：《水仙已乘鲤鱼去》，作家出版社 2005 年版。

张长弓：《青春》，内蒙古人民出版社 1973 年版。

张资平：《冲击期化石》，人民文学出版社 2009 年版。

朱自清：《匆匆》，内蒙古人民出版社 1998 年版。

［法］让-雅克·卢梭：《爱弥儿》，魏肇基译，商务印书馆 1923 年版。

［英］夏洛蒂·勃朗特：《简·爱》，吴钧燮译，人民文学出版社 1990 年版。

Charles Dickens, *Great Expectations*, London: Pan Books, 1974.

Charles Dickens, *David Copperfield*, Oxford: Oxford University Press, 1981.

Charles Dickens, *The Life and Adventures of Nicholas Nickle*, New York: New American Library, 1982.

D. H. Lawrence, *Sons and Lovers*, Lanham: Start Publishing, 2013.

F. Scott Fitzgerald, *The Great Gatsby*, Harpenden: Oldcastle Books, 2013.

Gottfried Keller, *Green Henry*, New York: Columbia University Press, 2013.

Gustave Flaubert, *Sentimental Education*, London; New York: Penguin Books, 2004.

Harper Lee, *To Kill a Mockingbird*, New York: Grand Central Publishing, 1988.

Henry Fielding, *Tom Jones, a Foundling*, London; New York: Penguin Books, 1974.

Ivan Goncharov, *A Common Story: A Novel*, Westport: Hyperion Press, 1977.

Ivan Goncharov, *Oblomov*, London: Yale University Press, 2010.

J. D. Salinger, *The Catcher in the Rye*, New York: Bantam, 1964.

Jack London, *Martin Eden*, London; New York: Penguin Books, 1946.

James Joyce, *A Portrait of the Artist as a Young Man*, San Diego: I-CON Group International, 2005.

Jane Austen, *Emma*, Harvard: Harvard University Press, 2012.

Jeanette Winterson, *Oranges Are Not the Only Fruit*, London: Vintage, 1996.

Leo Tolstoy, *Childhood, Adolescence, and Youth*, Moscow: Raduga Pub, 1988.

Mark Twain, *Adventures of Huckleberry Finn*, New York: Washington Square Press, 1973.

Oscar Wilde, *The Picture of Dorian Gray*, London; New York: Penguin Books, 1982.

Romain Rolland, *Jean – Christophe*, Dodo Press, 2008.

Stendhal, *The Red and the Black*, London; New York: Penguin Books, 2006.

Sylvia Plath, *The Bell Jar*, New York: Harper & Row Publishers, 1971.

Thomas Mann, *The Magic Mountain*, Edinburgh: Mainstream Publishing Company, 1996.

Voltaire, *Candide*, New York: Bantam Books, 1981.

W. Somerset Maugham, *Of Human Bondage*, Kingswood: Windmill Press, 1956.

二　理论文本

阿英：《阿英全集》卷2，安徽教育出版社2003年版。
包天笑：《钏影楼回忆录》，张玉法、张瑞德主编，台北：龙文出版社股份有限公司1990年版。
蔡元培：《蔡元培教育论著选》，高平叔编，人民教育出版社2011年版。
陈独秀：《陈独秀教育论著选》，戚谢美等编，人民教育出版社1995年版。
陈独秀、李大钊等编撰：《新青年精粹》，中国画报出版社2013年版。
陈平原、夏晓虹编：《二十世纪中国小说理论资料（第一卷）1897—1916》，北京大学出版社1989年版。
陈思和、［美］王德威编：《建构中国现代文学多元共生体系的新思考》，复旦大学出版社2012年版。
冯至：《冯至全集》，河北教育出版社1999年版。
格非：《卡夫卡的钟摆》，华东师范大学出版社2004年版。
葛兆光：《中国思想史》，复旦大学出版社2000年版。
胡适：《胡适留学日记》，安徽教育出版社1999年版。
胡适：《胡适作品精选》，云南人民出版社2021年版。
黄英主编：《当代中国女作家论》，上海光华书局1933年版。
黄宗羲：《黄宗羲全集》第10卷，浙江古籍出版社2005年版。
金理：《火苗的遐想者　致我的同代人》，上海文艺出版社2019年版。
康有为：《康有为大同论二种》，朱维铮编校，中西书局2012年版。
李华兴主编：《民国教育史》，上海教育出版社1997年版。
李茂增：《现代性与小说形式》，东方出版中心2008年版。
李杨：《50—70年代中国文学经典再解读》，山东教育出版社2003

年版。
李银河：《女性主义》，山东人民出版社 2005 年版。
李银河：《中国婚姻家庭及其变迁》，黑龙江人民出版社 1995 年版。
李泽厚：《人类学历史本体论》，天津社会科学院 2008 年版。
李泽厚：《实用理性和乐感文化》，生活·读书·新知三联书店 2008 年版。
梁启超：《梁启超全集》，北京出版社 1999 年版。
鲁迅：《鲁迅全集》，北京大学出版社 2005 年版。
茅盾：《茅盾全集》，人民文学出版社 1991 年版。
倪湛舸：《夏与西伯利亚》，上海文艺出版社 2018 年版。
钱杏邨：《现代中国文学作家》卷 2，泰东图书局 1928 年版。
孙胜忠：《西方成长小说史》，商务印书馆 2020 年版。
王国维：《王国维文集》，姚淦铭、王燕主编，中国文史出版社 1997 年版。
王炎：《小说的时间性与现代性——欧洲成长教育小说叙事的时间性研究》，外语教学与研究出版社 2007 年版。
王一川主编：《大众文化导论》，高等教育出版社 2004 年版。
文艺报编辑部编：《论革命的现实主义和革命的浪漫主义相结合》，作家出版社 1958 年版。
谢建文等主编：《思之旅：德语近、现代文学与中德文学关系研究》，上海三联书店 2016 年版。
许子东：《呐喊与流言》，上海文艺出版社 2004 年版。
许子东：《为了忘却的集体记忆：解读 50 篇文革小说》，生活·读书·新知三联书店 2000 年版。
严复：《严复集》，王栻主编，中华书局 1986 年版。
叶圣陶：《叶圣陶集》，江苏教育出版社 1987 版。
愚士选编：《以笔为旗——世纪末文化批判》，湖南文艺出版社 1997 年版。

翟永明：《文学的还原》，辽宁师范大学出版社 2012 年版。
张国光：《古典文学论争集》，武汉出版社 1987 年版。
张灏：《幽暗意识与民主传统》，新星出版社 2006 年版。
张京媛主编：《当代女性主义文学批评》，北京大学出版社 1992 年版。
张俊：《清代小说史》，浙江古籍出版社 1997 年版。
张清华：《狂欢或悲戚——当代文学的现象解析与文化观察》，新星出版社 2014 年版。
张志扬：《创伤记忆：中国现代哲学的门槛》，上海三联书店 1999 年版。
赵郁秀：《当代儿童文学的精神指向——第六届亚洲儿童文学大会文选》，辽宁少年儿童出版社 2002 年版。
周宪：《审美现代性批判》，商务印书馆 2005 年版。
［德］本雅明：《启迪：本雅明文选》，张旭东等译，香港：牛津大学出版社（香港）1998 年版。
［德］哈特穆特·罗萨：《新异化的诞生：社会加速批判理论大纲》，郑作彧译，上海人民出版社 2018 年版。
［德］黑格尔：《美学》，朱光潜译，商务印书馆 2020 年版。
［德］卡尔·曼海姆：《意识形态与乌托邦》，姚仁权译，中国社会科学出版社 2009 年版。
［德］乌尔里希·贝克、［德］伊丽莎白·贝克－格恩斯海姆：《个体化》，李荣山、范譞、张惠强译，北京大学出版社 2011 年版。
［德］西奥多·阿道尔诺、［德］马克斯·霍克海默：《启蒙辩证法：哲学断片》，渠敬东、曹卫东译，上海人民出版社 2006 年版。
［法］阿尔都塞：《哲学与政治：阿尔都塞读本》，陈越编，吉林人民出版社 2003 年版。
［法］米歇尔·福柯：《规训与惩罚》，刘北成、杨远婴译，生活·

读书·新知三联书店 2012 年版。
［美］安敏成：《现实主义的限制：革命时代的中国小说》，姜涛译，江苏人民出版社 2001 年版。
［美］大卫·理斯曼：《孤独的人群》，王崑、朱虹译，南京大学出版社 2002 年版。
［美］戴安娜·克兰：《文化生产：媒体与都市艺术》，赵国新译，译林出版社 2001 年版。
［美］赫伯特·马尔库塞：《爱欲与文明：对弗洛伊德思想的哲学探讨》，黄勇、薛民译，上海译文出版社 1987 年版。
［美］杰姆逊：《后现代主义与文化理论》，唐小兵译，北京大学出版社 2005 年版。
［美］马泰·卡林内斯库：《现代性的五副面孔：现代主义、先锋派、颓废、媚俗艺术、后现代主义》，顾爱彬、李瑞华译，商务印书馆 2002 年版。
［美］尼尔·波兹曼：《娱乐至死》，章艳译，广西师范大学出版社 2004 年版。
［美］孙康宜、［美］宇文所安主编：《剑桥中国文学史》，刘倩等译，生活·读书·新知三联书店 2013 年版。
［美］王斑：《历史的崇高形象：二十世纪中国的美学与政治》，孟祥春译，上海三联书店 2008 年版。
［美］王德威、陈国球：《抒情之现代性》，生活·读书·新知三联书店 2014 年版。
［美］王德威：《史诗时代的抒情声音》，生活·读书·新知三联书店 2019 年版。
［美］王德威：《抒情传统与中国现代性——在北大的八堂课》，生活·读书·新知三联书店 2010 年版。
［美］王德威：《现代抒情传统四论》，台北：台湾大学出版中心 2011 年版。

[美] 夏志清：《中国现代小说史》，刘绍铭等译，香港中文大学出版社 2001 年版。

[美] 朱迪斯·巴特勒：《消解性别》，郭劼译，上海三联书店 2009 年版。

[挪威] 贺美德、鲁纳编著：《"自我"中国：现代中国社会个体的崛起》，许烨芳等译，上海译文出版社 2011 年版。

[匈] 卢卡奇：《卢卡奇早期文选》，张亮、吴勇立译，南京大学出版社 2004 年版。

[英] 安妮·怀特海德：《创伤小说》，李敏译，河南大学出版社 2011 年版。

[英] 迪克·赫伯迪格：《亚文化：风格的意义》，陆道夫、胡疆锋译，北京大学出版社 2009 年版。

[英] 迈克·费瑟斯通：《消费文化与后现代主义》，刘精明译，译林出版社 2000 年版。

[英] 特里·伊格尔顿：《二十世纪西方文学理论》，伍晓明译，陕西师范大学出版社 1986 年版。

[英] 特里·伊格尔顿：《瓦尔特·本雅明或走向革命批评》，郭国良、陆汉臻译，商务印书馆 2015 年版。

[英] 威尔·赫顿、[英] 安东尼·吉登斯编：《在边缘：全球资本主义生活》，达巍等译，生活·读书·新知三联书店 2003 年版。

Aleksandar Stevic, *Falling Short: The Bildungsroman and the Crisis of Self – Fashioning*, Charlottesville and London: University of Virginia Press, 2020.

Arthur Symons, *The Symbolist Movement in Literature*, New York: Dutton, 1919.

Anthony Giddens, *The Consequences of Modernity*, Stanford: Stanford University Press, 1990.

Barbara Anna White, *Growing up Female: Adolescent Girlhood in Ameri-*

can Fiction, Westport, CT: Greenwood, 1985.

Cathy Caruth, *Trauma*: *Explorations in Memory*, Baltimore: Johns Hopkins University Press, 1995.

Dick Hebdige, *Subculture*: *The Meaning of Style*, London: Routledge Press, 1979.

David Der - wei Wang, *The Monster that is History*: *History*, *Violence and Fictional Writing in Twentieth - Century China*, Berkeley and Los Angeles: University of California Press, 2004.

David Der - wei Wang, *The Lyrical in Epic Time*: *Modern Chinese Intellectuals and Artists through the* 1949 *Crisis*, New York: Columbia University Press, 2015.

David Lloyd, *Anomalous States*: *Irish Writing and the Post - Colonial Movement*, Durham: Duke University Press, 1993.

Elizabeth Abel, Marianna Hirsch, and Elizabeth Langland, eds. , *The Voyage In*: *Fictions of Female Development*, Hanover and London: University Press of New England, 1983.

Esther Kleinbord Labovitz, *The Myth of the Heroine*: *The Female Bildungsroman in the Twentieth Century*: *Dorothy Richardson*, *Simone de Beauvoir*, *Doris Lessing*, *Christa Wolf*, New York: Perter Lang, 1986.

Evgeny Dobrenko, *Political Economy of Socialist Realism*, trans. Jesse M. Savage, New Haven: Yale University Press, 2007.

Franco Moretti, *The Way of the World*: *The Bildungsroman in European Culture*, London: Verso, 1987.

Frank Palmeri, *Satire*, *History*, *Novel*: *Narrative Forms*, 1665 - 1815, London: Rosemont Publishing & Printing Corp. , 2003.

Gary Saul Morson and Caryl Emerson, *Mikhail Bakhtin*: *Creation of a Prosaics*, Stanford: Stanford University Press, 1990.

Georg Lukács, *Theory of the Novel: A Historico - philosophical Essay on the Forms of Great Epic Literature*, Anna Bostock, trans., Lincoln, NE: University of Nebraska Press, 1983.

Giovanna Summerfield and Lisa Downward, *New Perspectives on the European Bildungsroman*, London/ New York: Continuum International Publishing Group, 2010.

Gregory Claeys, ed., *The Cambridge Companion to Utopian Literature*, Cambridge: The Cambridge University Press, 2010.

Hartmut Rosa and William E. Scheierman, eds., *High - Speed Society: Social Acceleration, Power and Modernity*, University Park: Penn State University Press, 2009.

Hartmut Steinecke, *Romantheorie und Romankritik in Deutschlan*, Stuttgart: Metzler, 1984.

Henry James, *Literary Criticism: French Writers, Other European Writers*, New York: Library of America, 1984.

Ian P. Watt, *The Rise of the Novel: Studies in Defoe, Richardson and Fielding*, London: Chatto and Windus, Ltd., 1957.

J. M. Barbalet, *Emotion, Social Theory, and Social Structure - A Macrosociological Approach*, Cambridge: Cambridge University Press, 1998.

James Hardin, ed., *Reflection and Action: Essays on Bildungsroman*, Columbia: University of South Carolina Press, 1991.

Jeffrey C. Alexander, *Cultural Trauma and Collective Identity*, Berkeley: University of California Press, 2004.

Jerome Hamilton Buckley, *Season of Youth: The Bildungsroman from Dickens to Golding*, Cambridge: Harvard University Press, 1974.

Jing Tsu, *Failure, Nationalism and Literature: The Making of Chinese Identity*, 1895 - 1937, Palo Alto: Stanford University Press, 2005.

John J. Macionis and Linda M. Gerber, *Sociology* (7th Canadian ed.), Toronto: Pearson Canada, 2010.

Jonathan H. Turner, *Human Emotions: A Sociological Theory*, New York: Routledge, 2007.

Juergen Scharfschwerdt, *Thomas Mann und der deusche Bildungsroman: Eine Untersuchung zu dem Problem einer literarischen Tradition*, Stuttgart: kohlhammer, 1967.

Justyna Kociatkiewicz, *Towards the Antibildungsroman: Saul Bellow and the Problem of the Genre*, Frankfurt: Peter Lang GmbH, 2008.

Kali Tal, *Worlds of Hurt: Reading the Literatures of Trauma*, New York: Cambridge University Press, 1996.

Karl Joachim Weintraub, *The Value of the Individual: Self and Circumstance in Autobiography*, Chicago: The University of Chicago Press, 1978.

Kenneth Millard, *Coming of Age in Contemporary American Fiction*, Edinburgh: Edinburgh University Press, 2007.

Lina Steiner, *For Humanity's Sake: The Bildungsroman in Russian Culture*, Toronto: University of Toronto Press, 2011.

Manuel Castells, *The Power of Identity*, Oxford: Blackwell, 1997.

Manuel Castells, *The Rise of the Network Society*, Chichester: Wiley – Blackwell, 2010.

M. Foucault, *The History of Sexuality*, trans. Robert Hurley, New York: Vintage, 1980.

M. Foucault, *Discipline and Punish: The Birth of the Prison*, trans. Alan Sheridan, New York: Random House, 1995.

M. M. Bakhtin, *Speech Acts and Oher Late Essays*, ed. Caryl Emerson and Michael Holquist, trans. Vern W. McGee, Austin: University of Texas Press, 1984.

Marc Redfield, *Phantom Formations*: *Aesthetics Ideology and the Bildungsroman*, *New York*: *Cornell University Press*, 1996.

Martin Swales, *The Germen Bildungsroman from Wieland to Hesse*, Princeton: Princeton University Press, 1978.

Max Weber, *The Sociology of Religion*, Boston: Beacon Press, 1963.

Max Wundt, *Wilhelm Meister und die Entwicklung des modernen Lebensideals*, Berlin and Leipzig: Walter de Gruyter and Co. , 1932.

Michael Berry, *A History of Pain*: *Trauma in Modern Chinese Literature and Film*, New York: Columbia University Press, 2008.

Michael D. Gordin, Helen Tilley and Gyan Prakash, eds. , *Utopia/Dystopia*: *Conditions of Historical Possibility*, Princeton: Princeton University Press, 2010.

Micheal Beddow, *The Fiction of Humanity*: *Studies in the Bildungsroman from Wieland to Thomas Mann*, Cambridge: Cambridge University Press, 1982.

Micheal Minden, *The German Bildungsroman*: *Incest and Inheritance*, Cambridge: Cambridge University Press, 1997.

Naomi Schor, *Reading in Detail*: *Aesthetics and the Feminine*, New York: Routledge, 2007.

Nicholas Abercrombie and Brian J. Longhurst, *Audiences*: *A Sociological Theory of Performance and Imagination*, London: SAGE Publications Ltd, 1998.

Patricia Alden, *Social Mobility in the English Bildungsroman*: *Gissing*, *Hardy*, *Bennett*, *and Lawrence*, Ann Arbor: UMI, 1986.

Pierre Bourdieu, *Distinction*: *A Social Critique of the Judgement of Taste*, trans. Richard Nice, Cambridge: Harvard University Press, 1984.

P. N. Stearns, *American Cool*: *Constructing a Twentieth – Century Emo-*

tional Style, New York: New York University Press, 1994.

Paul Ricoeur, *History*, *Memory*, *Forgetting*, trans. Kathleen Blamey and David Pallauer, Chicago, IL: University of Chicago Press, 2004.

Paul Rabinow, ed., *The Foucault Reader*, New York: Pantheon Books, 1984.

Roger Luckhurst, *The Trauma Question*, New York: Routledge, 2008.

R. W. B. Lewis, *The American Adam*: *Innocence*, *Tragedy and Tradition in the Nineteenth Century*, Chicago: Chicago University Press, 1955.

Randolph P. Schaffner, *The Apprenticeship Novel*: *A Study in the "Bildungsroman" as a Regulative Type in Western Literature*, New York: Peter Lang, 1984.

Shoshana Felman and Dori Laub, *Testimony*: *Crises of Witnessing in Literature. Psychoanalysis and History*, New York: Routledge, 1992.

Stjepan G. Meštrović, *Emile Durkheim and The Reformation of Sociology*, Maryland: Rowman & Littlefield Publishers, Inc., 1988.

Stjepan G. Meštrović, *Genocide After Emotion*: *The Post – Emotional Balkan War*, Hove: Psychology Press, 1996.

Stjepan G. Meštrović, *Postemotional Society*, London: SAGE Publications Ltd., 1997.

Susan Ashley Gohlman, *Starting Over*: *The Task of the Protagonist in the Contemporary Bildungsroman*, New York & London: Garland Publishing, 1990.

Susan Fraiman, *Unbecoming Women*: *British Women Writers and the Novel of Development*, New York: Columbia University Press, 1993.

Susan Wells, *The Dialectics of Representation*, Baltimore: Johns Hopkins University Press, 1985.

Susanna Howe, *Wilhelm Meister and His English Kinsmen*: *Apprentices to Life*, New York: AMS Press, Inc., 1966.

Teresa De Lauretis, *Alice Doesn't*: *Feminism*, *Semiotics*, *Cinema*, Bloomington: Indiana University Press, 1984.

Thomas L. Jeffers, *Apprenticeships*: *The Bildungsroman from Goethe to Santayana*, New York: Palgrave Macmillan, 2005.

UlrichBeck and Elisabeth Beck – Gernsheim, *Individualization*: *Institutionalized Individualism and Its Social and Political Consequences*, London: SAGE Publications, 2001.

Ulrich Beck, Anthony Giddens and Scott Lash, *Reflexive Modernization*: *Politics*, *Tradition and Aesthetics in Modern Social Order*, Stanford: Stanford University Press, 1994.

Ulrich Beck, *Risk Society*: *Towards a New Modernity*, London: SAGE Publications, 1986.

W. M. Verhoeven, ed., *Rewriting the Dream*: *Reflections on the Changing American Literary Canon*, Amsterdam: Atlanta, GA, 1992.

Walter Horace Bruford, *The German Tradition of Self – Cultivation*: "*Bildung*" *from Humboldt to Thomas Mann*, Cambridge: Cambridge University Press, 1975.

Wang Ban, *Illuminations from the Past*: *Trauma*, *Memory*, *and History in Modern China*, Stanford: Stanford University Press, 2004.

Wilhelm Dilthey, *Das Erlebnis und die Dichtung*: *Lessing*, *Goethe*, *Novanis*, Leipzig: Teubner, 1906.

Werner Kohlschmidt and Wolfgang Mohr, eds., *Reallexikon der deutschen Literaturgeschichte*, Berlin: de Gruyter, 1926.

Yomi Braester, *Witness Against History*: *Literature*, *Film*, *and Public Discourse in Twentieth – Century China*, Stanford, Calif.: Stanford University Press, 2003.

三　报刊、网络文章

曹文轩：《文学应给孩子什么?》，《文艺报》2005 年 6 月 2 日。
邓晓芒：《当代女性文学的误置：〈一个人的战争〉和〈私人生活〉评析》，《开放时代》1999 年第 8 期。
东西、姜广平：《在情感饱满的前提下讲智慧：与东西的对话》，《文学教育（中）》2010 年第 4 期。
格非、张清华：《如何书写文化与精神意义上的当代：关于〈春尽江南〉的对话》，《南方文坛》2012 年第 2 期。
康凌：《早晨八九点钟的太阳是如何升起的?》，《文学》（2016 年秋冬卷），上海文艺出版社 2017 年版。
孟繁华：《伤痕的青春残酷的诗意——评王刚的小说创作》，《南方文坛》2006 年第 1 期。
沙林：《评论家讨论主旋律应该怎么写——把书写进土地里》，《中国青年报》2003 年 9 月 6 日。
苏娉：《小说形式、历史和作家责任——格非访谈》，《金田》2013 年第 8 期。
苏琼：《悖离·逃离·回归——苏雪林 20 年代作品论》，《南京大学学报》（哲学·人文科学·社会科学版）2003 年第 1 期。
苏童：《关于〈河岸〉的写作》，《当代作家评论》2010 年第 1 期。
苏童：《永远的寻找》，《花城》1996 年第 1 期。
苏童：《作家要孤单点，最好有点犯嗝》，《南方都市报》2009 年 8 月 23 日。
陶东风：《梁晓声的知青小说的叙事模式与价值误区》，《南方文坛》2017 年第 5 期。
陶东风：《“七十年代”的碎片化、审美化与去政治化——评北岛、李陀主编的〈七十年代〉》，《文艺研究》2010 年第 4 期。
王一川：《从情感主义到后情感主义》，《文艺争鸣》2004 年第

1 期。
王一方、史昀婷：《青春小说　何以悲伤“成瘾”》，《阳泉晚报》2008 年 9 月 5 日。
吴波：《80 后成长的疼痛与迷惘》，http：//culture. ifeng. com/gundong/detail_ 2011_ 04/16/5780008_ 0. shtml，2022 年 12 月 2 日。
叶兆言、王尧：《作家永远是通过写作在思考》，《当代作家评论》2003 年第 2 期。
叶兆言、周新民：《写作，就是反模仿——叶兆言访谈录》，《小说评论》2004 年第 3 期。
张清华：《“类史诗”·“类成长”·“类传奇”——中国当代革命历史叙事的三种模式及其叙事美学》，《陕西师范大学学报》（哲学社会科学版）2008 年第 3 期。
赵毅衡：《二十世纪中国的未来小说》，《二十一世纪（双月刊）》总第 56 期，1999 年 12 月号。
D. H. Miles，“The Picaro's Journey to the Confessional：The Changing Image of the Hero in the German Bildungsroman”，*PMLA*，Vol. 89，No. 5，1974.
Edward McInnes，“Zwischen Wilhelm Meister und Die Ritter vom Geist：Zur Auseinandersetzung zwischen Bildungsroman und Sozialroman im 19. Jahrhundert”，*Deutche Vierteljahrsschrift*，Vol. 43，1969.
Elaine H. Baruch，“The Female Bildungsroman：Education through Marriage”，*Massachusetts Review*，Vol. 22，1981.
Erich Jenisch，“Vom Abenteuer zum Bildungsroman”，*Germanische Romanische Monatsschrift* IX－X，1926.
Ernst Ludwig Stahl，“Die Religioese und die humanitätsphilosophische Bildungsidee und die Entstehung des deutschen Bildungsromans im 18. Jahrhundert”，*Sprache und Dichtung*，No. 56，1934.
K. Curnutt，“Teenage wasteland：coming－of－age novels in the 1980s

and 1990s", *Critique: Studies in Contemporary Fiction*, Vol. 43, No. 1, 2001.

Kurt May, "'Wilhelm Meisters Lehrjahre,' ein Bildungsroman?" *Deutsche Vierteljahrsschrift*, Vol. 31, No. 1, 1957.

Marianne Hirsch, "The Novel of Formation as Genre: Between Great Expectation and Lost Illusions", *Genre*, Vol. 12, No. 3, 1979.

Merriam - Webster Online Dictionary. Merriam - Webster Online. http://www.merriam-webster.com/dictionary/bildungsroman. Accessed Aug. 23, 2021.

Shannon May, "Power and Trauma in Chinese Film: Experiences of Zhang Yuan and the Sixth Generation", *Journal for the Psychoanalysis of Culture and Society*, Vol. 8, No. 1, 2003.

Simon J. Williams, "Modernity and the Emotions: Corporeal Reflections on the (IR) Rational", *Sociology*, Vol. 32, No. 4, 1998.

Susan L. Cocalis, "The Transformation of Bildung from an Image to an Ideal", *Monatshefte*, Vol. 70, No. 4, 1978.

Todd Kontje, "The German Bildungsroman as Metafiction: Artistic Autonomy in the Public Sphere", *Michigan German Studies*, Vol. 13, No. 2, 1987.

四　博士学位论文

高小弘：《成长如蜕——二十世纪九十年代女性成长小说研究》，博士学位论文，河南大学，2006 年。

顾广梅：《中国现代成长小说研究》，博士学位论文，山东师范大学，2009 年。

韩永胜：《中国现代教育小说概论》，博士学位论文，东北师范大学，2008 年。

钱春芸：《行进中的小说中国：当代成长小说》，博士学位论文，苏州大学，2007 年。

施战军：《中国小说的现代嬗变与类型生成研究》，博士学位论文，山东大学，2007 年。

徐秀明：《20 世纪中国成长小说研究》，博士学位论文，上海大学，2007 年。

Li Hua, Coming of Age in a Time of Trouble: The *Bildungsroman* of Su Tong and Yu Hua, Ph. D. dissertation, University of British Columbia, 2007.

Song Mingwei, Long Live Youth: National Rejuvenation and the Chinese *Bildungsroman*, 1900 - 1958, Ph. D. Dissertation, Columbia University, 2005.